사나운 새벽

사나운 새벽1
윤석진 판타지 장편 소설

초판 1쇄 찍은 날 § 2004년 2월 1일
초판 1쇄 펴낸 날 § 2004년 2월 10일

지은이 § 윤석진
펴낸이 § 시경석

편집장 § 문혜영
편집책임 § 김회정
편집 § 장상수 · 김민정
마케팅 § 정필 · 강양원 · 이선구 · 김규진 · 홍현경

펴낸곳 § 도서출판 청어람
등록번호 § 제1081-1-89호
등록일자 § 1999. 5. 31
어람번호 § 제1-0450호

주소 § 경기도 부천시 원미구 심곡1동 350-1 남성B/D 3F (우) 420-011
전화 § 032-656-4452 팩스 § 032-656-4453
http://www.chungeoram.com
E-mail § eoram99@chollian.net

ⓒ 윤석진, 2004

ISBN 89-5505-985-X 04810
ISBN 89-5505-984-1 (SET)

※ 파본은 본사나 구입하신 서점에서 교환하여 드립니다.
※ 저자와 협의하여 인지를 붙이지 않습니다.

윤석진 판타지 장편 소설 **사나운 새벽 1**

도서출판 청어람

= 목차 =

프롤로그 7
Chapter 1 9
Chapter 2 27
Chapter 3 54
Chapter 4 75
Chapter 5 100
Chapter 6 121
Chapter 7 138
Chapter 8 159
Chapter 9 194
Chapter 10
Chapter

언제나 새벽은 사납기만 하다.
낮게 엎드린 어둠을 갈가리 찢으러
검붉은 칼날을 치켜세운 채
얼어붙은 여명의 태양을 등 뒤에 업고
새벽은 사정없이 어둠의 등줄기를 찌른다.

―어느 음유 시인의 노래
『진실을 위한 거짓』 中에서.

프롤로그

"안녕하시오?"

난데없는 인사에 나는 천천히 고개를 들었다.

어둠 속, 타오르는 모닥불을 배경으로 한 남자가 엉거주춤 서서 미소를 보내고 있었다. 이미 해가 넘어간 지 오래된 시각에 이렇게 서슴없이 나타난 남자도 그렇고, 안녕이란 단어를 들은 것도 오랜만이라 나는 그저 그를 물끄러미 보고만 있었다.

남자 쪽에서는 그렇게 보고만 있는 게 꽤나 답답했던지 어색한 미소를 다시 지으면서 허리춤에 매달린 장검을 툭툭 쳐 보였다.

"나쁜 놈은 아니올시다. 그냥 길을 잃은 평범한 여행자일 뿐입니다. 멀리서 빛을 보고 왔죠. 괜찮다면 불을 빌리고 싶소만."

등에 매달린 짐 보따리와 허리에 매달린 검집에는 생채기가 가득했다. 그 모양새를 보아하니 분명히 용병 출신인 듯싶었다. 허리춤에 매달린 장검에는 이름으로 보이는 이니셜이 쓰여 있었다.

"앉아."

내 말에 어색한 듯한 얼굴로 남자는 모닥불 가까이에 앉았다.

가까이서 보니 남자는 생각 외로 더 나이가 들어 보였다. 이 근처를 돌아다니는 용병들의 대부분은 3년 전에 끝난 벨버리든 왕국의 내전에 참가했던 자들이다. 하지만 3년 전에 끝난 내전을 그리워하며 돌아다니는 미친 용병들은 혼자서 다니는 일이 거의 없었기 때문에 별로 경계할 대상은 아닌 듯싶었다.

"혼자 여행하시는 거요?"

심심했는지 남자가 등 보따리에서 술병 하나를 꺼내며 물어왔다. 그 질문을 그냥 삼키면서 나는 아까부터 씹던 육포를 길게 찢어 남자에게 건네주었다. 남자는 받으면서도 내 모습을 슬쩍슬쩍 살피고 있었다.

무리도 아니다. 나는 흑마법사. 검은색으로 온통 휘감은 옷으로 얼굴까지도 가리고 있었으니 겁에 질릴 만도 한 것이다.

Chapter 1

"흑마법사인가요?"

자신을 토르가 센텀이라고 소개한 남자가 물었다. 내가 준 육포를 씹으려고 애를 쓰면서 말하는 모습이 꽤나 애처로웠다. 내가 준 육포에 대한 답례로 남자는 내게 자신이 마시던 포도주를 내주었다. 사실 내가 준 육포는 30일 정도 된 쥐고기로, 엄청나게 딱딱해서 나 자신도 먹지 않던 것이었지만 굳이 말해 줄 필요는 없었다.

"응."

하지만 토르가라는 남자가 준 이 포도주는 꽤나 먹을 만한 것이었다. 이 남자는 꽤 성공한 용병일지도 모른다. 모든 물건들은 낡아 있었지만 손질이 잘되어 있었고 무엇보다 그의 혈색은 꽤나 좋았다. 용병이 혈색 좋고 물건 좋다면 그건 성공한 셈이다.

용병의 과반수 이상은 항상 술에 찌들어 있고 주로 마시는 것은 싸구려 흑맥주가 대부분이다. 그럼에도 불구하고 이 남자의 것은 포도주니까 돈도 제법 있는 모양이다.

"어디로 가십니까?"

남자의 낯짝이 점점 공손해지는 것을 보면서 나는 낮게 대답했다.

"알 바 아니다."

"아, 죄송합니다. 그저……."

흑마법사가 성질 나쁘다는 것은 전쟁터를 누벼온 용병이라면 누구나 알고 있다. 기분 나쁘면 상대를 두 쪽으로 쪼개놓거나 능력 좋은 흑마법사라면 정신계 마법으로 노예로 만들기도 한다. 재수없으면 전쟁터에서 살아온 그 질긴 목숨을 흑마법사의 변덕으로 잃어버릴 수도 있다. 그게 전쟁터에서의 흑마법사와 병사와의 관계다.

하지만 그런 것을 잘 알고 있는 자들이란 진짜 전쟁터에서 흑마법사와 뒹군 적이 있던 자들. 이 남자는 진짜 베테랑 용병인 모양이다.

멀리서 또 인기척이 들려왔다.

토르가는 재빨리 장검에 손을 대더니 주의 깊게 기척을 살폈다. 그러나 그도 잠시 일부러인 듯 와글와글 소리를 내는 자들에게 경계를 풀었다. 이런 한밤중에 일부러 기척을 내고 오는 사람들이라면 적의가 없는 자들이라고 봐도 좋을 듯하다. 게다가 어떤 미친놈도 흑마법사의 기분을 고의로 더럽힐 자들은 없었다.

"여어, 선객이 계셨네."

"아아, 다행이에요!"

"추워서 혼났어!"

시끄럽게 떠들며 다가온 자들은 모두 세 명으로 두 명의 여자와 한 명의 남자로 이루어진 자들로 모두 '나는 용병입니다' 하고 써 붙인 듯했다. 남자는 금발로 빛나는 긴 머리칼을 휘날리고 있었고 여자들 쪽은 몸에 꽉 맞는 여자용 가죽 갑주를 걸치고 있었다. 등에 매달린 짐이 유난히 작은 것을 보아 이들은 장기 여행자로는 보이지 않았다.

"좀 끼어도 되겠습니까?"

활달한 음성의 금발 남자가 제법 큰 소리로 물어왔다. 그 순간, 내 옆에 있던 토르가가 숨을 삼키며 내 쪽을 바라보았다. 내가 아무 말도 하지 않자 토르가는 고개만 끄덕였다. 마법사치고 시끄러운 것을 좋아하는 자들은 없는 법인지라 그는 내게 신경을 쓰는 모양이었다.

"앉으세요, 저도 객입니다만."

"아아, 다행이에요. 벨루가 산맥의 밤은 너무 추워요."

"얼마나 헤맸는지 몰라요."

한마디씩 떠들어대던 세 사람은 불가로 가까이 앉더니 나를 발견한 듯 헉 하고 입을 다물었다. 아마도 어둠 속에서 검은 옷을 걸친 나를 못 알아본 모양이었다.

"에······."

"이분이 이 불씨의 임자이시죠. 저도 객입니다만."

토르가가 어색하게 설명했고 세 사람은 모두 당황한 듯 입을 다물고만 있었다. 그러더니 곧 헛기침을 하며 나섰다.

"아, 안녕하십니까. 저는 데일런트 화라입니다. 이쪽은 제 동료인 메디사 힐로, 유세린 데글로입니다. 모두 용병으로 쏘일 시에 가는 길입니다."

"나도 쏘일 시로 가는 길입니다. 토르가 센텀입니다."

토르가가 고개를 끄덕여 보였다. 하지만 그의 눈빛은 살짝 웃고 있었다.

메디사라는 여자와 유세린이란 여자 모두 고운 손에 값비싼 가죽 갑주를 입고 있었다. 가죽 갑주는 완전히 몸에 달라붙어 그 몸매를 다 드러내는 듯한 화려한 것이었다. 거기에 꽃과 깃털의 세공까지 겸해진 그것은 아무리 보아도 전투용으로 보기엔 무리가 있었다.

게다가 완전히 새 것에 기름 손질까지 잘되어 반질거렸다. 검은 또 어떤가, 확실히 여자들이 즐겨 쓰는 가느다란 세검을 들고 있긴 해도 그 검자루는 반질반질 빛이 나는 새 것이었다. 빛나는 은상아 손잡이라니… 그러고도 용병이라 말할 거라면 정말 웃고만 싶어진다.

더 심한 것은 장화였다. 셋 모두 장화를 신고 있었다. 그것도 짜악 달라붙는 고급의 얇은 포라 가죽이었다. 가죽 장화라는 것은 무기를 숨기기 위해서 보통 용병들이 선호하는 것이지만 한편으로 말하면 화려한 물건은 남에게 빼앗기기 쉽기 때문에 절대 신지 않는다. 여자들이 그런 물건을 신고 용병대를 활보한다면 밥 한 끼 먹을 시간 안에 빼앗길 거라고 내기를 걸어도 좋다.

"흠흠, 이쪽은?"

메디사라는 여자, 찰랑이는 금발에 초록색 눈을 가진 꽤나 아름다운 여자가 내 쪽으로 시선을 던졌다. 호기심이 일렁이는 그 눈동자에서 나는 이 여자가 정말 한 번도 뜨거운 맛을 본 적 없는 것이라는 데 100달란트를 걸고 싶었다. 이 여자는 귀족의 영양이 틀림없어 보였다.

"흑마법사죠?"

유세린이라는 여자가 내 쪽을 뚫어져라 바라보며 두 주먹을 불끈 쥐고 물어왔다.

그녀는 갈색 머리칼을 길게 땋아 늘어뜨리고 있었는데 가는 목덜미가 그대로 드러나서 아무래도 들고 있는 검이 어울리지 않는 여자였다.

몸도 메디사보다 훨씬 가늘었으나 두 여자 모두 평균보다 아름다워서 갑주보다는 드레스가 어울릴 법했다.

"그래."

내가 짧게 말하자 두 여자는 꺄아 하는 얼굴로 두 손을 맞잡았다. 꺄아 하는 그 말이 너무나 어울려서 할 말을 잃게 만들었다. 옆에 있던 토르가 허허 하고 헛기침을 하더니 일부러 금발 머리 데일런트에게 말을 걸었다.

"어디서 오는 길인가?"

"아, 페, 페미닌 시에서 오는 길입니다."

"페미닌 시에서? 거기 출신인가?"

"아, 아닙니다. 그러니까 고향은 메, 메그리아 지방입니다."

"메그리아? 거긴 서쪽 끝 항구 도시가 아닌가?"

"네, 네. 그렇지요."

쩔쩔 매던 데일런트는 억지로 웃음을 짓더니 내 쪽을 향해 물어왔다.

"말씀이 없으신데, 성함은 어찌 되십니까?"

그때 황급히 토르가 손을 내밀었다. 데일런트의 얼굴을 후려칠 기세인지라 그는 저도 모르게 뒤로 물러섰다.

"자넨, 경험이 별로 없는 건가? 아니면 대담한 건가?"

토르가는 내 비위를 맞추기 위해서 일부러 조금 더 크게 말하고 있었다.

"왜, 왜요?"

하지만 눈치없는 데일런트는 화가 난 듯 그를 쏘아보았다. 곧 칼이라도 뽑을 태세였다.

"흑마법사에게 이름을 묻는다는 건 금기 중의 금기란 걸 몰라? 자네, 정말 용병인가?"

"그……."

데일런트가 미처 말을 못하자 옆에 있던 메디사가 재빨리 말을 붙였다.

"아, 저기, 저희들은 흑마법사를 처음 봤어요. 그래서……."

"페미닌 시의 용병 길드는 꽤나 커서 시시껍절한 녀석들은 용병으로 받아주지 않을 텐데, 경험이 그렇게도 없다니 믿어지지 않는군."

토르가가 미심쩍다는 듯 말하자 데일런트와 여자들의 얼굴이 새빨갛게 변했다.

"저, 저희들은 그러니까, 페미닌 시의 용병 길드 소속이 아닌데요."

"네, 저희들은 머, 멀리 시골의……."

"시골에 용병 길드 따위가 있을 리 없지 않은가?"

토르가가 모른 척 되묻자 말을 꺼냈던 메디사가 황급히 말을 덧붙였다.

"말이 그렇다는 거지 정말 시골이란 건 아니에요. 음, 음, 베이락 시의 용병 길드예요."

"베이락 시? 베이락 시의 용병 길드는 그 옆 체로키 자유 도시의 용병 길드에 병합된 지 30년이나 되었는데 자네들 나이가 대체 몇인가?"

세 사람 모두 얼굴이 빨갛게 되었다.

토르가는 놀리듯이 다시 되물었다.

"페미닌 시 소속도 아니고 용병 길드 위치도 모르는 걸 보면 자네들은 용병이 아닌 거 같은데? 용병이 아니면서 사칭하고 다닌다면 전 용병 길드의 적이 된다는 거 알고 있나?"

"에?"

딸꾹!

갑자기 유세린이 딸꾹질을 시작했다.

"용병 길드에 속하지 않는 용병은 용병 길드의 추적을 받게 된다는 기본적인 것도 모르다니… 대체 어디에서 온 애송이들이지?"

토르가의 말이 점점 준엄해지는 순간, 갑자기 데일런트가 아하하 하고 웃음을 터뜨렸다.

"죄송합니다! 죄송합니다!"

"뭐가?"

"저희들은 확실히 용병이 아닙니다. 실은 용병이 되었으면 하고 막 여행을 떠난 참입니다. 그냥 여행자라고 하면 얕잡아 보일까 봐서요."

"그 모습을 보면 누구라도 얕잡아봐."

키득 하고 토르가가 웃기 시작했다. 그는 배를 잡고 웃더니 내 쪽을 보고 살짝 미소를 보냈다.

"불쾌하진 않으시겠지요, 검은 마스터?"

흑마법사를 섬은 마스터라 불러주는 사람은 선생터에서 흑마법사와 함께 싸웠던 자들밖에는 없다. 그 그리운 호칭에 나도 모르게 미소 지었다.

"물론."

쥐고기를 먹게 했던 것이 조금 미안해졌지만 내색은 하지 않았다. 앞으로 한 번 정도 이 남자의 목숨을 구해주면 되리라.

"실례지만, 저 경험 많으신 분 같은데 조언을 부탁드리지요. 어디가 그렇게도 어설펐습니까? 다들 저희들에 대해선 아무 말도 않던데……."

"귀찮아서 아무 말 안 했겠지."

키득 웃던 토르가는 여자들이 입고 있는 가죽 갑옷을 가리켰다.

"어떤 여자 용병도 저런 것을 입지는 않아. 저건 어디까지나 의례용으로나 입을 법한 것이지. 귀족이나 부잣집 아가씨들의 허무맹랑한 꿈을 충족시키기 위한 것이지 진짜 전투용으로는 조금의 도움도 되지 않거든."

그 말에 두 여자의 얼굴이 동시에 붉어졌다.

"저 검도 그래. 물론 크기나 길이는 모두 여자용으로 적합해. 하지만 은상아 세공이 담긴 검을 쓰다니… 어떤 용병이 그런 간 큰 짓을 할까? 자네들이 소드 마스터쯤 된다면 이해가 가지만 아무리 보아도 소드 마스터로는 보이지 않으니 그것도 문제지."

토르가의 얼굴은 점점 웃음을 참지 못하게 되었다.

"게다가 여행 중인 용병이라면서 그 화려한 가죽 장화는 또 뭔가? 장화라는 것은 씻기 위해서 한 번은 벗어야 하는 것이야. 그런데 그런 장화라면 어떤 사람도 그냥 지나가진 않을걸. 뒤축이 닳기는커녕 앞코에 먼지도 안 묻은 장화라니!"

"음음."

세 명은 어색한 얼굴로 고개를 살짝 숙였다.

"보아하니 부잣집 자식들 같은데 그렇게 차리고 다니다간 여관에 들어가자마자 털려서 쪽박 차기 쉬워. 게다가 얼굴도 예쁘니 더 위험하고."

"위험이오?"

메디사가 되묻자 토르가는 혀를 찼다.

"설마 하니 예쁜 아가씨가 험한 곳에서 무슨 일을 당할 것인가를 나에게 묻는 것은 아니겠지? 그 정도의 상식은 있으리라 믿어."

"날 바보라고 하는 건가요!"

바락 소리를 치는 메디사를 억누르면서 데일런트가 나섰다.

"죄송합니다. 충고해 주시는 것은 감사합니다만, 이쪽이 워낙 다혈질이라서요."

"끌끌."

토르가가 그것으로 입을 다물자 잠시 침묵이 찾아왔다. 그러나 그것도 잠시 계속해서 내 쪽을 살피고 있던 유세런이 입을 열었다.

"저기요, 그런데 흑마법사에게 이름을 묻지 않는다는 건 무슨 의미인가요?"

토르가의 시선이 잠시 내 쪽으로 와 닿았다. 나를 존중하겠다는 그 뜻 깊은 시선에 나는 고개를 살짝 끄덕여 주었다. 이 정도로 경험이 있는 남자라면 나도 존중해 줄 가치가 있는 자였다. 그를 봐서라도 이 꼬맹이들을 두꺼비로 만든다거나 세 갈래로 찢어주는 것은 삼가도록 할 작정이다.

"흑마법사가 뭔지 알고 있는가?"

그의 질문에 세 명은 잠시 시선을 마주하더니 씩씩하게 대답했다.

"흑마법을 쓰는 사람!"

"뭐, 그건 그렇군. 그렇다면 아는 게 없다는 결론이군."

"아, 하하하하……."

어색하게 웃는 그들을 모른 척하고 토르가는 모닥불을 들여다보며 입을 열었다.

"간단히 식사나 하며 말할까. 이걸 먹겠나?"

토르가는 놀랍게도 내가 건네준 쥐고기 육포를 애송이들에게 건네며 자연스레 물었다. 데일런트라는 녀석이 그것을 받아 들며 환하게 웃었다.

"감사합니다! 배가 고팠거든요!"
"저, 저도요!"
"역시 여행에는 육포죠!"

두 명의 여자들도 서로 달라고 한다. 나는 토르가와 의미심장한 눈빛을 주고받으며 너무나 질겨서 먹기엔 어렵고 버리기엔 아까운 육포를 은혜 베풀 듯이 건네주었다. 녀석들은 보따리를 풀어 우리에게 호사스런 과일과 하얀 빵을 건넸다. 훗, 이런 물건을 들고 다니는 것만 봐도 이놈들은 확실히 애송이였다.

잘 뜯기지도 않는 육포를 억지로 뜯어가며 경험 많은 여행가인 척하느라 애를 쓰는 세 애송이를 모른 척하고 나와 토르가는 오랜만에 호사스런 식사를 마쳤다.

"그러니까 흑마법사란 자신이 가진 가장 중요한 것을 마신에게 바치고 그 힘을 빌어 쓰는 자들을 말하지."
"가장 중요한 것?"

토르가는 한숨을 삼키듯 천천히 말했다.

"사람들에게 가장 중요한 것은 무엇일까 생각해 보게. 물건일 수도 있지만 사람일 수도 있고, 감정일 수도 있지."
"그럼?"
"마신이란 존재는 대가없이 힘을 주지는 않아. 아니, 모든 신이란 존재들이 다 그러하지."
"하지만 신전의 신관들은 아니잖아요?"
"무슨 소리. 신전의 신관들은 자신들의 인생 자체를 바치는 것 아닌가? 그들이 결혼하고 애 낳고 여자랑 사랑하고 그렇게 살고 있던가?"

"엥?"

"다 그런 거라네."

그 말에 세 사람은 모두 고개를 끄덕이며 일제히 나를 바라보았다. 마치 너무너무 불쌍하다는 그 노골적인 시선에 기가 막히는 그 순간, 토르가 재빨리 끼어들었다.

"어, 어찌 되었든 흑마법사는 마신에게 힘을 빌리는 사람을 말하는 것이지. 그래서 자신의 이름을 버리고 마신에게서 이름을 받는다고."

"마신에게서 이름을 받아요?"

"이름은 종속되는 것. 정확히 말하면 마신이 아니라 마족이지만 건네준 그 이름은 계약한 마족만이 알고 있는 것이야. 인간의 이름을 버리고 마족에게 이름을 받는 것이 흑마법사의 시작이지."

"그래서 흑마법사는 이름이 없는 건가요?"

"없지는 않아. 단지 그 때문에 흑마법사에게 이름을 묻는다는 게 금기라는 것이지."

"그렇다고 그냥 흑마법사, 흑마법사 이렇게 부를 순 없죠. 게다가 흑마법사는 전투 마법사라 불리는 존재잖아요?"

또랑거리는 눈동자로 날 바라보는 유세린의 시선에 조금 압박감을 느끼면서 나는 진지하게 고민했다. 이 애송이들을 당장 멀리 날려 버릴까, 아니면 잠시 몇 시간 동안은 두꺼비로 만들어놓을까. 마나도 별로 느껴지지 않는 걸 보니 이놈들은 체술의 소유자다. 체술의 소유자라면 두꺼비로 만들어도 별 지장은 없을 터.

"이름을 가르쳐 주지 않는다면 그건 그걸로 끝이라는 거지. 남의 일에 함부로 참견하면 어찌 되는지 아직 모르나?"

씁쓸한 얼굴로 토르가 말했다.

"하지만 이름도 모르는데 어떻게 부를 수 있겠어요? 제가 맘대로 아무렇게나 불러도 된다는 건 아닐 테고요."

메디사가 따지듯이 또 묻자 데일런트가 눈치를 보면서 말렸다.

"그만 해."

"아니, 상식이 그렇잖아. 이렇게 우리도 이름을 밝혔는데 그게 뭐 그렇게 큰 문제라고 굳이 숨기는 거지? 우리가 마족에게 받은 진짜 이름을 밝히라고 말하는 것도 아니고."

난 점점 짜증이 나기 시작해서 메디사란 여자를 똑바로 바라보았다. 체술도 약간 익힌 어정쩡한 몸. 전혀 단련되지 않은 육체와 정신. 어리광이나 부리고 자랐을 고귀한 태생.

"안 됩니다, 검은 마스터."

갑자기 토르가 끼어들었다. 내가 그를 바라보자 토르가는 조금 굳은 얼굴로 말렸다.

"이 아가씨는 아직 뭘 몰라서 그러는 것뿐입니다. 아직 어린 아가씨의 미래를 엉망으로 만드는 것은 너무 잔혹합니다."

그 순간, 데일런트가 벌떡 일어나 메디사의 앞을 가로막았다. 메디사는 무슨 일이 있었는지 몰라 눈을 그냥 크게 뜨고 있을 뿐이었다.

"나는 내 앞에서 건방을 떠는 자를 가만히 놔둔 적이 단 한 번도 없어."

"아직 어린 아가씨잖습니까?"

"한 번 쓴맛을 보면 저 멍청한 머리도 주제를 알겠지."

내 말에 뒤늦게 상황을 알아챈 메디사가 새된 소리로 외쳤다.

"뭐, 멍청한? 당신, 뭐야? 흑마법사면 다야?"

토르가는 머리를 잡고 신음했다. 그는 조심스럽게 일어서더니 내게 말했다.

"제가 이 아이들을 내쫓겠습니다. 대신 참아주시겠습니까?"

"내가 그렇게까지 할 필요가 있나?"

이 경험 많은 노용병을 똑바로 보며 되묻자 그는 고개를 숙여 천천히 예를 표했다.

"7년 전 제 목숨을 살려주셨습니다. 그 인연을 빌어 부탁드리겠습니다."

"…나를 기억하나?"

"게스타머허의 폐허에서 저를 구해주셨습니다. 당신이 구해주신 열여덟 명 중 한 명입니다, 검은 마스터."

시간이 참으로 오래 흘렀다. 언제나 시간은 기억하는 자를 놔두고 홀로 흐른다.

나는 천천히 한숨을 내쉬고는 고개를 끄덕였다.

내전은 많은 상처를 남긴다. 외국의 군대에 의한 유린노 큰 상처시만 자국 군대가 남긴 상처라는 것은 더 심할지도 모른다. 누구나 그렇듯 같은 핏줄 같은 얼굴을 한 자들이 낸 상처는 더 큰 증오가 될 것이다.

벨버리든 왕국의 내전은 18년 동안이나 계속되었다.

맨 처음 유약한 왕 델테이스 3세가 후계자 선정도 채 못하고 죽었다. 왕자는 모두 세 명이 있었지만 정실 태생이 아닌 모두 후궁 소생이었다. 그런데 왕비는 왕국에서 가장 강력한 힘을 가진 엘 가이스 공작가의 한 사람이었고 덕분에 왕국 전체는 엘 가이스 공작가의 세력 하에 들어왔다. 그렇게 되자 별 볼일 없는 세력을 가지고 있던 후궁 소생의 왕자 중 1왕자 벨만 크릭이 공작가에 대한 불만 세력을 모아 엘 가이스 공작가를 쳤다.

그것으로 시작된 왕국의 내전은 1왕자가 엘 가이스 공작가에 의해 사형을 당하고 2왕자가 왕위에 오르면서 끝나는 듯싶었다. 그러나 뒤를 이어 3왕자가 옆 나라인 베른 공국으로 망명, 공국의 힘을 업고 다시 침공하면서 2차전으로 다시 불붙었다. 거기에 공작가가 이 세력을 물리치자마자 골다이스 신전에 숨어 있던 1왕자의 소생인 왕자 셀라이스가 등장했다.

셀라이스는 숙부이자 불구지천의 원수인 엘 가이스 공작가에 대한 복수로 다시 내전을 시작했고 덕분에 3차 내전이 시작되었다. 그 와중에 왕비가 병사하고 2왕자이던 델테이스 4세가 줄줄이 왕자를 낳아 왕실을 번창시켰다.

그러나 셀라이스 왕자의 복수심은 여전히 왕성해서 엘 가이스 공작가가 멸망하지 않고서는 이 전쟁을 끝낼 마음이 없었던 것이다. 셀라이스 왕자가 오랫동안 내전을 계속할 수 있었던 힘은 다름 아닌 용병단이었는데 그의 휘하에 전 대륙 용병단의 반 수 이상이 들어가 있었기 때문이다. 그 이유는 골다이스 신전 때문이었다.

골다이스 신전은 복수와 자비의 신 골다이스를 모신 신전이다.

복수와 자비라니, 아주 상반된 이념이긴 하지만 복수를 하든 자비를 베풀든 둘 중 하나라는 극단적인 내용을 담고 있기도 하다. 때문에 용병들 대다수가 이 골다이스 신의 신도였는데 셀라이스 왕자는 열일곱 살이 넘기 전까지 자신이 왕손인 것을 모르고 용병으로 지냈던 것이 인연이 되었다.

어린 용병은 정말로 힘든 생활을 한다. 거친 악당들의 악다구니 속에서 살아남아야만 한다. 그 힘든 생활을 3년 정도는 거쳐야—정확히 말해 살아남아야—겨우 용병 길드 내에서 쓸 만하다는 명칭을 얻는데 셀라이스 왕자는 그 범주에 들었던 것이다.

그가 왕손이라는 게 밝혀지자 그가 친분을 쌓아왔던 소속 용병대가 지지했고 뒤를 이어 엘 가이스 공작가가 계약을 파기했던 불쾌한 경험을 가졌던 페이그란트 용병대가 합류했다. 페이그란트 용병대는 무려 3천이라는 대단한 수를 가진 용병단이었는데 그 대장인 페이그란트가 성격이 좀 좋지 못해 공작가의 자식들 중 한 명에게 손찌검을 했다고 한다. 그 일을 빌미 삼아 공작가는 지불을 거부했고 페이그란트는 격분했다.

그 때문에 페이그란트는 자신과 동격인 메카클리프 용병대의 대장까지 끌어들여 셀라이스 왕자 측에 협력하게 만들었는데 그 때문에 셀라이스 왕자는 밑바닥에서부터 시작해 진정 강력한 힘을 가지게 된 것이다.

사실 공작가가 페이그란트에게 지불을 거부한 것은 단순히 그가 공작가의 후계자에게 손찌검을 해서가 아니었다. 전란 중에 그 정도 일은 충분히 있을 수 있는 일이었지만 그 당시 공작가는 베른 공국군을 물리치고 난 뒤였기에 용병대 따위에게 굳이 추파를 던질 필요가 없어졌던 것 때문이었다. 그래서 전쟁이 끝났거니 하고 맘 편히 페이그란트 용병대를 물먹였는데 불행히도 이 용병대가 제2의 내전에 불을 붙이는 장본인이 된 것이다. 멍청한 공작가가 아닐 수 없다. 용병이란 다른 건 몰라도 계약 불이행에 대해서는 결단코 용서하지 않는다.

어쨌든 이런 까닭에 셀라이스 왕자는 드디어 자신의 휘하에 대륙 3대 용병대 중 2개 용병대를 거느리고 베른 공국군과의 전란에서 지친 엘가이스 공작가를 쳤다. 그리하여 그는 공작가를 멸망시키고 스스로 벨버리든 왕국의 제15대 국왕으로 등극했던 것이다.

그에 발맞추어 공작가의 골수 귀족들은 줄줄이 멸망하고 용병대에서 공을 세웠던 용병들이나 여타 다른 신흥 귀족, 평민들이 새로운 귀족으로 등장했다. 방금 말한 페이그란트 용병대 중 태반이 귀족이 되었으며 페이그란트 본인은 후작이 되었고, 메카클리프 용병단의 메카클리프는 어마어마한 크기의 영지를 받아냈다. 다시 말해 용병들 자신이 신흥 귀족이 되고 기사단이 된 셈이다.

하지만 그렇다고 해서 모든 용병들이 다 배를 채우게 된 것은 아니었다. 대다수의 용병들은 논공행상에도 불구하고 여전히 가난했고 별볼일 없었다. 그 유명한 용병대의 몇몇을 제외한 다른 자들은 도박과 술, 여자로 모처럼 번 돈을 날리고 여전히 용병 특유의 날품팔이가 되었다. 거기다 내전이 사라지자 큰 일거리가 떨어져 소란스런 영지의 귀퉁이에서 말썽이나 부리며 살아가게 된 것이다. 따라서 요즘이나 예전이나 농민들, 시민들 모두 용병이라 말하면 날강도, 무법자, 강간마, 살인마와 동일어라 해도 다를 바 없다.

"아직 새 왕이 들어선 지 3년밖에 되지 않았으니 하는 수 없죠."

밑도 끝도 없이 토르가가 말했다. 그는 내 기억에 군소 용병단에 속해 있던 인물로 베른 공국군과의 싸움에서 나와 만났다. 그에게는 미안하지만 나는 그의 이름도 몰랐다. 단지 조금 낯이 익다 싶었을 뿐이었다. 하지만 거의 1,000대 1이라는 비율로 있던 흑마법사인 탓에 그는 내가 기억에 남았던 모양이다.

"그곳에서… 록 베다라 불리셨던 것으로 기억합니다. 록이라 불러도 좋습니까?"

조심스런 토르가의 말에 나는 흔쾌히 고개를 끄덕였다. 어느 정도 같은 장소에 있었던 자에 대한 예의로 나는 그의 말을 들어주기로 결심했다.

"좋습니다, 록님."

토르가가 빙긋 웃으면서 다시 어둠 속을 향했다.

조금 떨어진 풀숲 속에 애송이 세 명이 얌전히 서 있었다. 토르가가 몇 번 어루만져 준 것인지, 혹은 말로 설득했는지는 모르겠지만 모두 얌전히 서 있기는 했다. 아니, 어쩌면 토르가가 아니라 내가 피운 모닥불의 온기를 찾아 저렇게 얌전해진 것인지도 모른다.

"저쪽은 틀림없이 메디로우즈 켄험 여공작 일행입니다."

"켄험이라……."

"저 메디사 양 말입니다. 소문에 저 아가씨는 죽은 자신의 부친 켄험 공작의 절친한 친구였던 메카클리프에게 반해 있다고 하더군요. 얼마나 귀찮게 굴었는지 메카클리프가 달아났다는 말까지 있었습니다."

"용병들이란… 입도 싸지."

내 말에 토르가가 킬킬 웃었다.

"맞습니다. 용병 길드에서 짜안 하게 돌았던 소문입니다. 메카클리프는 귀족이 싫다고 영지만 받고 튀어버린 인물입니다. 소문에 의하면 몬스터가 가득한 검은 그림자 숲에 들어갔다는 말도 있고요."

"정확히 말하면 여자가 싫어 도망갔다."

내 말에 그가 눈을 크게 떴다.

"그의 휘하에 있는 흑마법사 하나가 내 제자거든."

내 말에 그는 크게 고개를 끄덕였다. 그 얼굴에 존경의 표정이 퍼져 나가는 것을 나는 기분 좋게 바라보았다.

"메카클리프의 흑마법사라면 루카 베긴스로군요. 유명한 자였지요."

나는 고개를 끄덕였다.

우리들이 하는 말을 들었는지 세 명의 애송이들이 슬금슬금 모닥불 가까이로 다가오고 있었다. 아까 잔뜩 위협을 해둔 탓인지 꽤 조심스러운 태도였다. 여공작이라는 메디사 계집애는 잔뜩 불쾌한 표정을 숨기진 않았지만 그렇다고 입을 열 정도로 바보는 아닌 듯하다.

"어쨌든 그 여공작이 용병을 동경한다 하더니 분명히 그런 모양입니다."

토르가는 슬금 다가오는 자들에게 손짓을 하며 말했다. 그들은 토르가가 손짓하자 어색한 웃음을 머금으며 결국 불 앞으로 와 앉았다. 생각해 보니 아무래도 이들은 불 피우는 것도 제대로 못하는 게 아닌가 싶다.

"잠이나 자자."

내가 그들을 모른 척하고 길게 드러눕자 토르가가 모닥불 앞에 모인 세 명의 애송이를 향해 하는 말이 들렸다.

"지금은 내가 불침번을 설 테니 다음은 자네가 서게."

"네."

불행히도 불만을 토하는 놈은 없었다. 불만을 토했다면 가차없이 두꺼비로 만들어줬을 텐데.

Chapter 2

아침에 일어나니 무척 추웠다.

입김이 하얗게 보이다 못해 얼음이 뚝뚝 떨어질 지경으로 하늘은 얼어붙은 회색빛이었다. 재수없으면 눈이라도 쏟아질지 모른다. 오늘도 춥겠군.

내 로브는 체온 조절이 가능한 것이었기 때문에 별로 추위를 느끼진 못했지만 바로 옆에서 덜덜 떨고 있는 세 애송이는 꽤 괴로운 모양이었다. 토르가는 어느새인지 일어나 시커매진 솥을 모닥불에 매달아 스튜를 끓이고 있었다. 먹다 남은 육포와 곡물 가루를 넣은 오트밀이었다. 추울 때는 그게 제일 좋다.

"일어나셨습니까."

"응."

남이 해주는 오트밀도 꽤 오랜만이다. 나는 토르가가 내미는 그릇을 받아 들고 천천히 마셨다. 그의 뺨이 추위로 퍼렇게 질려 있다.

밝은 날에 보니 그는 사십 대 중반 정도로 보였다. 허옇게 일어난 수염과 회색빛이 감도는 갈색 머리칼. 굳은살로 범벅이 된 손가락들을 보니 새삼 묘한 감회가 들었다.

"어디로 간다고 했지?"

내 질문에 그가 눈을 크게 떴다.

"쏘일 시로 갑니다. 은퇴했으니 이제 가족과 함께 지낼 참입니다."

"가족이라……."

"아내와 딸이 기다리고 있습니다. 이제 겨우 돌아갑니다."

그가 잔잔히 웃었다. 주름살이 깊게 패인 입가가 보이자 더 나이가 들어 보였다. 그는 더 이상 말하지 않고 뜨거운 오트밀을 데일런트와 메디사, 유세린에게 골고루 건넸다. 아마도 그의 딸이 그녀들 정도의 나이일지도 모르겠다. 그래서 이 애송이들에게 그리도 신경을 쓰는 것일는지도.

"그래, 여공작께선 어떻게 하실 거요?"

토르가 묻자 뜨거운 오트밀을 후후 불며 먹던 메디사가 움찔했다. 그녀는 커다란 눈을 이리저리 굴리더니 히죽 웃었다.

"아저씨를 따라갈 거예요. 어차피 여행 중이라 하지 않았던가요?"

"쏘일 시에 가족이 있어서 가는 거요. 쏘일 시는 이제 반나절밖에 남지 않았고."

"잘됐네요. 난 이제 노숙은 질색이에요. 추워 죽을 지경이고 온몸이 아파."

메디사의 말에 데일런트가 한숨을 내쉬었다.

"겨우 하룻밤 노숙이면서 말도 어지간히 많네."

"시끄러!"

메디사가 매섭게 쏘아붙이고는 빈 그릇을 내밀었다. 한 그릇 더 먹겠다는 태도다. 그러다가 나와 시선이 마주치자 재빨리 그릇을 치웠다. 내가 그만 먹으라고 한 것 같은 태도라 나도 조금 기분 나빴다.

"그나저나 이쪽이 메디로우즈 켄험 여공작이라는 건 알겠는데 다른 두 분은?"

토르가가 묻자 데일런트가 어색하게 웃었다. 뺨이 발그레해진 유세린은 모포로 어깨를 확 감싸면서 속삭이는 듯한 어조로 대답했다.

"전 유세리아느 페넬로페 데이서예요."

"전 데일런트 게럴 페이그란트지요."

"…진짜 페이그란트?"

내가 미심쩍게 묻자 데일런트는 뜻밖이라는 듯 날 보고 대답했다.

"네, 저의 아버지가 페이그란트 후작이에요."

"농담이겠지."

내 말에 얼굴이 시뻘게진 데일런트가 대꾸했다.

"저, 저는 조카이며 양자예요. 그러니까 틀린 것은……."

나는 새삼스럽게 회색의 깡패라 불린 페이그란트의 양자이자 조카인 녀석을 다시 훑어보았다. 아무리 봐도 페이그란트와는 전혀 닮지 않았다. 녀석은 골수까지 귀족인 것처럼 보이는 귀공자였다.

"그나저나 흑마법사께서도 쏘일 시에 가시는 겁니까?"

"응."

"무슨 일로 가시는 건지?"

"그냥 가는 것뿐이다. 나는 벨루가 산맥을 넘을 예정이니까."

"벨루가 산맥을 넘으면 드래곤의 레어에 도착합니다만, 혹여 드래곤

오르게이드에게 볼일이라도 있으신 겁니까?"

"그래."

내가 짧게 대답하자 세 애송이의 눈이 갑자기 감탄과 동경으로 바뀌었다.

"드, 드래곤과 친분이 있으신 거예요? 놀랍네요!"

"저, 저도 따라가면 안 될까요?"

세 놈이 동시에 떠들어대기에 나는 짧게 말했다.

"안 돼."

쏘일 시에 도착한 것은 반나절만의 일이었다. 그다지 험한 길도 아니었지만 세 명의 귀족 애송이에게는 힘든 일이었나 보다. 여공작이라는 여자애도 그렇지만 페이그란트의 양자라는 놈까지 헉헉대자 나는 정말로 한심해졌다. 부친의 이름에 먹칠을 해도 분수가 있지, 이렇게 연약한 후계자라니… 용병왕이란 이름이 울겠다.

유세린이라는 아가씨는 백작가의 딸로 메디사의 소꿉친구라고 했다. 항상 밖을 동경해 온 메디사에게 부추겨 여행을 시작했다고 하는데 속으로 후회가 막심한 듯했다. 흥분하고 있는 것은 어쩐지 그 메디사라는 아가씨뿐인 거 같아 나도 토르가도 내심 웃고 있었다.

"드디어 도착했다!"

메디사가 감격한 어조로 말했다. 그녀는 토르가에게 친한 척 다가가 물었다.

"여기에 쓸 만한 여관을 소개해 줘요, 아저씨."

여공작이 아저씨라 부르는 것도 꽤 재미난 일이다. 토르가는 그런 호칭에도 굴하지 않고 내 쪽을 보더니 히죽 웃으며 말했다.

"저쪽에 우리 집이 있습니다. 아내가 경영하는 여관이 있으니까 이왕이면 거기서 머무세요."

"야, 잘되었네요!"

쏘일 시는 광산촌이 커지면서 만들어진 도시로 크지는 않지만 그렇다고 작지도 않았다. 오랜 전란 끝에 광산은 폐쇄되었지만 그래도 가까운 곳에 드워프가 사는 탓에 그럭저럭 상인들의 발길이 끊이지 않아 먹고 살 만한 도시였다.

거리는 다른 곳과 별로 다르지 않았다. 어린 거지들이 들끓고 사창가로 사람들을 끌어대는 호객꾼들도 바글바글 들끓는다. 몇몇이 우리들에게 달라붙었으나 내 모습을 보고는 다들 슬금슬금 도망쳐 버렸다.

"거지가 많아!"

메디사가 잔뜩 얼굴을 찌푸리며 말하자 옆에 있던 유세린이 속삭이듯 말했다.

"무섭진 않지만 그래도……."

"조심해. 도둑도 많을걸."

네일런트가 주의를 주는 동안 토르가는 일행을 이끌고 오래된 놀남길을 주욱 걷더니 자그마한 건물에 도착했다. 상점가로 보이는 길목에 위치한 낡은 가게였는데 그래도 3층짜리였다. 앞에는 여행객들로 보이는 몇몇이 담배를 피우면서 침을 뱉고 있었다. 호객꾼으로 보이는 말라 빠진 꼬마 하나가 여행객들의 짐을 짊어지고 입구에서 서성거렸다.

"여깁니다."

토르가가 감회 서린 목소리로 말했다.

『태양이 지나는 곳』이라는 간판이 내걸린 작은 여관이었다. 고급도 아니고 그렇다고 싸구려도 아닌, 평범한 여관이었다. 말라깽이 호객꾼을 밀고 안으로 들어가자 음식 냄새가 확 풍겨왔다. 식당 특유의 찌든 냄새가 났지만 그래도 차가운 겨울 산속에 비할 바가 아니다. 식당 내의 온기에 얼어붙은 피부가 따끔거렸다.

마침 점심 시간이 될 때라 그런지 손님은 제법 많았다. 대개 우락부락한 남자들이 대부분이었지만 간혹 지친 낯을 한 여행자들도 있었다. 여자가 둘이나 낀 일행이 들어서자 일제히 시선이 확 몰렸다.

"예쁜데?"

"얼치기 여행자인가?"

한두 마디 말이 들렸지만 토르가는 신경 쓰지 않고 음식 쟁반을 들고 서 있는 작은 소녀에게로 다가갔다. 갈색 머리에 주근깨가 조금 남은 키 작은 소녀는 새로 온 손님들에게 힘차게 인사했다.

"어서오세요! 앉으세요!"

"아아."

토르가는 울 것 같은 미소를 지으며 머리 두 개는 작을 듯한 소녀를 내려다보았다. 15세 정도로 보이는 소녀는 그의 시선을 받으며 조금 당황하더니 그래도 시익 웃으며 물어왔다.

"식사, 숙박, 어느 쪽이신가요?"

"양쪽 다."

"그럼 식사 먼저 하실래요? 자리에 앉으세요."

토르가는 주변을 두리번거렸고 우리들은 그냥 테이블에 앉았다. 소녀가 주문을 받으러 다가오자 그는 다급히 물었다.

"엄마는 어디 계시냐?"

"엄마요? 주방에 계시죠."

소녀는 미심쩍은 듯 용병 차림새의 그를 아래위로 훑어보았다. 아무래도 전혀 못 알아보는 기색이자 토르가는 멋쩍게 웃었다.

"많이 컸구나, 토리야."

소녀의 눈이 커졌다. 갈색의 다람쥐 같은 눈이 잔뜩 커지더니 들고 있던 쟁반을 바닥에 내동댕이쳤다.

"아, 아빠?"

"그래, 아빠다."

"까아아아아악!"

소녀는 비명부터 질러댔다. 엄청 시끄럽다.

여관집 여주인인 토르가의 아내는 조금 토실한 느낌의 여자였다. 그녀도 딸처럼 토르가를 보자 악 하고 비명 같은 소리를 내지르더니 그 다음은 붙잡고 엉엉 대성통곡을 해대기 시작했다.

"죽은 줄 알았어! 왜 빨리 돌아오지 않은 거야아아앙!"

엄마가 울자 딸도 같이 울었다. 토르가도 두 모녀가 울자 마주 잡고 같이 눈물을 떨구었다. 그들만이 아니라 여관 안에 있던 사람들도 무슨 일이 일어났는지 깨닫고 모두 박수를 치고 환호성을 질러댔다. 용병으로 십여 년간을 헤매다 돌아온 남편을 맞이한 아내와 딸, 그것만으로도 이 내란과 전란의 시대를 살아온 자들에게는 감동 그 자체였던 것이다. 울고 또 우는 여자들을 데리고 토르가는 애써 토닥였고 여주인은 축하를 해대는 손님들에게 맥주를 공짜로 돌렸다. 나와 애송이들은 그 눈물과 환성의 한가운데에 멍하니 앉아 있었다.

"아, 여보. 이쪽은 날 구해준 분이야."

토르가가 벌게진 눈으로 날 소개했다. 여주인은 조금 작은 눈을 더 크게 뜨면서도 나에게 고개를 숙였다.

"고맙습니다! 고맙습니다!"

"이분이 없었으면 이미 난 7년 전에 죽었어."
"고맙습니다! 아저씨!"

꼬맹이까지도 감사하다며 고개를 숙여서 나는 조금 민망해졌다. 내가 그저 모른 척 시선을 피하자 토르가가 미소를 지으며 말했다.

"자, 일단 식사 좀 부탁하지. 모두 굶주렸다구."
"그래요!"

메디사가 소리치며 맞장구를 치자 퉁퉁 부은 눈을 한 여주인은 황급히 부엌으로 뛰어들어 갔다. 사람들은 토르가에게 서로 축하의 말을 건네며 맥주잔을 부딪쳤다.

"축하해!"
"어서 오시오!"
"이야, 축배를 들자구!"
"이게 몇 년 만인가! 이렇게 살아오다니!"

축하의 도가니에 선 그를 묵묵히 바라보던 데일런트가 생각난 듯 내게 물었다.

"저어기, 저분은 어디 용병단에 속한 분인가요?"
"몰라."
"서로 아시는 사이 아니었어요?"

은퇴한 용병치고는 참으로 운이 좋은 사내다. 토르가는 눈물을 닦아내면서 딸을 끌어안고 내 앞에 앉았다. 음식을 내오는 아내를 넋을 잃고 바라보며 그는 한숨이 섞인 기분 좋은 신음을 냈다.

"꿈만 같아요, 아빠."
"이젠 헤어지지 않고 살자꾸나, 토리. 아버지가 널 주려고 준비해 온 것도 많단다."

그는 먼지투성이 봇짐에서 작은 보퉁이를 꺼냈다. 그것을 열자, 금으로 만든 작은 술잔 두 개가 나왔다. 화려한 색채에 소녀가 탄성을 터뜨리자 토르가가 웃으며 말했다.

"네가 시집갈 때 신랑과 함께 마시라고 사온 거야. 마음에 드냐?"

"고마워요!"

소녀는 먼지투성이 아버지에게 키스를 퍼부었다. 그 기분 좋은 얼굴을 보자 어쩐지 나는 가슴 한구석이 거북해졌다. 토르가는 떨리는 손으로 딸의 머리를 쓰다듬으면서 속삭이듯 말했다.

"이젠 네가 시집가 잘 사는 것만 보는 게 남았구나. 네 지참금은 아비가 벌어왔으니까."

"아빠! 그런 거 다 필요없어! 이젠 다 같이 살면 된다구!"

토리는 토르가의 품에 안긴 채 엉엉 울었다.

두 부녀의 모습을 보고 메디사가 훌쩍거렸다. 옆에 있는 유세린도 흐느껴 울고 있었다. 데일런트는 감동한 듯 벌게진 얼굴을 애써 바닥으로 향하고 있었다.

"이, 이러고 있을 세 아니라 식사를 하고 쉬노록 하지요. 방은 있지, 토리야?"

"있어요. 제가 안내할게요. 까만 아저씨는 절 따라오세요!"

"까, 까만 아저씨라니… 이분은 록 베더라고 하는 흑마법사이시란다. 말을 조심하려무나."

토르가가 화들짝 놀라 말을 고쳐 주자, 토리라는 소녀는 눈을 동그랗게 뜨고 날 불안한 듯 바라보았다. 그러나 내가 입을 다물고 있자 토리는 곧 순진하게 웃었다.

"아버지의 은인이시라니까 우리 집의 은인이죠! 까만 마법사 아저씨, 따라오세요! 제일 좋은 방으로 드릴게요!"

오랫동안 잊고 있었던 감각이 손끝과 발끝으로 올라오기 시작했다. 멀리서 닭이 울고 있다. 새벽이, 해를 품고 다가오고 있다. 섬뜩할 정도로 강렬한 감각이 머리끝부터 일어나 심장을 향해 뻗어 나갔다.

두근, 두근, 두근, 두근…….

이번의 잠은 짧았다. 어쩌면 내전이 끝나가는 이 시기가 안타까운 마신이 나를 불러댄 것일지도 모른다. 마신은 항상 내게 피비린내 나는 장소를 제공하기 위해 마력을 아낌없이 뿌려댔다. 이렇게 잠을 자고 일어날 때마다 피곤함은 배가 된다. 피곤하고 지치는 삶, 이걸 삶이라 부른다는 것조차 어처구니없는 삶.

어제 보았던 토르가와 가족들의 재회는 참으로 보기 좋았다. 엉망진창인 삶 속에 보기 좋았던 것이 몇 개나 될까. 마음에 드는 것들이 몇 개나 될까. 나이가 들면 들수록 나는 감정이 마모되어 사라지는 것을 느낀다.

"목욕물 준비되었어요!"

문을 두들기며 토리가 소리쳤다. 아마 아침에 목욕물을 데워주는 모양이다.

나는 먼지투성이인 장화를 벗어 던지고 모처럼 로브를 벗고 밖으로 나갔다. 여관 안은 조용했다. 어젯밤 술을 퍼마신 사람들과 그 세 애송이들은 아직까지 퍼져 잠을 자는 모양이었다. 마법사란 인종들은 워낙에 잠이 없으니 깨어 있는 것은 나와 바지런한 토리와 그 엄마뿐일 것이다.

"어? 아저씨?"

목욕 물을 준비하던 토리가 날 보고 입을 벌렸다. 눈이 놀란 토끼처럼 커져 있었다.

"아, 아저씨, 까만 아저씨 맞아요?"

"맞다."

"아, 저, 저기… 모, 목욕하세요."

"그래."

날 보고 더듬거리던 토리가 새빨개져서 사라지자마자 나는 옷을 벗고 탕 속으로 들어갔다. 2년 만의 목욕을 천천히 즐기면서 나는 눈을 감았다. 하얀 김 속에서 흘러나오는 물 냄새가 기분 좋았다. 펠그라브의 은신처에서 2년 동안 잠을 자는 동안 가장 하고 싶었던 것은 제대로 된 뜨거운 목욕이었다. 정령을 불러 목욕을 할 수도 있었지만 사람의 손이 닿는 진짜 목욕탕이 그리웠다.

그나저나 지금 나의 나이는 몇으로 보일까.

목욕을 끝내고 거울 앞에 섰다. 거울에 드러난 얼굴을 보다가 나도 모르게 쓴웃음을 지었다.

검은 머리, 검은 눈, 하얀 피부.

나는 아직 이십 대 초반의 모습이었다. 내가 심장을 꺼내 바친 그날처럼.

식사를 하러 아래로 내려가기 전에 나는 로브를 벗었다. 어차피 내가 아니면 아무도 착용하지 못하도록 금지 마법이 걸려 있으니 큰 걱정은 없었다. 며칠 동안 로브를 입은 것은 날씨 탓이었지만 지금이야 별로 춥지도 않은 실내니까 굳이 로브까지 걸칠 필요는 없었다. 간단히 걸칠 만한 것을 골라 입고 나니 너무 낡은 옷이라는 생각이 들었다. 로브야 보존 마법이 걸려 있었으니 괜찮았지만 2년 동안 상자 속에 있던 이 튜닉은 색이 바래 있었다.

옷을 사야겠다고 생각한 나는 밝아진 창문을 통해 활기 찬 상점가를 살펴보았다. 상점들은 저마다 점원들이 청소를 하고 가게 문을 여느라 분주했다. 아직 손님이 있을 시간은 아니니까 식사를 하고 천천히 산책 삼아 상점을 돌며 필요한 것을 구입하는 것도 나쁘진 않을 것이다. 어제처럼 말라비틀어진 육포는 이제 그만 사양이다. 아, 그러고 보니 그 육포도 정말 오래된 것이었군. 보존 마법을 건 주머니를 하나 만들어 싱싱한 음식을 넣고 다니도록 해야지.

아래층 식당으로 나가보니 손님은 두 명밖에 없었다. 그나마도 나와 함께 온 그 애송이 중에 여자애 둘뿐이었다. 메디사와 유세린이라는 그 귀족 여자 두 명 말이다. 둘이서 뭔가 소곤거리며 차를 홀짝이고 있었다. 하기야 아침에 차를 마시는 것은 귀족뿐이다.

"까만 아저씨!"

토리가 날 보더니 반색을 하며 고개를 숙였다. 발그레한 뺨이 귀여워서 나도 모르게 미소 지었다.

"흠, 간단히 식사할 것을."

"네에!"

내가 자리에 앉자마자 두 여자 메디사와 유세린의 시선이 와 닿았다. 그녀들은 미심쩍다는 듯 나를 바라보고 있었는데 나는 그 시선을 완전히 무시했다.

술 냄새가 밴 탁자들을 물끄러미 보고 있으려니 토리가 잽싸게 뜨거운 수프와 빵을 가지고 나왔다. 내가 천천히 먹기 시작하자 옆에 서 있던 토리가 발그레진 얼굴로 내 앞에 앉더니 물었다.

"아빠는 아직 자요. 아저씨는 오래 머무실 건가요?"

"아니, 필요한 물품을 구해서 곧 떠날 거다."

"저런… 엄마는 아저씨 숙박비는 안 받는다고 했었는데!"

눈을 크게 뜬 토리의 얼굴을 보자 나도 모르게 표정이 부드러워졌다. 어쩌면 내게도 이런 딸이 생길 수도 있었다. 아니, 이미 세월이 흘렀으니 손녀쯤 되려나.

"숙박비를 안 받을 수는 없지."

내 말에 토리가 고개를 저었다.

"아빠의 생명의 은인이라고 했잖아요! 그럴 순 없죠. 참, 그런데 아저씨 정말 몇 살이에요? 전 아저씨인 줄 알았는데 지금 보니까 오빠잖아."

그 말에 난 소리 내어 웃었다. 그러자 토리는 얼굴이 더 빨개졌다.

"보기보다 나이가 많단다, 꼬마야."

"토리예요. 전 이미 열다섯 살이에요. 꼬마 아니예요."

토라진 듯한 그 말에 나는 토리의 귀로 손을 뻗었다. 손가락이 닿자 토리는 펄쩍 뛰었다.

"봐라, 꼬마 아가씨."

"와앗!"

토리는 두 눈을 크게 뜨고 내가 내민 것을 넋을 잃고 바라보았다. 나타난 것은 에메랄드 반지였다. 초록빛으로 빛나는 반지를 멍하니 바라보던 토리는 나와 반지를 번갈아 보며 대체 무슨 일인가 입을 벌리고 있었다.

"받아라. 네 귀에서 이런 게 나오는구나."

"에, 에헤헤헤……."

토리는 얼굴이 빨개진 채로 반지를 받았다. 그 동그란 뺨이 말할 수도 없이 사랑스러워 나는 나도 모르게 손을 뻗어 그 뺨을 만져 주었다. 살아 있는 자의 달콤한 맥박이 손끝으로 스쳐 지나가자 말할 수 없이 기뻤다.

"저, 이거 비싼 거죠? 이거 보석이잖아요?"

토리가 불안한 듯 반지를 쥔 채 물었다. 어느새인가 주방에서 토르가의 아내가 나와서 나와 토리를 번갈아 보고 있었다.

"괜찮아."

내가 수프를 먹으며 말하자 토르가의 아내가 황급히 사양했다.

"이런 비싼 물건을 받을 수는 없어요. 마법사님, 이런 어린애에게 보석 반지라니… 그건 과하다구요. 게다가 우리 남편의 생명의 은인이신 분인데 은혜를 갚기는커녕 보석을 받다니… 있을 수도 없는 일이구요. 아무리 젊은 양반이라고 해도 이게 얼마나 비싼 것인지는 아실 거 아닌가요?"

고집스레 말하는 토르가의 아내에게 나는 입을 다물었다.

"준다면 준 거야."

"이거, 참. 마법사님, 과한 물건을……."

"토리에게 준 거야. 난 2년 만에 처음 웃었어."

"그……."

내 말에 토르가의 마누라는 흠칫했다.

"그리고 어젯밤은 10년 만에 즐거웠다."

이번에는 토르가의 마누라도 토리도 아무 말도 하지 않았다. 토르가의 마누라는 가만히 선 토리의 머리를 툭툭 쳤다.

"감사의 인사를 해야지, 토리."

그 말에 토리는 황급히 고개를 숙여 인사했다. 기뻐서 어쩔 줄을 몰라 하는 그 얼굴을 보면서 나는 모른 척 수프를 먹기 시작했다.
"감사합니다, 딸에게 그런 귀한 것을 주셔서."
토르가의 마누라가 또다시 내게 인사를 했다. 나는 모른 척 입을 다물었고 마누라는 커다란 엉덩이를 실룩이며 도로 주방으로 향했다. 그리고는 커다란 훈제 오리를 한 마리 가지고 와 내 테이블 위에 놓았다.
"서비스예요!"
"…아침으론 과하군."
"많이 드시구려!"
여주인이 하얀 이를 드러내며 크게 웃었다.
그 남편에 그 마누라인 듯 기분 좋은 부부다.
토리가 방방 뛰며 제 아비를 깨우러 이 층으로 올라가자 나는 오리를 천천히 뜯어 음미하기 시작했다. 제대로 된 음식을 먹는 것도 오랜만이어서 기분이 좋았다. 토르가를 어젯밤 만난 것은 꽤 운이 좋았던 모양이다.
"저기요."
한참 먹고 있는데 유세린이 빼꼼이 고개를 내밀며 말을 걸었다. 그녀의 옆에 달라붙은 것은 다름 아닌 메디사다. 그녀 둘은 내 얼굴을 빤히 보며 슬그머니 내 앞에 앉았다. 뭐가 그리도 궁금한지 두 눈에 궁금하다는 물음표를 잔뜩 써 붙인 채 날 들여다보고 있었다.
"……."
"조오기……."
"그러니까 그 흑마법사 그분 맞지요?"
"……."
"로브를 벗으시니까 그러니까……."

"의외로 젊으시네요."

"아니, 우리들과 비슷한 또래인 거 같은데……."

"……."

또래로 보이니까 맞먹고 싶다는 게 골자인 거 같다. 나는 그녀들의 얼굴을 물끄러미 보다 말고 다시 먹는 데 열중했다. 별로 영양가없는 이야기가 아닌가. 용병을 동경한다는 한심한 귀족 아가씨와 그 일행이다.

"아씨! 너무하네. 여기 좀 보라구요! 어제 그렇게 무게 잡고 있어서 몰랐는데 알고 보니 우리 또래잖아! 그런데 왜 이렇게 사람을 무시해?"

메디사가 또 바락 외쳤다.

그리고 그 순간 나는 손가락을 들어 가볍게 그녀를 가리켰다.

"$\varepsilon\zeta\gamma\beta\gamma\alpha\iota\theta\kappa\lambda\Psi X \Phi \Upsilon T$!"

순간 그녀는 두꺼비가 되었다.

"끼아아아아아악!"

찢어질 듯한 비명 소리와 함께 여관 안이 발칵 뒤집혔다. 물론 나는 그 와중에도 열심히 먹고 있었지만 그 비명 소리로 놀라 잠을 깬 것은 한둘이 아닌 모양이었다. 토르가 딸 토리와 함께 뛰어나왔고 데일런트란 녀석과 여주인, 그리고 몇몇 손님으로 보이는 여행객들도 뛰쳐나왔다.

그리고 그들은 보았다.

오리고기를 음미하며 먹고 있는 나와, 뻐끔거리며 입을 벌린 채 졸도 직전인 유세린과 바로 그녀의 옆에 앉아 있는 주먹만한 커다란 두꺼비를.

"무슨 일이야?"

여주인과 다른 손님들이 눈을 크게 뜨고 불평을 토하는 동안 데일런트는 주위를 둘러보면서 물었다.

"메디사는?"

"아, 그, 그… 그……!"

유세린이 퍼렇게 질린 얼굴로 나와 자신의 옆에 앉은 두꺼비를 번갈아 가리키면서 부들부들 떨자, 데일런트는 미간을 잔뜩 찌푸리더니 그녀 옆의 두꺼비를 잡아 바닥으로 내동댕이쳤다.

"이게 징그러워서 그래? 내가 내다 버리고 올까?"

"그, 아, 안 돼!!"

유세린이 다시 새파랗게 질려 외쳤다. 두꺼비는 이미 의자 바닥으로 나자빠져서 버둥거리고 있었다. 짧은 다리와 우둘투둘한 등, 거기에 배는 허옇고 미끈거린다. 그것을 차마 만지지는 못하고 유세린은 무릎을 꿇은 채 두꺼비를 향해 외쳤다.

"괜찮니?"

"뭐 하는 거야?"

데일런트가 어처구니없다는 듯 묻자 유세린이 울상이 되어 외쳤다.

"이 두꺼비가 메디사란 말이야!"

"뭐?"

"으, 으어어어엉~ 무서워 죽겠어! 아으으으윽!"

덜덜 떨며 유세린이 데일런트의 품 안에 안겨 대성통곡을 시작했다. 아아, 정말 시끄럽다.

데일런트는 바닥에서 허부적거리고 있는 누런 두꺼비와 나를 잠깐 번갈아 보더니 고개를 갸우뚱했다.

"농담도 지나쳐. 흑마법사라 해도 사람을 두꺼비로 만들 수는 없는 거 아닌가?"

"엉엉! 내가 거짓말했단 말이야? 저 사람이 주문을 외워 메디사를 두꺼비로 만들었단 말이야!"

엉엉 울어대던 유세린이 나를 가리켰다. 그러다 순간 나와 시선이 마주치자 당장이라도 졸도할 듯 비명을 질러댔다.

"꺄아아! 잘못했어요! 잘못했어요!"

"정말 시끄럽군."

내가 한마디하자 유세린은 입을 꽉 다문 채 이번에는 딸꾹질을 시작했다. 데일런트는 이걸 믿어야 하나 말아야 하나 하는 얼굴로 나와 두꺼비를 번갈아 보더니 두꺼비를 잡아 올려 테이블 위에 놓았다. 그러자 사람들이 다가와 두꺼비를 들여다보며 그게 진짜일까 한두 마디씩 떠들어대기 시작했다.

"정말 그 예쁜 아가씨가 두꺼비로 변한 걸까."

"진짜 두꺼비 맞아?"

몇몇이 쿡쿡 손가락으로 찔러보기까지 하자 두꺼비는 신경질적으로 혓바닥을 날름거리며 위협을 했다. 그 모습이 아무래도 거북했는지 데일런트는 울고 있는 유세린에게 다시 물었다.

"진짜 이게 메디사라구?"

"응, 응."

딸꾹. 딸꾹.

유세린이 울며 말하자 옆에서 멍하니 보고만 있던 토르가가 내게 물었다.

"정말입니까, 록님?"

"……"

나는 여전히 오리고기를 음미 중이었다. 이미 거의 먹어치웠고 남은 것은 날개 한쪽과 다리 한쪽이다. 이것을 마저 먹어치울까 말까 망설이는 중에 토리가 겁에 질린 건지 궁금해서 그런 건지 물어왔다.
"아저씨, 정말 사람을 두꺼비로 만든 건가요?"
초롱초롱한 시선이 온통 내게로 쏠렸다. 꽤 부담되는 시선들이었다.
나는 먹다 만 오리고기에서 손을 떼고는 기름이 묻은 손을 빵에 닦았다. 여주인이 내주는 맥주로 목을 축이고 신경질적으로 혀를 날름거리고 있는 두꺼비에게로 시선을 돌렸다.
"……"
성질 나쁜 것은 두꺼비가 되어서도 마찬가지일지도 모른다. 영 불쾌한 낯짝인걸.
그동안 내가 두꺼비로 만들어온 자들은 무수히 많지만 그중에서도 이 여자 두꺼비는 꽤 압권이다. 날름거리는 이 혀가 어째 대단히 어울린다. 화난 듯 불퉁이는 목덜미도 꽤 어울리지 않는가.
"어울리잖아."
느릿한 내 말에 토르가가 '네?' 하고 되붙었다.
"메디사란 그 애, 꽤나 어울리는군."
"뭐에 말입니까?"
"두꺼비에."
"…그래도 예쁜 아가씨에게 너무 심한 짓을……."
"못생긴 애라면 괜찮았을 거란 의미인가?"
"설마요."
토르가가 느긋하게 대꾸했다.
그러자 토리도, 여주인도 모인 사람들도 킥킥 웃기 시작했다. 심지어 데일런트도 웃는데 안 웃는 것은 딸꾹질을 하고 있는 유세린뿐이었다. 그녀는 눈물이 글썽해서는 잔뜩 겁에 질려 데일런트의 등 뒤로 숨어 있었다.

"어쨌든 본래대로 해주십시오. 그래 봬도 공작가의 아가씨입니다."

"흐음……."

나는 턱을 괸 채 두꺼비에게 경고했다.

"함부로 떠들기 시작하면 평생토록 두꺼비가 되게 해주겠다. 알아듣겠나?"

"……."

여전히 불퉁거리는 두꺼비. 역시 그냥 놔두는 편이 좋을 듯싶어.

"제, 제가 조심시킬게요!"

갑자기 심각한 얼굴로 데일런트가 끼어들었다. 데일런트는 이제야 정말 눈앞의 두꺼비가 메디사라는 것을 믿는 기색이었다. 아니, 조금은 미심쩍다는 얼굴이다. 하지만 그가 미심쩍어하든 말든 나는 피식 웃으면서 손가락을 흔들어주었다.

"!@#$%&!"

착 소리와 함께 테이블 위에 메디사가 등장했다. 그녀는 눈을 꿈뻑이며 테이블 위에 앉아 있다가 갑자기 비명을 질러댔다.

"꺄아아아아아악!"

뒤이어 데일런트와 다른 사람들도 일제히 비명을 질러댔다.

"끄아아아악!"

"와악!"

"아아아아악!"

"사람을 두꺼비로 만들다니, 너무 심했어요!"

데일런트가 심각하게 말했다. 녀석은 의외로 무섭지 않은지 애써 태연한 기색을 보이며 말하고 있었다. 나는 차를 우아하게 마시면서 이 녀석의 어디가 페이그란트라는 그 망나니 자식과 닮았는가를 관찰하고 있었다. 역시 아무리 찾아도 없다.

내가 잠이 들었을 때는 사생아 출신의 성질 더러운 용병 페이그란트가 드디어 후작 작위를 받아 꽤나 넓은 영지를 챙겼을 때였다. 그 즈음에는 그 휘하의 녀석들도 자작이나 백작위를 받아 그럭저럭 행세깨나 할 법하다고 자랑하고 있을 때였고 할의 부관이었던 레미안 터스가 상관이 성희롱을 일삼고 있다며 울면서 나에게 하소연할 때였다.

또한 후작께서 귀족 여자라면 이가 갈린다며 남자인 레미안 터스를 후작부인으로 삼겠다는 엄청난 발언을 했을 때이기도 했다. 어찌 되었든 두 놈은 잘 사는 것 같고 눈앞에 있는 이 금발 애송이를 후계자로 삼아 후작부인을 두지 않은 것도 사실인 모양이다. 2년 전에는 엄청나게 심각한 일이었던 거 같은데 지나보니 우습다.

나와 할 페이그란트의 인연은 약 22년 전으로 거슬러 올라간다. 지금이야 소드 마스터니 뭐니 하고 떠들어대지만 당시 애송이 중에 애송이였던 그놈은 가진 것이라고는 불알 두 개밖에는 없는 놈이었다. 아니, 밑으로 부하 세 명이 전부였다.

새롭게 용병대를 만들겠다고 악악대던 애송이를 몇 번 밟아 사람을 만들어놓으니 대뜸 대륙 3대 용병대 중 하나가 되었다. 그리고는 지금 현재에 이른다. 녀석과 함께 싸웠던 기억은 없다. 녀석을 귀여워해 주었던 기억은 조금 있지만.

"……."

그 덩치 큰 놈을 귀여워해 주었다고 생각하니 조금 쏠리는군.

"그건 그렇고, 네 여자 친구에게 또 한 번 입을 비죽거리면 개구리로 만들어주겠다고 말해라."

내 말에 데일런트의 뒤에서 입을 삐죽이고 있던 메디사가 흠칫 일어섰다. 벌벌 떨고 있던 유세린도 화들짝 놀랐다. 메디사는 겁이 없는 건지 한 번 두꺼비가 되었으면서도 내게 겁없이 눈을 부라리고 있었다. 아무래도 다른 걸로 한 번 더 바꿔줄까 싶은 생각까지 든다.

차를 다 마시고 천천히 담배에 불을 붙였다. 식후 한 대의 담배는 꽤나 기분이 좋다. 이렇게 온화한 분위기에서 피우는 담배는 더 더욱 맛이 있지.

데일런트는 내 눈치를 보다가 한숨을 푸욱 쉬더니 슬그머니 물었다.

"그나저나 아버지와는 어떻게 아는 사이이신 거죠?"

"조금 안면이 있을 뿐이다."

"하지만 믿어지지 않는 게 당신은 고작해야 내 또래로 보이는걸요."

검은 머리에 검은 눈을 가진 미청년, 그게 바로 나다. 27살 때 나는 제물을 바쳐 흑마법사가 되었고 그때 모습을 그대로 유지하고 있었다. 데일런트가 같은 또래니 뭐니 하지만 적어도 녀석과 한 세대 이상의 차이가 난다.

"흑마법사는 지팡이를 쓰지 않습니까?"

"안 써."

"어째서지요?"

"알려줄 필요는 없다고 본다."

내가 연기를 내뿜으며 대꾸하자 데일런트는 한숨을 푹 내쉬었다.

그때 그를 구해주듯이 토르가가 편안한 복장으로 이 층에서 걸어나왔다. 그는 내가 물건을 산다고 했더니 토리를 안내인으로 붙여주겠다고 했다. 나도 별로 반대할 마음은 없어서 흔쾌히 응했다. 귀여운 여자 아이는 누가 봐도 기분 좋은 것이다. 잘난 척 떠들어대는 애송이와 달리 말이다.

"메디사 언니와 유세린 언니도 같이 가요. 네?"

"……"

나는 잔뜩 독이 오른 두꺼비 후보와 겁에 질린 개구리 후보를 잠시 바라보았다. 둘 다 나를 쏘아보긴 했지만 어쨌든 토리가 내게 애교를 떨며 말하기에 참기로 했다.

"아저씨가 사실 건 뭔데요?"

"옷가지 몇 벌과 식량이야. 주머니와 신발도 새로 살까 한다."

"좋은 곳으로 안내해 드릴게요. 절대 바가지는 안 쓸 거예요."

토리는 의외로 용감하게 내 손을 잡았다.

"……!"

그 작은 손이 내 손을 잡는 순간, 나도 모르게 흠칫했다. 따스한 온기, 달콤한 살 내음이 엄청나게 자극적이어서 나도 모르게 숨이 막혔나.

"아저씨?"

내 손을 잡은 토리가 약간 불안한 듯 나를 올려다보았다. 15세가 아직 어리다고는 해도 그래도 시집갈 나이가 머지않았다. 그럼에도 불구하고 남자 손을 덥석덥석 잡는다는 건 내가 자기 아버지보다 나이가 많다는 것을 이미 토르가에게 들었기 때문일지도 모른다.

그럼에도 불구하고 호의 어린 손길은 얼마나 기분이 좋은가.

"…아니다."

나는 이런 손길을 오랫동안 잊고 지내왔다.

이렇게나 맹목적으로 호의를 뿜어대는 선량한 손길이라니.

데일런트와 두 명의 두꺼비 후보들을 뒤에 거느리고 나와 토리는 느긋하게 상점가를 걸었다. 검은 옷을 구입하는 나에게 검은 장화를 내미는 토리는 아주 귀여웠다. 사탕을 사주는 건 어린애에게 하는 짓인지라 옷을 한 벌 사주었다. 고마워하면서도 들뜬 모습이 꽤나 귀여웠다.

"잘 어울린다, 토리. 애인이냐? 아주 기막힌 미남인걸."

옷가게 주인이 새로 산 드레스를 입고 내 앞에서 한 바퀴 돌아 보이는 토리를 의미심장한 눈으로 바라보며 웃었다. 그 말에 토리는 새빨개진 채 외쳤다.

"아, 아니에요!"

"뭘 수줍어하고 그래. 기막힌 미남 청년인걸. 젊은이, 토리를 잡았다면 땡 잡은 거야. 아주 살림꾼이거든."

옷가게 주인의 말에 나도 피식 웃었다. 토리는 새빨개진 채 내 팔을 잡아끌었다.

"그게 아니란 말이에요! 아잉! 메디사 언니도 말 좀 해줘요!"

"저 남자는 보기엔 저래도 절대로 젊은이가 아니라구요. 늙어 빠진 음흉한 흑마법사라구요!"

제법 이를 갈며 메디사가 외쳤지만 옷가게 주인은 크게 웃기만 했다.

"거, 예쁜 아가씨가 악담을 해도. 질투하는 게로구만. 이봐, 젊은이. 저 예쁜 아가씨에게도 한 벌 사주라고. 그럼 저런 소리 싹 들어갈 테니까."

"누, 누가 질투를 해! 저런 끔찍한 작자를!"

메디사가 비명처럼 소리를 질러대기 시작해서 나는 다시 한 번 손가락을 들어 보였다. 그러자 재빨리 입을 합 하고 스스로 막는다. 그 동작이 대단히 민첩해서 나는 용서해 주기로 했다. 그나저나 마음에 드는 가게 주인이로군.

"…한 벌 더 사도록 하지. 토리야, 네 엄마 것도 한 벌 골라라."

"오, 멋쟁이구만! 미남자!"

옷가게 주인의 말에 토리가 까르륵 웃었다.

"데일런트! 너도 나 사줘!"

갑자기 씩씩대며 메디사가 말하자, 데일런트는 당황한 어조로 나와 토리를 번갈아 보았다. 그러더니 한숨을 푸욱 내쉬며 말했다.

"골라라, 골라."

메디사는 옷가게 주인을 밀쳐 내더니 갑자기 와르르 드레스를 고르기 시작했다. 씩씩대는 것이 아무리 봐도 멧돼지를 연상시키기에 나는 문득 멧돼지로 바꿔보면 어떨까 하는 상상도 해봤다.

"오늘 저녁에 광장에서 열리는 무도회에 나가보면 어떻겠수?"

옷가게 주인이 드레스를 팔아보고 싶어서 그런지 갑자기 눈을 반짝이며 물었다.

"무도회라니?"

갑자기 눈을 반짝이며 유세린이 물었다. 그녀는 데일런트의 뒤에 숨어 내 시선을 피하면서 슬그머니 나섰다.

"내일부터 축제 기간이에요. 성 마베룬의 날입니다."

"맞아요, 그래서 여행객이 더 많은 거예요. 이 벨루가 산맥에서 온천이 솟아난 날을 기념하는 축제예요."

쏘일 시의 온천은 그다지 유명하지는 않지만 그래도 적지 않은 사람을 모으는 요소가 되기도 했다. 산행에 지친 여행자들이 쏘일 시를 반드시 거치는 것도 이런 이유에서다. 그렇지만 축제를 열 정도로 아직 편안한 시절은 아닌데.

"여기 시장은 과거에 용병대장이었던 사람이에요. 그래서 시 경비병을 강화했지요. 그 덕에 치안이 좋아졌어요."

옷가게 주인의 말에 나도 고개를 끄덕였다. 용병대장이 시장까지 되었다면 대단히 출세한 셈이다.

"예전에는 에스터거 자작의 영지였는데 정말 형편없었지요. 10년 전만 하더라도 먹고 살기 힘들었었어요. 그 작자가 죽어 나자빠진 덕분에 살 만해졌죠."

주인은 그렇게 말하고는 머쓱한 표정의 세 애송이에게 옷가지를 권했다. 드레스를 고른 메디사와 유세린은 저마다 입어본다고 난리를 치다가 문득 주인에게 물었다.

"이곳에 있는 귀족은 그럼, 시장뿐인가요?"

"이곳에 있는 귀족이요? 더 있을 걸요. 단지 자신이 귀족이라고 나서진 못하겠지만."

"왜요?"

"이런 변경 도시에 숨어든 귀족이라면 뻔하지 않겠어요? 반역자로 몰린 귀족들이나 도망자들뿐일 테니까요."

그 말에 데일런트의 얼굴이 굳었다. 내전 후에 잔뜩 밀려난 귀족 찌꺼기들이 변경에 숨어드는 것은 당연지사다.

"그럼, 이 무도회는 시장이 여는 거예요?"

"그렇수, 아가씨. 꽃의 경연이라고 이 추운 겨울에 무도회를 열면서 그런 이름을 붙였죠."

그의 말에 더 이상 토를 달지 않고 모두 옷을 한 벌씩 샀다. 나는 여행복으로 입을 옷 한 벌과 토리의 권유로 말끔해 보이는 튜닉과 가운을 한 벌 샀는데 제법 화려한 옷이어서 조금은 어색했다. 화려한 옷을 입는다는 게 얼마 만의 일인가.

거리 구경을 하다가 여관으로 돌아오는 길에 데일런트가 슬그머니 말을 걸었다.

"저기요."

"……."

"검을 차고 계시는데 혹시 검도 쓰십니까?"

"안 쓰면 뭐 하러 차고 있겠나?"

"보통 마법사는 검을 안 쓴다고 하던데요?"

"쓰든 안 쓰든 내 마음이지."

"그래도……."

Chapter 3

"모두 즐겁게 즐겨주세요."
"와아!"

사람들은 삼삼오오 모여 광장을 채우고 있었다. 상점가는 대부분 철시를 하고 어두운 밤과 하얀 눈, 그리고 얼음으로 만든 조각들이 광장을 메우기 시작했다. 저마다 끌과 망치를 가지고 온 사람들은 구경꾼들의 시선을 받으며 조각을 했다.

"볼 만하네! 얼음 조각도, 눈 조각도 처음 봤어요!"

유세린이 두 손을 마주 쥐고 외쳤다. 그 옆에 선 메디사도 한껏 멋을 내긴 했지만 꽤나 추운지 부들부들 떨고 있었다. 데일런트는 모피로 만든 망토로 몸을 감싼 채 유세린의 팔을 잡아당겼다.

"이런 곳에서 조금만 멀리 있어도 헤어지기 쉬워."
"정말 그렇겠네."

나는 팔짱을 낀 채 토리와 나란히 서 있었다.
 토리의 드레스 차림은 꽤나 귀엽긴 했지만 솔직히 말해 아름답다고는 차마 말하기 어려웠다. 아직 몸매의 굴곡도 드러나지 않은 밋밋한 몸매 탓에 드레스의 옷맵시는 별로였던 것이다. 하지만 어차피 어린애에게 성숙한 여자의 곡선을 요구한다는 건 심한 일이다. 나는 그저 느긋하게 내가 준 반지를 끼고 불빛에 비춰 보고 있는 토리를 바라보고만 있었다.
 "춤춰요!"
 토리가 내 손을 잡아끌고 나가자 나는 조금은 망설였다.
 춤을 춘 것도 몇십 년은 된 일 같다. 요즘 유행하는 춤은 내가 알던 춤과는 너무나 달라서 어쩐지 어색하기만 했다. 토리의 손에 이끌려 앞으로 나가보니, 무도회장으로 일부러 꾸몄는지 붉은 타일을 깔아놓은 광장에서 춤을 추고 있는 남녀가 보였다.
 추운 날씨에 벌건 얼굴을 하면서도 즐겁게 연주를 하고 있는 연주자들도 그렇고, 낡거나 변변찮은 드레스를 입고도 환히 웃고 있는 여자들도 그렇고 모두 다 보기 좋았다. 화려한 귀족들의 무도회와는 전혀 다른 온화함과 소박함에 어쩐지 가슴 한쪽이 이상해졌다.
 이번엔 너무 짧게 잤기 때문이다.
 겨우 2년밖에 잠을 자지 않았기 때문에 감정이 무뎌진 것이 틀림없다.
 "록 아저씨!"
 토리의 작고 따스한 손에 가슴이 저려왔다. 생생한 온기가 섞인 입김이 오랫동안 굳어 있던 어딘가를 건드린다.
 "가만있으면 추워요! 춤추자구요!"

"춤출 줄 모르는데."

"에잉? 내가 가르쳐 줄게요!"

까르륵 웃는 소리를 내며 토리가 내 손을 잡고 빙글빙글 돌았다. 귀족들의 복잡한 춤이 아닌 토속적인 춤이라서인지 간단한 리듬이었다. 따라하기 쉬운 박자에 몸을 맞추고 나자, 토리는 내 품 안에 안겨 빙글빙글 돌았다.

토리만이 아니다. 내 옆에 어느새인가 토르가와 그 부인이 춤추는 것이 보였다. 즐거움으로 가득 찬 그 미소가 더할 나위 없이 기뻤다. 토르가는 대체 몇 년 만에 아내와 춤을 추는 것일까. 나와 시선이 잠시 마주친 토르가가 약간 붉어진 눈매로 피식 웃어 보였다.

전쟁은 심하게 상처를 남기지만 사람들은 강하다. 금세 그 상처를 메우고 앞으로 또 나아간다.

"와앗!"

"밟지 마!"

"바보! 이 간단한 스텝도 틀리다니!"

"너무 달라서 그런 거뿐이라구!"

어느새인가 마을 젊은이들의 표적이 되어 있던 메디사와 유세린도 사람들 사이에서 춤을 추고 있었다. 데일런트가 몇 번 실수를 하자 유세린이 쫑알대기 시작했다. 메디사는 그런 그들을 아랑곳 하지 않고 열심히 춤을 추는데 그 기세가 자못 대단해 보였다.

"아름다운 아가씨, 다음에는 저와 춤을!"

"아니, 저와!"

줄지어 줄줄이 춤을 청하는 젊은이들 사이에서 여왕처럼 호호호 웃고 있던 메디사는 나와 눈이 마주치자 홍 하고 고개를 돌렸다. 확실히 이런 시골에서 그녀의 유별난 외모는 시선을 확 끌지 않을 수 없었다.

"메디사 언니랑 싸우지 마요."

토리가 속삭이듯 말했다.

"안 싸워."

내가 어처구니없어 말하자 토리는 걱정스럽게 말했다.

"언니를 두꺼비로 만든 건 심했어요. 언니는 나쁜 사람 아니에요. 귀족이긴 하지만 못되게 굴지도 않고 착하단 말이에요."

"그런가."

내가 픽 웃자 토리가 문득 의미심장하게 말했다.

"제 생각인데 메디사 언니는 혹시 아저씨를 좋아하는 게 아닐까요? 일부러 아저씨에게 자꾸 말을 거는 것을 보면 그럴지도 몰라요."

"말도 안 돼."

내가 일축하자 토리는 확확 고개를 돌렸다.

"아니에요. 아니에요! 언니가 저렇게 아저씨를 노려보는 걸 보라구요. 정말 싫었다면 벌써 일찌감치 여기서 떠났을 거예요. 자꾸 아저씨 주변을 맴도는 것을 보면 틀림없이 아저씨를 좋아하는데 아저씨가 너무 냉정하게 굴어서 그런 걸지도 몰라요."

"……."

드래곤 레어에 가보고 싶어서 그런 거라 생각되는데.

"저길 봐요! 언니가 또 보고 있어요!"

토리가 내 어깨 너머로 발돋움을 해서 메디사를 훔쳐보며 외쳤다. 메디사는 아직도 내게 따가운 시선을 던지고 있는 모양이다.

"아저씨, 언니에게 춤을 신청해 봐요!"

"싫다."

"아저씨, 쪼잔하게 그러지 말고 아저씨가 먼저 말을 걸어요. 불쌍하게 혼자 가슴앓이를 하고 있는데."

토리는 정말로 불쌍하다는 듯 메디사를 바라보며 말했다. 얼마나 진지한지 나도 그 말을 믿을 정도였다.

"저 계집애가 날 좋아한다는 건 말도 안 되는 일이야. 그저, 난 떠들어대는 저 애가 귀찮고 저 애는 내가 무섭고 짜증나는 모양이니 그대로 냅둬라."

"아니에요! 그거야말로 무서운 오해!"

토리는 갑자기 열렬히 외치기 시작했다.

"아저씨는 여자의 마음을 몰라요! 메디사 언니는 냉정한 아저씨에게 한눈에 반한 게 틀림없어요. 그런데 아저씨가 냉정하니까 화를 내고 있는 척하는 거죠! 생각해 봐요. 정말 싫어한다면 두꺼비로 만들기까지 한 상대에게 저렇게 열렬한 시선을 보낼 수 있겠어요?"

흘긋 돌아보니 진짜 열렬한 시선을 보내고 있다. 갈색 머리 청년과 춤을 추고 있긴 한데 그 어깨 너머로 나를 맹렬히 쏘아보고 있는 중인 것이다. 너무나 열렬해서 분명히 원한 맺힌 표정임이 확실한 눈빛이었다.

"…소설을 써라."

내가 픽 웃고 말자 토리는 갑자기 춤추다 말고 내 옆구리를 쿡 찔렀다.

"왜?"

"저, 저기 봐요. 저기요!"

토리가 심각하게 내 옆구리를 누르며 턱짓을 하기에 뒤돌아보았더니 메디사의 얼굴이 이상야릇해지고 있었다. 같이 춤추고 있는 갈색 머리의 남자가 그녀의 허리를 슬금슬금 어루만지고 있는 것이다.

한 손은 잡고 한 손은 허리에 두고 추는 이 춤은 펄쩍펄쩍 뛰는 것이라 끈적한 분위기를 결코 낼 수 없는 것인데도 저 눈앞에서 춤추고 있는 메디사와 그 파트너는 꽤나 끈적한 분위기를 내고 있었다.

"아저씨, 도와줘요!"

토리가 급히 말했지만 난 고개를 저었다.

"혼자서도 잘할걸."

그 말이 떨어지기 무섭게 갑자기 짜악 소리와 함께 메디사 주변의 사람들이 일제히 돌아보았다.

"무슨 짓이야!"

"너야말로 무슨 짓이야?"

뺨을 맞은 갈색 머리 청년이 메디사를 향해 눈을 부릅떴다. 메디사는 분한 듯 부들부들 떨더니 발을 들어 청년의 정강이를 걷어찼다. 그러나 맞고만 있을 자가 아니었는지 갈색 머리의 청년은 이를 박박 갈면서 메디사의 팔뚝을 확 잡아끌었다.

"꺄악!"

그러나 피하려던 차여서 그랬는지 메디사의 옷자락이 확 찢겨져 나가고 말았다. 나풀거리는 옷자락과 함께 팔 한쪽이 완전히 찢어져 가슴까지 드러날 지경이 되자, 기가 센 메디사도 비명을 올리며 가슴을 급히 가렸다.

"이 계집애가!"

"저리 꺼져, 이 나쁜 놈아!"

메디사가 울음기 섞인 목소리로 악을 쓰자 남자는 그런 그녀의 머리채를 휘어잡으려는 듯 손을 뻗었다.

"그만 해."

나는 잽싸게 끼어들어 남자의 팔뚝을 잡아챘다.

솔직히 이런 역할은 내가 별로 원하는 게 아니다. 하지만 눈을 반짝이고 있는 토리의 압력을 이기진 못했다.

"뭐, 뭐야! 넌! 계집애같이 생겨가지고선!"

세상에는 두 종류의 멍청이가 있다. 스스로 주제를 알고 매를 피해 가는 멍청이와 매를 버는 멍청이. 나는 메디사를 때리려 했던 녀석의 팔뚝을 잡아 그대로 뒤로 꺾었다. 끄억 하는 소리와 함께 녀석이 바둥거리며 허리춤에 매달고 있던 단검을 뽑아 들었다. 주제를 모르는 놈이 꼭 매를 번다.

"억!"

팔뚝을 그대로 확 잡아 뽑았더니 우드득 소리가 나는 동시에 비명이 터져 나왔다. 나를 단검으로 찌르려던 사내는 어깨뼈가 뽑혀져 나가는 극심한 고통에 검을 떨어뜨리고 바닥에 축 늘어졌.

늘어진 놈을 바닥에 그대로 던져 놓자 부들부들 떨고 있는 메디사가 보였다. 그녀는 눈물로 글썽해진 눈으로 날 보더니 입술을 꽉 깨물었다.

"이리 와."

내가 걸친 가운을 벗어 어깨 위에 걸쳐 주자 메디사가 울음을 참으면서 빽 소리를 질렀다.

"누가 도와달랬어?!"

"그럼 그냥 갈까?"

나는 걸친 가운을 도로 빼앗아 들었다. 그 서슬에 놀란 메디사가 바락 소리를 질렀다.

"그, 그렇다고 그걸 뺏냐!"

"가라며?"

"누, 누가 가라고 했어?"

벌건 얼굴이 정말 볼 만했다. 웃음이 나오려는 걸 참고 그냥 가운을 걸쳐 주었더니 메디사가 갑자기 내 팔뚝을 꽉 쥐었다. 내 팔을 의지해서 일어서는 것을 도우려 가만 있었더니 그녀는 부끄러운 건지 화가 난 건지 발치에 쓰러져 신음하는 녀석의 옆구리를 거세게 걷어차기 시작했다.

"익! 나쁜 놈! 죽어! 죽어!"

퍽퍽 소리를 내며 그녀가 화풀이를 하고 있는 동안 데일런트와 유세린이 다가와 물었다.

"괜찮아?"

"괜찮아 보이냐? 너, 데일! 재깍 와야만 하잖아!"

"록님이 오셨으니까 되었잖아."

데일런트가 미적미적 변명을 하자 메디사는 눈물 맺힌 눈을 똑바로 뜨고 그를 쏘아보았다.

"내 호위기사인 주제에 그딴 변명을 할 참이야!"

"미, 미안!"

그녀는 씩씩대더니 가만 서 있는 내 팔뚝을 확 잡아끌고 걷기 시작했다. 어라라, 왜 날 잡고 가?

"어딜 가?"

"어딜 가긴! 여관으로 돌아가야지! 이 꼴골로 뭘 어쩌라구!"

메디사가 왁 소리를 내지르자 데일런트와 유세린은 황급히 그 뒤를 따르기 시작했다.

"같이 가자!"

"시끄러워! 의리없는 것들!"

"그런데 왜 록님을 데려가는 거야?"

"너같이 시원찮은 놈보단 이 빌어먹을 흑마법사가 나으니까!"

메디사가 고래고래 고함을 지르는 동안 나는 그녀가 잡은 팔뚝을 물끄러미 바라보며 걷고 있었다. 이 팔뚝을 확 뿌리칠까 하는 생각이 들긴 했지만 관뒀다. 솔직히 말해 그녀가 내 팔을 너무 꽉 끌어안고 가는 탓에 그 포실한 가슴이 직격으로 와 닿은 상태였다. 흠, 나도 남자긴 한 모양이다. 이렇게까지 여자가 적극적으로 나오는데 굳이 밀어낼 것은 없겠지. 어험.

메디사와 여관에 돌아오는 길은 엄청나게 어색했다.

다른 건 몰라도 찢어진 옷자락을 움켜쥔 미녀와의 산책이란 생각보다 눈에 많이 띄는 것이어서 지나가던 사람들이 전부 묘한 눈초리로 바라보고 있었다. 그에 따라 메디사의 고개는 점점 아래로 처졌고 내 팔은 점점 아파왔다. 그래도 여자라고 어지간히 창피한 모양이었다.

"……."

나는 잠시 망설이다가 걸음을 멈췄다.

"왜 그래요?"

메디사가 나를 잔뜩 흘기며 물었다. 눈물 때문인지 퉁퉁 부은 눈매가 어려 보인다.

"가만히 있어봐."

손을 뻗어 가운을 통째로 그녀의 얼굴에 덮자, 놀란 그녀가 버둥거리기 시작했다. 나는 피식 웃으면서 그녀를 덥석 안아 올렸다.

"꺄아!"

"시선 끌기 싫겠지? 그럼 잠자코 있어. 얼굴만은 가려줄 테니."

내 말에 의외로 메디사는 침묵했다. 좀 더 발버둥을 칠 줄 알았더니 의외다.

"여관에 데려다 줄 테니 찢겨진 옷은 잊어버려."

너무 조용하니 그것도 이상하다. 이쯤 되면 이 철없는 여자가 방방 날뛰어야 정상이 아닌가.

"갑자기 제정신을 차린 것도 아닐 테고 묘하게 조용하군."

"시끄러."

메디사가 내 가슴에 고개를 묻은 채 중얼거렸다.

아하, 부끄러웠던 게로군. 그래도 여자는 여자인가 보군. 나는 길을 걸으면서 묘한 기분에 사로잡혔다. 여자를 품에 안고 걷는다고 해도 가슴이 두근거리거나 흥분되지 않는 것을 보면 내가 나이를 먹기는 먹었나 보다. 아까만 해도 그럭저럭 나쁜 기분은 아니었는데.

향긋한 냄새가 코끝으로 밀려 들어왔다. 메디사의 향기다. 기분은 좋지만 그뿐. 정말 나도 늙긴 늙었나 보다. 허허허.

여관에는 아무도 없었다. 메디사를 안에 들여보내고 가운을 도로 돌려받았다. 그녀는 내 옷을 들러줄 동안 뻘겋게 된 얼굴을 그저 숙이고만 있었다. 나는 어쩐지 그런 그녀가 그럭저럭 귀여워 보여서 낮게 충고해 주었다.

"건방지게만 굴지 않는다면 훨씬 더 예쁠 거다."

"이 인간이!"

그녀는 갑자기 고개를 들고 빼액 소리를 질렀다.

커다란 두 눈에 맺힌 눈물이 보였다. 빨갛게 된 코끝을 보니 아까부터 울고 있었는지도 모른다.

"정말 지독하잖아! 멀쩡한 사람을 두꺼비로 만들어놓고 사과 한마디

없더니, 그 다음에는 안 좋은 일 당한 여자에게 한다는 소리가 그 딴 거야? 당신은 위로라든가 사과라든가 하는 그런 거 몰라?"

"……."

별로 기가 죽은 것도 아니었잖아. 체, 괜히 걱정했군.

"생각해 봐! 이런 일 당해본 건 난생처음이야! 위로 정도도 못해? 엉?"

엉엉 우는 그녀를 물끄러미 보다가 나는 되물었다.

"그럼, 용병 흉내 내며 여행 나올 때 뭘 생각한 거지?"

그녀는 고개를 홱 치켜들고 날 바라보았다. 내 말에 놀란 것 같았다.

"추운 길가에서 얼어 죽는 사람도 부지기수. 돈이 없어 굶어 죽는 사람도 부지기수. 살기 위해 가족을 팔아먹는 사람도 부지기수. 아무런 이유 없이 강간이나 윤간당하는 사람도 부지기수. 이유없이 맞거나 죽임을 당하는 사람들도 널려 있어."

그녀는 입을 꼭 다물고 날 쏘아보기 시작했다. 억울해서인지 분해서인지 알 수 없었지만 눈빛은 이글이글 타오르고 있었다.

"오늘 당한 일이 좋은 일은 결코 아니지만 다른 여자들과 달리 금방 구원을 받을 수도 있었어. 너야말로 아무런 관계도 아닌 너를 도와준 나에게 고맙다는 공손한 말 한마디 못하는 거야? 나는 널 영원히 두꺼비로 만들어놓을 수도 있었어. 하지만 난 돌려주었지. 그때 왜 넌 고맙다고 말하지 않았지?"

"…하! 두꺼비로 만든 사람은 당신이잖아!"

"용병들끼리는, 아니, 하다못해 하찮은 시비로 목이 날아가는 경우도 허다해."

"그런 말도 안 되는 소리는 하지 말란 말이야!"

"어차피 말도 안 되는 일이 계속 일어나는 게 보통이야."

나는 대체 왜 이 여자애랑 떠들고 있는 것일까.

왠지 지독하게 피곤해졌다. 슬프기까지 했다. 이 여공작은 자신이 경험해 보지 못한 자유를 경험하고 싶어 나온 것뿐이다. 그것뿐, 이 여자에게 현실에 대해 말해 봐야 소용없다. 그녀는 이런 현실을 겪으려 나온 게 아니다. 자신이 지닌 힘과 지위 이외의 곳에서 색다른 즐거움을 얻으러 나온 것뿐.

나 역시 마찬가지가 아닌가. 나는 어차피 보통 사람들과 융화되지 못한 채 계속해서 떠돌고 있다. 몸은 여기 있지만 마음은 내내 과거를 떠돌고 또 꿈꾼다. 내가 흑마법사가 된 것은 이미 변하지 않는 사실이다. 영원히 달라질 것이 없다. 인간과 달리 마왕은 쉽게 계약을 저버리지 않으니까.

"당신이란 사람, 정말 이상해. 말도 안 돼."

"알았다. 더 이상 할 말은 없다."

나는 메디사를 놔두고 등을 돌렸다. 정말로 할 말은 없다.

그서, 피곤하기만 하다.

아침에 일어나 짐을 싸려고 보니 생각지도 않은 물건을 샀다는 것을 알았다.

나에게는 별로 필요없는 머리핀과 빗 따위를 왜 샀을까. 토리를 위해서? 아니면 나를 좋아하면서도 싫어하는 척하는 메디사를 위해서? 아니면, 정말 나를 무서워하는 유세린을 위해서?

바보 같다. 가끔 이렇게 여자들의 장신구를 사서 주머니에 넣는 나 자신이 바보스럽다. 이미 100여 년이 흘렀는데도 난 이미 한 줌 재가 된 지 오래인 내 누이 동생을 위해 잡다한 장신구를 산다. 머리핀, 반지, 귀고리, 빗, 거울.

세실리아. 내 동생 세실리아가 죽은 지 몇 해나 흘렀던가. 내 부모가 대지 위에서 썩어 문드러진 지 몇 해가 흘렀던가.

"언제나 유약하군."

낮은 목소리와 함께 누군가가 내 등 뒤로 다가섰다. 아니, 정확히 말하면 다가선 것이 아니라 나타난 셈이다. 섬뜩한 한기가 등을 타고 심장까지 흘러들어 왔다.

"한동안 잠잠하더니."

"이번의 휴식은 정말 짧았다. 이 짧은 휴식의 이유를 아는가?"

"몰라. 언제나 잠은 너를 위해 존재하지 않는가."

나는 멍하니 허공을 바라보았다. 차가운 손이 어깨를 살짝 쥐더니 픽 하고 웃는 소리가 들려왔다. 뒤돌아보지 않아도 어떤 모습인지 알고 있었다.

"고독과 청염의 마왕 시스테이어스. 내게 할 말이란 게 뭐지?"

검은 눈동자. 너무 검어서 푸르게 보일 정도로 검은 눈동자가 나를 빤히 바라보고 있었다. 즐기기 위한 유희치고는 과한 짓을 해버린 이 마왕은 서열 4위로 누구와도 계약해 본 적이 없다던 마왕이었다. 인간이 서열 10위 이내의 마왕과 계약한다는 것은 거의 불가능에 가깝다고 알려진 것을 생각한다면 내가 그와 계약한 것은 정녕 놀라운 일이었다.

"이번의 잠이 짧은 것은 내 후계자가 탄생했기 때문이다."

"후계자?"

나는 놀라 눈을 크게 떴다.

마왕의 후계자라면 지금 시스테이어스가 소멸할지도 모른다는 이야기였다. 인간의 왕위와 달리 마왕은 후계자가 나타나면 그와 싸우다 소멸한다. 물론 이기면 그대로 존재하지만 말이다. 그가 소멸하면 나는 자연스럽게 자유 계약 상태로 떨어진다. 물론, 보통의 흑마법사는 그러하지만 나는 다르다. 그가 소멸한다고 해서 완전히 그와 결별하는 것은 아니다.

"이해할 수가 없군. 그럼?"

"곧 나는 후계자와 싸우게 된다. 그와 싸워서 이기게 되면 달라질 것은 하나도 없다. 하지만 내가 지게 되어 소멸한다면 너의 가슴에 있는 나의 심장도 역시 소멸하게 될 거다."

"그럼 나도 죽을 수 있겠군."

"보통이라면 그렇다. 하지만 네게 있는 나의 심장은 계약에 의한 것이라 쉽게 소멸하지 않는다. 원래 너와 나의 계약은 네가 나에게 심장을 바치는 조건으로 나의 힘을 빌리겠다는 것이었다. 그렇기에 나의 소멸은 너와 나의 계약에 미묘한 영향을 끼치게 된다."

"그럼, 내가 너와 계약했기 때문에 내 심장도 자연 소멸할 수 없다는 이야기? 그냥 너와 내가 같이 죽는다면 모든 계약이 해제되는 것이 아닌가?"

"아니다. 마족에게 있어 모든 것은 계약이 우선이 되지. 계약은 계약 자체로써 최고의 마법이다. 신조차 건드릴 수 없는 최고의 마법. 따라서 너와 나의 계약상에 나는 너에게 네 심장을 돌려주어야 계약 해제 상태가 되는 것이다. 왜냐면 너의 심장은 너의 생존에 직결되기 때문이다. 나는 심장을 '받는다'고 했지, 네 생명을 없애겠다는 계약은 하지 않았다."

"말장난하지 마."

나는 어처구니가 없어서 의자에 앉았다.

본래 심장을 공유하는 나와 그는 무척 외견상 닮았다. 거의 형제나 다름없다고 할 정도로 닮은 외모였다. 검은 머리, 검은 눈, 창백한 흰 피부. 조금 다른 것은 키 정도였는데 나보다 그는 조금 더 컸다. 머리칼도 적당히 자른 나와 달리 그의 길게 기른 장발은 발목까지 닿았다. 하지만 어차피 마왕이 인간처럼 먼지를 뒤집어쓰고 다닐 일 따위는 없을 테니.

"그래서 문제가 발생했다."

그는 내가 항의하는 것을 모른 척하고 할 말을 다시 이었다.

요사스러울 정도로 붉은 입술, 미녀보다 아름다운 윤곽을 가진 입매가 슬쩍 웃었다. 그렇게 웃을 때마다 나는 상대가 인간이 아니라는 것을 새삼 느낀다. 진정 요사스러울 정도로 아름다운 외모를 가진 마왕이다. 대다수 마족이 다 외견상 아름답긴 하지만 시스테이어스는 본인이 강한 만큼 아름다웠다.

"네게 드래곤을 만나라 한 것도 그 이유에서다. 내가 후계자 선정을 치르는 동안 너에게 동면 마법을 실시해 줄 자가 필요해서다."

"그대로 소멸해도 상관없어."

"나는 있다. 너는 내가 3만여 년 만에 맞이한 계약자다. 어떤 인간도 나에게 다가오지 못했었다. 그런데 넌 했지. 그런 널 내가 그리도 쉽게 놓아줄 줄 아는가?"

"……"

"너 역시 나 없이 존재하고 싶은 마음은 없을걸. 어차피 널 기억하고 널 이해하는 것은 나뿐이다. 감정을 공유하는 것도, 시간을 공유하는 것도 오로지 나뿐이다."

"적당히 해둬."

나는 천천히 심호흡을 했다. 조금 뜻밖의 일이긴 하지만 그다지 놀랍지도, 슬프지도 않았다. 아니, 두렵지도 않았다. 시스테이어스가 소멸한다는 것은 상상해 본 적도 없었지만 또 소멸해서 내가 소멸한다는 것도 두렵지 않다. 나는 이미 100여 년 이상을 홀로 살아왔다. 아무런 의미도 없는 시간이 그렇게 흘렀다.

"앞으로 인간계의 시간으로 두 달 후, 나는 너에게 마력을 보내줄 수 없는 상황에 빠진다. 네 몸은 유약한 인간이 될 것이고 네 몸의 내 심장은 자칫하면 멈추게 될지도 모른다. 그래서 드래곤 오르게이드에게 부탁해 놓았다."

"내가 동결 마법에 걸려 있는 동안 네가 소멸하면 어떻게 되는 거지?"

"나도 궁금하게 여기고 있다. 어떻게 될지. 어쩌면 나는 네 심장 때문에 소멸하지 않을지도 모르지. 만약에 누군가가 나를 진정 소멸시키고 싶다면 널 죽이고 날 없애야 할 것이다. 하지만 널 누군가가 없애려 한다면 나는 그 누군가를 없앨 터이고 그렇게 되면 또 나를 없애는 것은 불가능한 일이 될 테니 꽤나 재미가 있겠군."

그의 눈가가 매력적으로 휘어졌다. 검은 눈동자에 푸른빛이 스쳐 지나갔다.

"결국 결과는 아무도 모른다는 것이로군."

나는 멍하니 하늘을 바라보았다.

흑마법사는 계약한 마족없이는 아무런 마법을 쓸 수 없다. 흑마법사가 대단한 힘을 가지고 있긴 하지만 많지 않은 이유도 그것이고 쉽게 파멸해 버리는 것도 그 이유다. 마족들이 자신의 마력을 무제한으로 빌려주진 않기 때문이고 인간이 마족의 마력을 빌린다는 것 자체가 인간의 연약한 몸에 엄청난 부담으로 작용하기 때문이다. 흑마법사 대부분이 리치가 되지 않는 이상 쉽게 요절한다. 물론, 마왕과 계약한 흑마법사는 또 다르지만 말이다.

"오르게이드는 여전한가?"

"겨우 20여 년밖에 안 흘렀는데 여전한 게 당연하지. 너도 쓸데없이 전쟁터를 헤매고 다니지 마라. 나는 나의 계약자가 그런 곳에서 뒹구는 걸 좋아하지 않아."

"마왕답지 않은 소릴 하는군. 전쟁터가 싫다니……."

"전쟁터가 싫은 게 아니라 내 힘을 갖고도 가장 밑바닥의 용병 생활을 한다는 게 마땅치 않아서 하는 이야기다. 최소한 내 힘을 가진 자라면 한 나라를 멸망시키는 정도의 일은 해야 할 거 아니냐?"

나는 피식 웃었다.

"내가 진짜 멸망시키고 싶은 나라는 이미 100여 년 전에 멸망했다."

"그래서 살아 있다는 기분을 느끼고 싶어 진흙탕 속의 전쟁터를 맨몸으로 뒹군다고?"

시스테이어스가 킬킬 웃음을 터뜨렸다. 조소가 명백한 그 웃음을 듣고도 나는 화가 나지 않았다. 그의 말은 너무나 옳아서 할 말이 없다. 차갑게 식어버린 가슴은 어떤 말을 듣고도 화가 나지 않는다. 다만 피곤할 뿐이다.

"오르게이드에게 가겠다. 아마 이틀 안에 갈 수 있을 거다."

"내가 너에게 해줄 수 있는 계약상의 배려는 이것 정도다, 칼레이드."

나는 멍하니 그를 올려다보았다. 차가운 검은 눈이 묘하게도 감정을 담고 날 바라보았다. 그가 손을 내밀어 내 뺨을 만졌다. 얼어붙을 정도로 차가운 체온이 새삼 그가 인간이 아니라는 것을 느끼게 했다. 하지만 너무나 익숙해서 이제 난 따스한 인간의 체온이 더 이상하게 느껴질 지경이다.

나는 내 이름을 잃어버렸다. 내 진짜 이름을 잃어버렸다.

마왕이 부르는 나의 이름은 칼레이드. 그것만이 유일한 존재의 이름이다. 그 외에 다른 것, 용병 시절에 불렸던 록 베더라는 이름은 드래곤 오르게이드가 지어준 이름이었다. 록 베더는 마계의 언어로 '파수꾼'을 뜻했다.

"드래곤도 우리도 긴 시간을 살아간다. 아무리 인간이라도 마음을 달리 먹으면 긴 시간을 살아갈 수 있을 거다. 유약한 마음은 이제 버리는 게 좋아."

"……"

"내 계약자가 죽기만을 바라는 멍청한 녀석이라는 건 정말 슬픈 노릇이라구."

그는 큭 하고 웃더니 나타날 때와 마찬가지로 스륵 사라져 버렸다.

"이렇게 떠나시게 되다니. 정말……."

"아니, 갈 사람은 어서 가야지."

나는 손을 잡아끄는 토리의 머리를 쓰다듬었다. 따스한 손.

토르가와 그 아내는 문 앞까지 와 서서 나를 배웅했다. 나는 끝까지 손을 잡고 흔드는 토리의 손을 놓기 아쉬웠지만 가야 할 길을 생각하고 슬그머니 밀어놓았다. 발걸음이 가벼운 것은 아니다. 나는 앞으로 죽을지도 모르니까.

"록님."

데일런트가 대표로 나서서 인사를 했다. 나머지 두 사람은 내 시선을 각자의 이유로 피한 채 서서 외면하고 있었다. 메디사는 메디사대로, 유세린은 유세린대로 외면한 그 모습이 왠지 삼류 연애물에 나올 법한 광경이라 우습다.

"그럼 나중이라도 다시 보게 되면……."

어색하게 그가 인사를 끝내자 나는 주저없이 몸을 돌렸다. 뒤통수를 따갑게 할 정도로 맹렬한 시선이 하나 느껴졌지만 모른 척했다. 이제 새로운 인연을 맺기에 나는 너무 지쳐 있었다. 아니, 너무 늙었는지도 모른다.

벨루가 산맥은 그렇게까지 크고 엄청난 규모는 사실 아니었다. 대륙을 가로지르는 거대한 산맥 필로몬테나에 비한다면 벨루가는 얌전한 소녀에 불과하다. 하지만 규모와 관계없이 벨루가는 유명했다. 바로 몬스터가 나오는 곳이기 때문이다.

"쉬익!"

오크가 지나가다가 나를 발견했다.

하지만 내가 휘감고 있는 검은 로브 자락을 보자마자 못 볼 것을 본 듯 재빨리 몸을 숙이고 사라져 버린다. 맹수를 만난 토끼 같은 태도다. 뒤이어 하늘을 찢어내는 소리를 내며 달려든 와이번 한 마리도 나의 옷자락을 보자 그대로 줄행랑을 쳤다.

드래곤이 레어를 만든 지역에는 보통 세 겹 정도의 가이드 라인이 만들어진다. 첫 번째는 사소한 독충이나 맹수 정도이고, 두 번째는 오크 무리와 마주치게 된다. 세 번째는 대개 트롤이나 와이번, 오우거 등인데 그것을 보면 나는 이미 세 번째 가이드 라인을 넘어선 셈이 된다.

푸르다 못해 검게 보이는 전나무 숲을 지나고 앙상하게 몸을 드러낸 자작나무 숲을 지나 드래곤의 숨결이 담긴 언덕을 넘었다. 무릎까지 닿는 딱딱해진 눈을 헤치고 걷다 보니 온몸이 땀으로 흠뻑 젖었다. 마법을 써서 갈 수도 있겠지만 굳이 그러고 싶지는 않았다. 깨어 있을 시간이 얼마 남지 않았으니 되도록 몸을 움직여 놓는 편이 유리하다. 몸을 움직이는 감각을 잊기라도 한다면 나중에 잠에서 깼을 때 아주 귀찮게 된다.

벌써 이틀째 걷기만 했다.

"오르게이드!"

흘러내리는 땀을 닦아내면서 천천히 바위 위에 앉았다. 한기가 올라왔지만 춥지는 않았다. 외부로부터 한기를 막아주는 로브 덕에 추위 자체는 타지 않는다. 하지만 운동량으로 생기는 땀은 그다지 막는 편은 아니다.

"오르게이드!"

틀림없이 보고 있을 것이다. 세 번째 가이드 라인을 넘은 지가 언젠데 아직까지 모르고 있겠는가. 자기 영지 안에서 일어나는 일을 모르는 드래곤은 없는 법이다.

"보고 있으면 나와!"

나는 하얀 김을 바라보며 심호흡을 했다.

시스테이어스가 오르게이드에 '부탁'을 했다고는 하지만 원래 두 종족이 사이가 좋은 것은 결코 아니다. 드래곤과 마족은 사이가 나쁘지도 좋지도 않다. 노회한 드래곤은 마왕 급과 동급이 되므로 일개 마족은 아예 무시한다고 하는 게 옳은 이야기지만 시스테이어스와 오르게이드는 나이가 비슷하기 때문인지 묘하게 얽히는 일이 종종 있었다.

긴 수명을 가진 종족은 사실 나이라는 것에 인간처럼 구애받지는 않는다. 나이 때문이 아니라 둘의 기질이 어느 정도는 비슷한 곳이 있기 때문이겠지.

"여전히 청승이군."

한숨을 내뱉듯 누군가가 뒤에 불쑥 나타났다.

"악취미다."

대체 무슨 일인지 꼭 시스테이어스나 오르게이드나 사람 뒤에 불쑥 나타나길 좋아한다. 안 그래도 뒤에서 나타나면 놀라는데 시스테이어스는 거기에 한술 더 떠 그 끔찍하게 차가운 손을 남의 목덜미나 어깨에 터억 하니 얹어 기절초풍하게 만들었다. 그나마 오르게이드 쪽이 좀 낫다고나 할까.

"오랜만이야."

"네 쪽에서는 한숨 자고 일어났으니 별로 오랜만도 아닐 텐데?"

시큰둥하게 대답하는 오르게이드는 새까만 머리칼을 늘어뜨린 인간의 모습을 하고 있었다. 흑룡이기 때문인지 검은색을 꽤나 선호하는 그는 가끔 흑마법사라 오해받는 모양새를 하기도 했다. 검은 머리, 검은 옷, 단지 다른 것은 황금색의 눈, 드래곤 특유의 황금색 눈뿐이었다. 그는 검은 망토를 휘날리며 내 옆에 바짝 와 섰다.

"그 망할 마왕에게는 이야기를 들었다."

"들었으면 알겠지. 안내나 해."

"망할 것."

황금빛 눈을 번뜩이면서 그는 내 쪽으로 망토 자락을 휘둘렀다. 꼭 극적인 것을 선호하는 드래곤이다. 용언 한마디면 해결될 것을 꼭 묘한 짓을 덧붙인다.

"레어로."

Chapter 4

"꿈을 꾸게 하라고 했다."
"꿈?"
나는 미간을 찌푸렸다.
"차나 마셔. 그리고 안내해 주지."
"엘프들은?"
"차를 끓이고 있겠지."
오르게이드는 느긋하게 차를 대접해 주었지만 나는 별로 편한 기분이 아니었다. 내가 아무리 마왕의 흑마법사라 할지라도 상대는 드래곤이다. 드래곤 자신이 가진 힘을 마주하고 편하게 늘어져 있다는 것은 인간의 몸으로서는 불가능한 일이다.
오르게이드의 레어는 예전과 다를 바 없었다.
그가 자주 폴리모프하는 엘프나 인간의 체형에 맞춘 방들은 내가 알기로 70여 개가 되었다. 창고만 해도 꽤 된다. 그 외에 본체에 맞춘 방도 있다. 당연한 일이지만 드래곤은 수면 중에는 본체 상태로 잠을 잔다. 물론 성룡이 된 이후 수면 상태에 드는 것은 자유 의지이지만. 오르게이드는 내가 알기론 단 한 번도 장기 수면에 든 적이 없었다.

청람석을 깎아 만든 동굴은 마법등의 빛을 받아 은은하게 빛이 났고 엘프 노예들은 여전히 아름다웠다. 내가 나타나자 낯익은 엘프 하나가 고개를 숙이고 아는 척을 해왔다.

"오랜만입니다, 록 베더."

"그렇군, 서타이안."

서타이안은 오르게이드가 300여 년간이나 거느리고 있는 엘프 노예였다. 이미 성년을 맞이했지만 어릴 때부터 오르게이드와 함께 살아온 터라 다른 엘프들처럼 자유를 찾아 떠나려는 일은 하지 않았다. 오르게이드가 드래곤치고는 성격이 나쁜 게 아니었기 때문인지도 모른다.

"서타이안, 나 바쁘다."

"아, 죄송합니다, 마스터. 오랜만에 뵙는 분이기 때문에."

서타이안도 하도 오랫동안 있었기 때문인지 오르게이드가 신경질을 부려도 덤덤하게 대응했다. 만약 인간이라면 드래곤의 압박감에 저렇게 태연하게 받아치진 못했을 것이다.

"따라와라, 록 베더."

내가 인사를 하든 말든 신경 쓰지 않고 오르게이드의 뒤를 따라 안쪽으로 들어가자 몇 겹의 마법구를 덧붙여 놓은 방이 여러 개 나타났다. 제법 좁은 복도를 따라 걷는 동안 오르게이드는 의외로 말이 없었다.

"긴장하고 있는 건가?"

내 질문에 오르게이드가 흠칫했다.
"긴장?"
"시스테이어스가 소멸할지도 모른다는 것 때문에 긴장하고 있는 거 아닌가?"
"내가 왜 마왕 따위가 소멸한다고 해서 긴장씩이나 한단 말인가?"
코웃음치는 그에게 나는 이상함을 느꼈다.
"그렇다면 왜 그렇게 굳어 있는 거지? 드래곤인 너에게 있어서 나나 시스테이어스의 소멸 따위는 그다지 대단한 일은 아니잖아?"
"아니지, 아니어야 하고."
오르게이드는 맞장구를 쳤다.
"하지만 실제로는 아니야. 나는 너를 생각하고 있었다."
"나?"
뜻밖이어서 그를 올려다보자 오르게이드는 깊이를 알 수 없는 황금색 눈으로 나를 내려다보았다. 좁은 복도 때문에 그와 나의 사이는 더더욱 가까웠다. 검은 머리카락 사이에 휩싸인 황금색의 눈은 그것 자체로도 위압적이었다. 이글거리는 불길과 따스한 햇빛이 공손하는 듯 일렁였다.
"너는 몇 년을 살았지?"
"인간으로서 27년, 흑마법사로서는 110여 년 정도 된 거 같다."
"인간의 수명을 이미 지났지. 하지만 수명을 넘긴 마법사들은 많아."
"그래."
오르게이드는 어느 방 앞에 도착하더니 문을 활짝 열어젖혔다. 안쪽은 화려하게 꾸며진 침실이었다. 청색과 금색, 그리고 자주색으로 이루어진 방은 전적으로 오르게이드의 취향이었다. 그가 최고의 손님에게 내놓는 방이다.

방으로 들어가 한번 돌아보고 있는 동안 그는 청색의 대리석 테이블로 나를 불렀다.

"앉아."

내가 앉자, 그는 준비된 포도주를 한 잔 따라서 건넸다. 내가 받아들어 마시자 그 역시 한 모금 머금으면서 침묵했다. 그 침묵이 꽤 거북해서 그가 입을 열기만을 기다리고 있는 동안 엘프 서타이안이 내 옷가지로 보이는 것들을 가지고 왔다. 너무나 화려해서 입기조차 거북할 그런 것들이었다.

황금색 그리핀이 수놓여진 문장은 그렇다 치고, 어느 나라 왕족이나 입을 법한 수 겹의 가운과 허리띠, 황금과 보석으로 장식된 단검, 비로드의 튜닉과 공단으로 만들어진 셔츠와 바지, 거기에 최고급의 물소 가죽으로 만든 긴 장화까지.

"이게 뭐야?"

"네가 입을 것."

"하, 어처구니 없군. 이런 걸 왜 내가 입는단 말이야? 난 여기서 그저 수면에 들기만 하면 되는 것인데."

나는 비로드의 튜닉을 들어 보였다. 황금색 그리핀이 수놓인 그것은 내 생전 처음 보는 화려한 옷가지였다.

"너무하지 않아? 설마 내 수의인가?"

"시답지 않은 소리. 이건 필요해서 준비한 거야. 그리고 난, 내 손님이 너같이 추레한 몰골로 있는 걸 원치 않아. 내 신경에 거슬린다."

투덜거리면서도 나는 서타이안의 도움을 받으며 옷을 갈아입었다.

오르게이드가 화려한 옷가지를 좋아한다는 것은 나 역시 익히 알고 있었다. 하지만 오늘처럼 대놓고 옷을 갈아입으라 한 것은 처음이었다.

"앉아, 먹고 싶은 것 있으면 말하고."

"배가 좀 고프군. 갓 구운 빵을 좀 먹고 싶은데."

"준비해 놨다. 뜨거운 스튜와 돼지 바비큐도 준비했어."

"정말 대단한 대접이군."

기다렸다는 듯이 서타이안이 음식을 테이블 위에 내려놓기 시작했다. 빵과 고기, 거기에 최고급의 포도주까지. 이런 만찬은 정말로 오랜만이었다. 조금은 민망했지만 전부 즐기기로 했다. 하지만 오르게이드가 장신구까지 내밀자 당황했다.

"반지?"

"그래, 끼어."

"이봐, 농담이겠지? 이런 반지를 세 개나 끼라니. 왕족이나 할 짓이야. 그리고 이 목걸이는 뭐야?"

"그럼 그 옷에 장신구도 하지 않을 참이냐? 시키는 대로 해."

어이가 없었지만 그래도 순순히 집주인의 뜻에 따랐다. 보석이 잔뜩 박힌 물건들을 치렁치렁하게 늘어뜨리고 식사를 하다니… 정말 오랜만이다.

"하고 싶은 말 있는 건가?"

내가 빵을 뜯으며 묻자 오르게이드는 포도주 잔을 든 채 오만하게 날 내려다보았다. 황금빛 눈은 여전히 모호했다. 그러나 그도 잠시, 그가 턱짓을 하자 식사 시중을 들던 서타이안이 밖으로 나갔다. 그가 문을 닫고 나가자 나도 긴장해서 먹던 손을 멈췄다.

"마법사들 대부분이 영생이나 장수를 기원한다."

"그래."

뜬금없는 소리에 일단 수긍부터 했다. 이렇게 진수성찬으로 퍼 먹이면서 할 소리는 아닌 것 같았지만 그의 의사를 존중하는 게 옳다.

"그리고 실제로 그들 모두가 장수하지. 100세 이상 사는 마법사는 그렇게 드물지가 않아."

"그거야 드래곤의 입장에서 그렇지. 흑마법사 중에서 장수하는 것은 리치밖에 없어. 대부분의 흑마법사들이 마력을 이기지 못하고 40세 이전에 죽는다."

"백마법사들 중에는 장수하는 자들도 많아. 신성 마법을 익힌 자들도 일찍 단명하지만 순수하게 백마법을 익힌 자들은 오래 살지."

나는 고개를 끄덕였다.

신성 마법 역시 신력을 이기지 못하고 요절하는 경우가 태반이다. 50세 이상 되는 성기사나 신관들은 존재하질 않는다. 그 이상 되는 신관들은 신성력을 쓰지 못하는 일반 신관들이다. 어쨌거나 순수하게 자신의 힘만으로 마법사가 된 사람들을 백마법사라 부르는데 위력 면에서 그들은 흑마법사를 따라가지 못한다. 즉, 전쟁터에서나 전투상 별로 도움이 되지 못한다는 이야기다.

"그런데?"

"그들 중에서도 너처럼 세상 다 산 것처럼 늘어진 자는 없다는 이야기다."

그 이야기였군.

왠지 씁쓸해져서 포도주 잔을 기울이자 오르게이드가 말을 계속했다.

"그만한 힘을 가졌으면서도 너는 아무것도 하지 않아. 모험을 하겠다고 나서지도 않고, 권력을 쫓거나 심지어 미녀를 찾지도 않는다. 그냥 그럭저럭 살아갈 뿐이지."

"그래서?"

슬슬 불쾌해지기 시작할 무렵 오르게이드가 진지하게 내 얼굴을 마주 보며 물었다.

"살기 싫은가?"

"……."

아니라고도, 그렇다고도 할 수 없는 것이 어쩐지 서글펐다. 살아 있으면서도 살아 있는 것 같지 않은 이 상황을 대체 뭐라 할 수 있을까.

"알고 있겠지만 오르게이드, 나는 그냥 흑마법사와는 다르다. 난 이미 한 번 죽었었어."

뛰고 있는 심장을 느끼며 나는 왼쪽 가슴에 손을 대었다.

"이 몸 안에서 뛰고 있는 것은 내 심장이 아니라 시스테이어스의 심장 반쪽이다."

성 페긴스력 589년, 트랜스베니아 왕국에서 반란이 일어났다. 반란의 주모자는 당시 왕의 조카였던 에버리스트 후작이었다. 후작은 자신의 어린 조카를 밀어버리고 자신이 왕이 되기 위해 거사를 일으켰으나 당시 왕의 후견인이었던 왕의 외숙부 로퍼스톤 공작에 의해 진압되었다. 로퍼스톤 공작은 전복하려던 에버리스트 후작가를 비롯한 그 주변의 동조 세력 전체를 전부 죽여 버렸고 트랜스베니아 왕국은 그 덕에 5년이란 긴 세월 동안 피비린내가 나는 일이 계속되었다.

나는 반란 세력 중 하나였던 작은 가문의 후계자였다. 내가 자작인지 백작인지 어떤 이름을 가지고 있었는지는 기억나지 않는다. 흑마법사가 되면 내 이름에 관한 한 모든 것을 잊어버리기 때문이다. 하지만 분명히 기억하건대 내 사랑하는 여동생 세실리아의 이름은 기억하고 있었다. 별로 대단치 않은 가문이었기 때문에 나는 후작가에 동조하지도 않았고 공작가에 매달리지도 않았다. 그저 조용히 내 영지를 다스리며 여동생을 결혼시키기만 하면 되는 거였다. 영지는 작았지만 지참금을 마련할 정도는 되었기에 나는 그저 검을 익히며 조용히 영지를 다스리는 데 열중하기만 하면 되었다.

하지만 내가 조용히 지내길 바란다고 해서 그것이 모두 이루어지지는 않는다. 나는 제법 소문난 기사였고 그 때문에 내 힘을 원한 후작가에서 세실리아의 혼사에 대해 도움을 주겠다는 편지를 보내왔다. 반란 계획을 모르고 있었던 나는 흔쾌히 응했고 세실리아는 결혼식 준비를 시작했다. 후작의 소개로 만난 백작가의 차남은 반듯한 인물에 재산도 있었고 성품도 좋아 보였다. 세실리아는 금방 사랑에 빠졌고 다들 행복한 것 같았다.

그러나 반란이 일어나고 나는 금방 그 물살에 휘말렸다. 단지 중매를 서준 것에 불과하던 후작가와의 인연이 어느새 반역자의 일당으로 둔갑했고 세실리아의 신랑은 반역자로 몰려 목이 잘리고 결혼식을 기다리던 세실리아는 들이닥친 진압군에 의해 강간당한 뒤 살해되었다.

모두가 죽었다. 내가 다스리던 영민 중 반 이상이 학살당했다. 내 친척 모두, 내 친구들도 모두, 모두가 다 죽었다. 그저 나를 안다는 이유만으로 다 죽었다. 도망친 자들도 나를 부정한 자들도 모두 다 죽었다. 온 왕국 전체가 피의 광기에 빠져 그저 죽이고 죽였다.

나는 겁에 질린 채, 복수심에 반 미친 채 도망 다녔다. 온통 다 시체뿐이었다. 시체로 늘어진 세상, 내가 아는 모두가 다 죽어버린 세상.

내가 그저 검을 잘 다룬다고 소문이 나지만 않았어도 무난히 잘 흘러갔을 이 세상.

"복수하고 싶은 거요?"

두 발이 잘린 채 사형대에 매달릴 날을 기다리고 있던 나에게 같은 감옥에 갇혀 있던 한 사람이 물어왔다. 감옥 안에는 죽어가는 사람들로 가득 차 있었다. 대체 무슨 죄로 잡혀온 건지도 모르는 상황에서 잡힌 자들이 태반이었다. 나 역시 두 발이 잘렸기에 출혈로 죽어가고 있었다.

"무슨 말을 하고 싶은 거요?"

"바칠 게 남아 있소?"

"무슨 소리요?"

"당신에게 소중한 게 남아 있느냔 말이오."

"글쎄… 그런 게 있을 리가."

내가 신음하며 대꾸하자 피투성이가 된 채 사슬에 매여 있던 남자가 낮게 말했다.

"만약에 그런 게 있다면 흑마법사가 될 수도 있을 텐데."

"예?"

"흑마법사, 흑마법사를 모르오? 당신은 마나를 다루는 자 아닌가? 마나를 다룰 수 있다면 마족과 계약할 수 있어."

마족과 계약한다니. 나는 그런 건 상상도 할 수 없었다. 마족, 마왕이란 그 단어만으로도 소름 끼쳤다. 마족과 계약해 흑마법사가 되는 것은 가장 사악하고 추악한 행위가 아니었던가. 제물을 바치고 자신의 욕심을 차리는 가장 추악한 자들, 그것이 흑마법사가 아니었나. 내가 멍하니 있는 동안 남자는 킬킬 웃으며 재촉하듯 말했다.

"복수하고 싶은 것 아닌가, 당신도 당할 만큼 당했잖아?"

내가 아무 말도 하지 않자 그도 잠시 입을 다물었다. 지친 것인지 아니면 말을 고르는 것인지 잘 알 수 없었다.

"당신은 마나를 다룰 수 있는 기사잖아. 그럼 계약할 수 있다구. 힘을 얻을 수 있단 말이오."

잔뜩 긁힌 기분 나쁜 목소리였다. 나는 잘린 두 발을 바라보았다.

"난 계약 방식을 모르오."

"난 알고 있지만 마나를 다룰 수 없소. 물론 바칠 것도 없지."

남자가 난폭하게 말하고는 갑자기 날 바라보았다. 원한이 서리서리 맺힌 차가운 눈빛에 나도 얼어버릴 지경이었다.

"당신도 비슷하겠지만 나 역시 마찬가지. 내 눈앞에서 모두가 다 죽었소. 아무 죄도 없이 다 죽었소. 내 친구라는 놈이 내 재산이 탐나 날 밀고했지. 내가 반역자인 그 후작에게 돈을 댔다고! 그 죽일 새끼가! 난 죽어도 눈을 감을 수 없어!"

상인도 이런 일에 휘말리다니… 나는 차가운 바닥에 길게 누운 채 점점 차가워지는 손발을 느끼고 있었다.

"내 아이를 밴 아내가 짐승 같은 놈에게 당해서 죽어버렸소. 내 눈앞에서 임산부인 아내를 병사라는 새끼들이 강간해 죽여 버렸소! 으아아아아!"

남자가 다시 몸부림을 하기 시작했다. 감옥 여기저기서 그에 따라 비명 소리와도 같은 고함 소리가 터져 나왔지만 아무도 불평하지 않았다. 이미 크고 작은 부상들을 입은 환자들인지라 별로 기운이 없는 모양이었다. 나 역시 마찬가지였다. 출혈 때문에 이미 의식은 몽롱했다. 하지만 그가 자신의 아내 이야기를 하는 순간, 갑자기 눈앞이 번쩍 했다.

'세실리아!'

내 가련한 누이. 아무것도 모르는 천진한 열여섯 살의 누이.

나는 이를 갈며 억지로 감각이 없는 몸을 일으켜 앉았다. 이미 내가 흘린 피로 온몸이 끈적했다. 눈앞이 흐렸지만 이대로 그냥 죽어버릴 수는 없다.

"말해 봐. 흑마법사가 되려면 어떻게 계약한단 말이지?"

"바칠 것이 남아 있소?"

남자가 다시 물었다.

그의 눈가로 흐르는 눈물과 핏방울 때문에 남자의 얼굴은 더 더욱 창백해 보였다. 일그러진 입가와 잔뜩 터지고 찢어진 입가는 거품을 물고 있었다.

"방식을 알려줘."

나는 그 광기에 찬 얼굴을 보며 힘이 들어가지 않는 두 손에 힘을 주었다.

손바닥만한 창으로 들어오는 희미한 달빛을 능불 삼아 내 피로 마법진을 그렸다. 쇠사슬에 달린 남자는 몇 번이나 나에게 충고를 하며 마법진을 다시 그리게 했다. 떨리는 손으로 일곱 번이나 다시 쓰고 다시 고쳤다. 중간중간에 나와 남자가 한두 번씩 졸도를 했지만 그래도 우리 두 사람 모두 이를 악물고 마법진을 그리는 데 모든 힘을 바쳤다. 좁은 감옥 속의 다른 죄수들의 묵인 하에 우리 두 사람은 마법진을 그렸다.

"흑마법사가 된다는 건 정말 힘든 일이라고 들었는데."

목이 잔뜩 쉰 한 죄수가 내가 애를 쓰는 것을 보며 말했다. 눈이 짓

무른 다른 죄수가 맞장구쳤다.

"어찌 되든 상관없지 않나. 만약에 된다면 좋은 거지."

"마나를 다룰 수 있는 경지의 기사라면 젊은이도 보통은 아니었군."

"……."

"만약 흑마법사가 되어 마력을 얻는다면 무엇을 하겠나?"

어디선가 들려온 그 질문에 나는 고개를 들었다.

힘을 얻는다면 정말 무엇을 할까? 당연히 복수다. 이런 짓을 벌이는 그 로퍼스톤 공작을 죽여 버리겠다. 그런데, 그러고 나면?

그는 내 이름도 내 가문도 모를 거다. 이 자리에서 죽어가고 있는 자들도 모를 것이 틀림없다. 어느 누구에게 복수하기엔 이 모든 죄악은 너무나 컸다.

"로퍼스톤 공작을 죽일까? 그러면 복수가 되나?"

"내 가족을 죽인 병사들을 죽여야 하나? 아님, 그들을 지휘한 지휘관을?"

"어린 왕이 잘못인가? 아니면 어린 왕의 모후가 잘못한 건가?"

"대체 누구에게 복수해야 하지?"

내가 피로 물든 마법진 아래 주변 사람들에게 묻자, 모두 저마다 한 마디씩 하기 시작했다.

"배신자를 죽여줘!"

"귀족 놈이면 다 죽여!"

"공작가라면 씨를 말리라구!"

"왕도 죽여 버려! 그런 허수아비 따위는 왕도 아냐!"

이글거리는 원한들, 갈 곳을 잃은 고통들.

나는 현기증을 참으며 이를 악물고 마법진에 마나를 주입하기 시작했다. 이미 탈진할 대로 탈진한 상태였다. 그러나 내 생전 이렇게나 많은 마나를 이끌어본 것은 처음이었다. 죄수들 사이에서 이글거리는 그 무언의 압력과 원한이 좁은 감옥 안 전체를 뜨겁게 달구었다. 욕설과 원한이 커다란 소용돌이가 되어 퍼져 나갔다. 내 몸 가득히 뜨겁고도 차가운 낯선 마나가 흘러들었다. 단순히 검술 수련을 위해 익혔던 온화한 마나와는 전혀 다른 섬뜩하고도 낯선 그 기운.

'마이너스 마나, 가장 밑바닥에 있는 인간의 원한으로 이루어진 음(陰)의 마나!'

억누를 수 없는 힘이 폭풍처럼 나를 휘갈겼다. 희미한 은 빛이 감옥 안을 마구 두들겨 대기 시작했다. 바람이 불고 눈이 멀 정도로 강렬한 빛이 터져 나왔다.

"으어!"

"으아아악!"

비명과 기대에 찬 탄성이 뒤섞이는 가운데 나는 헐떡이면서 마법진에 손을 댔다.

"이 세계와는 다른 차원, 다른 곳에 계시는 상대한 문이여, 이 놈의 가장 귀한 것을 다 바쳐 그대를 부릅니다. 그대의 힘을 빌어 새로운 힘을 행사하고자 하오니 내 앞에 강림하시여 내 몸 안의 들끓는 염원을 들어주소서!"

피를 토했다.

이 격렬한 마나를 이기지 못하고 나는 너덜너덜해진 몸을 추스르며 입가로 흐르는 피를 닦아냈다. 마법진은 은 빛을 발하며 어두운 감옥을 환히 비치고 있었다. 그에 따라 만신창이가 된 죄수들이 저마다 상황을 보기 위해 너도나도 고개를 내밀고 있었다. 피와 살점이 떨어져

나간 사지를 한 몇몇 죄수들은 내 바로 앞까지 기어와 은 빛으로 빛나는 마법진을 바라보며 내게 애원했다.

"고문관 자식을 죽여주게!"

"간수새끼들을 다 죽여줘!"

"내 가족의 원한을 풀어줘!"

이글거리는 원념 속에서 나는 터질 것 같은 혈관을 억누르며 마법진을 뚫어져라 바라보았다. 사슬에 달린 남자의 말에 따르면 이미 마법진은 발동되었다. 그런데도 마족은 나오지 않았다. 설마, 실패일까?

"…왜 조용하지? 마법진은 발동된 건데."

"혹시 뭐가 잘못된 건가?"

"마나가 부족한가?"

"마법진 어딘가에 오류가 있는 것은 아니야?"

저마다 한마디씩 떠들어대는 순간, 갑자기 퍽 하고 천장에 금이 갔다. 보이지 않는 주먹이 후려친 것처럼 지직지직 하고 소리를 냈다. 사람들이 놀라 뒤로 물러서는 순간, 또 한 번 퍼억 소리와 함께 감옥 벽이 흔들렸다. 이번에는 분명히 보일 정도로 구멍이 패였다.

"뭐지?"

감옥이 좁아서 그런지도 모른다. 겨우 성인 세 명이 누울 정도의 좁은 공간이라 마족이 강림하기 어려운 것일까? 나는 침을 삼키며 상황을 지켜보았다.

그때 갑자기 감옥 전체가 흔들리기 시작했다. 아니, 땅이 흔들리는 것 같기도 했다.

"으아!"

"지진인가?"

비명을 지르며 이리저리 뒹구는 죄수들 사이로 쇠사슬에 걸린 남자가 고함을 질렀다.

"성공이야! 성공이라구!"

그와 동시에 새까맣고 푸른 덩어리가 마법진에서 서서히 일어나기 시작했다.

"마족이다!"

"으아아악!"

"괴물이야!"

비명과 소란, 공포가 어우러져서 죄수들은 정말로 한 덩어리가 된 채 구석에 처박혔다. 난생처음 마족이란 존재를 본 사람들의 반응이란 다 비슷비슷할 것이다. 모두들 공포에 질려 정신을 잃고 있었다. 하지만 좁은 감옥 안에서 도망갈 곳이라고는 없다. 다들 미친 듯이 비명만 올리며 어떻게든 몸을 그 마족에게서 멀리 하려고 버둥거리기만 했다. 서로에게 짓밟히고 채여서 비명 소리 또한 요란해졌다.

나는 마법진 앞에 앉아 그 덩어리 마족을 올려다보고 있었다.

어찌 된 말이 살려 서시노 못한가. 무려움과 달신으로 몸이 널널 떨렸지만 의외로 마음속은 대단히 담담했다. 어쩌면 사람들의 원한으로 뒤범벅된 마나를 잔뜩 머금고 있기 때문인지도 모른다.

"날 부른 게 너냐?"

차가운 음성이라기보다는 전혀 감정을 느낄 수 없는 음성이 터져 나왔다. 감정이 완전히 배제되어 지독하게 비인간적인 음성.

"나요."

"그래, 놀랍군. 나를 불렀다니. 그 몰골로."

그는 흥미진진한 듯 자신을 둘러싼 감옥 안을 휘이 둘러보았다. 피투성이가 된 겁에 질린 죄수들을 보고 또 나를 보던 그는 다시 물었다.

"나에게 바칠 것이 있는가?"

나는 멍하니 그를 올려다보았다. 바칠 것… 제물이라.

"계약 조건을 모르는 것은 아니겠지? 네가 놀랍게도 날 소환했다만 나를 만족시킬 제물이 없어선 안 되지."

"당신은 누굽니까?"

나는 새삼 궁금해져서 물었다. 주변은 이미 숨죽인 사람들로 인해 끔찍할 만큼 조용했다.

"나 말인가?"

검고 푸른 덩어리가 휘리릭 제 모습을 갖추기 시작했다. 키가 큰 장신의 남자였다. 검고 푸른 로브를 걸친 남자는 새까만 머리카락을 발목까지 늘어뜨린 채 아무런 장식도, 아무런 무늬도 없는 로브를 걸치고 있었다. 드러난 얼굴은 단숨에 모두를 매혹시킬 정도로 아름다웠다.

"아."

몇몇이 탄성을 터뜨렸다.

냄새나고 더러운 지옥과도 같은 감옥 안에서 유일하게 아름다운 것이 있다면 지금 눈앞에 있는 마족이었다. 그는 백옥을 깎은 듯 하얀 피부와 붉은 입술을 가지고 있었다. 키가 크고 늘씬한 체구가 아니었다면 미녀라고 볼 수도 있을 정도로 아름다웠다.

"나는 고독과 청염의 마왕 시스테이어스. 서열 4위의 마왕이다."

"마, 마왕?"

"마왕?"

여기저기서 비명과도 같은 소리가 터져 나왔다. 나는 아무런 말도 못하고 입만 벌리고 있었다. 첫 소환에 마왕이 나올 거라고는 상상도

해본 적 없다. 서열 높은 마족이라면 누구나 환영인 상황이다. 그런데 마왕? 설마 하니 마왕이 이렇게 떠억 하니 눈앞에 존재하다니… 내가 그를 불렀다니.

"이렇게나 많은 인간들 앞에서 계약을 맺다니, 거참 우습군."

그는 그렇게 말하고는 천천히 팔짱을 끼고 날 내려다보았다.

"마나는 훌륭하다만 네가 나에게 바칠 것이 남아 있는지 정녕 궁금하구나, 인간아."

마족과 계약하려면 가장 소중한 것을 바쳐야 한다. 그것은 자신에게 있어 유일무이한 가장 소중한 것이어야 했다. 마족은 마음을 읽는 능력이 있으며 특히 계약에 있어서는 철저하다. 어정쩡한 것을 제물로 바쳐서는 계약 자체가 성립되지 않는 것이다.

나는 잠시 동안 눈을 감았다.

내게 남은 소중한 것이라… 나에게 지금 남은 것은 아무것도 없다. 소중한 누이도, 영지도, 힘도, 재산도 모두 다 잃었다. 이미 다리 병신이 된 기사가 무슨 소용이 있으랴. 진정 나에겐 아무것도 없었다.

"…있느냐?"

마왕이 다시 물었다.

나는 떨리는 두 팔을 천천히 허공으로 뻗었다. 묘하게도 마음이 담담해졌다. 이것을 마왕이 받아줄지는 아무도 모른다. 그리고 나는 그 결과를 보지 못할 것이다. 하지만 이 원한과 바람은 나만의 것이 아니었다. 이 자리에 있는 모든 자들의 원한이 쌓여 마왕을 부른 것이다. 그러니 아쉬움은 없다.

이미 힘이 빠진 손에 마나를 주입해 간신히 모양새를 취했다. 이미 눈앞은 흐려 잘 보이지도 않았다. 아무려면 어떠랴, 지금 가장 중요한 것은 계약을 맺는 것이다. 내 몸을 휘감는 이 마나는 나만의 것이 아니다.

퍼억 하고 가슴뼈를 뚫고 손가락이 심장을 쥐었다. 그 순간, 나는 파르륵 떨며 뒤로 쓰러졌다. 부들부들 떨리는 고통으로 입이 제멋대로 움직였다.

"내, 내가 가진 유일한 것. 내 시, 심장을……."

암흑. 고통. 비명. 비탄.

내 손가락이 심장을 움켜쥐는 그 순간, 나의 모든 기억은 사라졌다.

"정신이 들었는가."

"……."

나는 멍하니 눈을 뜬 채 누워 있었다. 지금 여기가 어딘지 무슨 일이 벌어졌는지 알 수가 없었다. 주변은 온통 어두웠다. 어둡고 축축했다.

"일어나 봐라. 미적거리는 것은 좋아하지 않는다."

누가 말하는 것일까.

나는 멍한 상태로 어둠 속에서 말하는 상대를 바라보았다. 희미한 빛에 싸여 있는 자가 보였다. 검고 긴 장발과 로브 차림의 미모의 남자가 날 내려다보고 있다.

"…마왕?"

"죽었다 산 것 치고는 대단히 멀쩡하군. 일어서라."

그가 입가를 가볍게 움직였다. 웃음인 것 같기도 했지만 웃음이라고 단정 짓기에는 모호했다. 천천히 몸을 일으켜 앉자 뭔가 이상하다는 것을 깨달았다.

"아."

그 지긋지긋하던 고통이 느껴지지 않았다. 아픔도 없다. 두 다리를 더듬거려 보니 놀랍게도 두 발이 제대로 달려 있었다. 몸은 깨끗했다.

"죽은 게 아니었던가?"

"넌 심장을 제물로 바쳤다. 하지만 죽음을 바친 건 아니었지."

마왕이 모호한 어조로 말했다. 그리고는 뒷짐을 지고 천천히 거닐기 시작했다. 그가 걷자 주변이 희미한 빛으로 물들었다. 나는 그제야 내가 있는 곳이 아직까지 감옥이라는 것을 깨달았다. 하지만 이상하게도 감옥 안에는 아무도 없었다. 피와 살점이 널려 있던 곳이라고는 믿어지지 않을 정도로 깨끗하고 조용했다.

천천히 일어서 보니 다리가 제대로 움직였다. 진짜로 나은 것이다!

놀람에 겨워 다리를 만져 보고 있을 때 마왕이 그런 내 모습을 보더니 혀를 찼다.

"심장이 뽑히고도 산 주제에 두 다리가 더 신기한가?"

"그런데 정말 어떻게 된 것입니까? 나는 어떻게 살아 있는 거요?"

"나에게 대단히 복잡한 난제를 던졌다, 네가."

마왕은 툭 내뱉듯 말했다. 하지만 어쩐지 조금 즐거워 보이는 것같이 보이기도 했다. 그에 따라 나도 왠지 두려움은 사라지고 가벼운 기분이 되었다. 마왕이 유쾌해하고 있다는 것이 묘하게도 기분 좋았다.

"일반 마족이었다면 이미 끝날 계약이다. 계약이라는 것은 상호간에 맺어지는 것이다. 따라서 어느 정도 얼추 비슷해야 계약이 이루어지지. 너의 마나는 나를 끌어낼 정도로 강한 것은 아니었다. 내가 이끌린 마나는 너와, 네 주변에 있던 인간들의 원한이 빚어낸 비정상적인 것이었지."

마왕은 수염도 없는 흰 턱을 잠시 매만지더니 내 쪽으로 시선을 던졌다. 그 시선에 감정이 담긴 것이 느껴져서 나는 놀랐다. 나타날 때만 하더라도 정말 지독하게도 냉정, 아니, 무표정하지 않았던가.
"게다가 제물을 바치라 했더니 네 심장을 바쳤다. 심장이라는 것은 네 말대로 네게 있어 유일무이한 가장 소중한 것이다. 그것을 기꺼이 인정했다. 따라서 계약은 성립되었다."
"서, 성립된 거였군요!"
나는 안도의 한숨을 내쉬었다.
그 끔찍한 고통이 무위로 돌아가지 않았다니 정말 다행이 아닌가. 게다가 나는 다른 이들의 원한까지도 짊어지고 있는 중이었다.
"하지만 어느 생명체든 심장이 없으면 죽는다. 다시 말해 계약자가 죽어버리면 계약 자체는 또 성립되지 않는 거다."
"에?"
마왕이 갑자기 큭큭 웃었다. 마왕이 웃는다니, 거참 묘한 느낌이었다.
"그러니까 또 계약은 무효가 되어버린다. 그래서 보통 마족이라면 여기서 끝나 버리는 것이다. 한데, 나는 마왕이란 말이야."
"......"
왠지 이 마왕이 슬슬 날 놀리고 있다는 생각이 들기 시작했다. 그가 즐거워하는 이유도 단지 날 놀리고 있기 때문인 듯하다. 묘하게도 두려움 따위는 씻은 듯 사라지고 오히려 마왕에게 친근감까지 들 지경이었다.
"날 놀리는 거요?"
"하, 놀리는 것은 아니지. 단지 네가 모르는 것을 알려주는 것뿐."
그는 다시 킬킬 웃더니 미간을 찌푸린 날 보고 궁금한 듯 물었다.

"내가 두려운가?"

"아니오."

"화를 내는군, 나에게 말이야."

"당신이 날 놀리고 있다는 생각이 드는걸."

내가 되쏘듯 내뱉자, 마왕이 갑자기 소리 내어 크게 웃기 시작했다. 나는 이 상황이 어쩐지 점점 이상하다는 생각이 들었다. 마왕이 날 놀리고 내가 마왕에게 대들고 있다니? 이런 게 지금 가능하단 말인가?

"나에 대한 두려움은 물론 없겠지. 계약은 이루어졌다."

"당신이 날 살린 거요?"

"그런 셈이지. 하지만 난 창조주가 아니다. 창조주가 아닌 이상 죽은 자를 되살릴 수는 없다."

"그런데 어떻게?"

"내 심장을 나누어 너에게 넣었다. 마족의 심장, 아니, 마왕의 심장은 마나로 이루어져 있지. 따라서 네 몸에도 그럭저럭 맞출 수 있었다."

이 황당한 말을 듣사마자 나는 미친 듯이 내 가슴을 살폈다. 내 가슴 속에 마왕의 심장이 들었다니… 그게 말이 되는 건가!

멍하니 앉아서 내 가슴을 만지고 있던 나에게 그가 물었다.

"그래, 이제 너는 나의 계약자. 사상 최강의 흑마법사가 되었다. 지금 인간 세계에서 마왕의 힘을 비는 흑마법사는 존재하지 않으니 너는 분명 사상 최고이지."

사상 최고의 힘을 내가 가졌다고?

"게다가 나의 심장을 나누었으니 나의 형제나 다를 바 없지. 아니, 더 심한가? 너와 나는 이제 한 몸이다. 내가 소멸하지 않는 이상 넌 죽지 않는 불사체가 된 거니 어느 흑마법사보다도 강하다고나 할까."

나는 멍하니 그를 올려다보았다. 방금 전까지 나는 죽음의 문턱에 있던 무력한 일개 기사에 불과했었다. 그런데 사상 최고의 힘을 가진 흑마법사가 되었다고?

"여, 여기는 어디요?"

"아까 있던 감옥이지."

그가 경쾌하게 대답했다.

"그런데 다른 사람들은 다 어디 간 거요? 당신이 풀어주었나?"

"천만에 다른 인간들은 전부 다 끌려 나가 처형되었다."

"뭐, 뭐!"

나는 황급히 주변을 다시 돌아보았다.

사람이 있던 흔적은 철저히 지워 버린 듯 깨끗하기만 했다. 죄수가 없는 감옥이라니, 어디에서도 비명 소리나 신음 소리는 들리지 않았다. 대체 무슨 일이 벌어진 거지?

"네가 나의 아공간에 가 치료받는 동안 이곳에서는 한 달이 흘렀다. 그 사이 이 자리에 있던 모든 죄수들은 다 처형당했지."

그의 말을 들으며 나는 눈을 감았다. 머리가 빙빙 돌았다.

아무리 강한 힘을 가졌다 한들 죽은 자를 되살릴 수는 없다. 세실리아의 몸뚱이는 이미 한 줌 흙이 된 지 오래였고 나에게 피를 토하며 원한을 이야기했던 남자는 이미 죽어 사라졌다. 아니, 그만이 아닌 모든 죄수들이 다 사라지고 없다.

"……."

"원하는 바를 말하라. 네가 내 마력을 빌어 쓰는 동안 나는 너에게 마법의 요체를 알려줄 것이다. 강한 힘을 가진 나의 계약자, 나의 분신이여, 이제 원하는 것을 말하라."

모두 다 사라지고 없지만, 모두 덧없이 허공으로 사라졌지만 내 몸 안에는 들끓는 그 끔찍한 마이너스의 마나, 원한이 살아 숨 쉬고 있다. 왕, 공작, 왕비, 귀족, 간수, 고문장, 병사, 배신자, 상인 그 모든 자를 다 아우르는 복수란 대체 무엇일까. 어떻게 해야만 하는 걸까?

나는 이제는 아프지도 않은 다리를 주무르며 눈을 떴다. 멀쩡한 팔과 다리가 이것이 꿈이 아니라는 것을 알게 해주었다. 옛날 영주였던 시절처럼 깨끗한 손톱과 손가락이 이 상황을 말해 주고 있었다. 나는 죽지 않는다. 나는 마왕과 결합한 마법사가 된 것이다.

마왕 시스테이어스는 조용히 날 바라보며 기다리고 있었다. 차갑게 가라앉은 검푸른 눈동자, 아름다우면서도 섬뜩한 미모. 주름살 하나, 터럭 하나 없는 그 매끈한 얼굴을 보며 나는 눈을 감았다. 마왕의 분신이 되어 불사체가 된들, 사상 최강의 마력을 가진들, 죽은 자들은 영원히 죽어 사라졌다. 얽힌 원한은 아무도 풀 수가 없다. 나 자신의 원한조차도 어떻게 풀어야 할지 모르는데 남의 원한은 어떻게 풀까.

"먼저 이 감옥을 부수는 것부터 시작하지."

나는 천천히 눈을 떴다.

"그리고 이 피로 물든 왕국을 멸망시킨다."

"그럼, 결국 문제는 너의 과거인가."

뭔가 생각하는 어조로 오르게이드가 중얼거렸다.

나는 실없이 웃으면서 포도주 잔을 기울였다. 아무것도 갖고 싶은 것이 없는 상태로 사는 인간처럼 무력한 것은 없다. 소중한 것을 전부 잃어버렸는데 어떻게 의욕이 넘칠 수 있단 말인가. 나 자신의 생명조차도 소중하지 않는데 어떻게 욕심을 가질 수 있을까.

세계 정복도 욕심이 있어야 한다. 사랑도 욕심이 있어야 할 수 있다. 재물에 대한 욕심도 없이 탐을 낼 수는 없는 일이다. 그러니까 나는 힘을 가지고 있어도 그저 그런 허깨비처럼, 떠도는 유령처럼 살 수밖엔 없다. 피곤하고 지치면 그냥 잠이 들고 몇 년, 혹은 몇십 년 잠을 자면서 유일한 말벗으로 마왕을 옆에 두고 그렇게 모든 것을 흘려 버리고 말았다.

시스테이어스 입장에서는 기분이 좋진 않을 것이다. 모처럼 맺은 계약자가 이렇게나 무기력한 인간이라는 것이 그에게 좋을 리가 없다. 자신의 마력을 빌려주었는데 고작 하는 일이라고는 구질한 전쟁터를 기웃거리며 푼돈이나 버는 짓이 전부인 용병이니… 불만이 없을 리가 없지. 게다가 그의 심장까지 나눈 분신이나 다를 바 없는 내가 이렇게 최하의 인간처럼 구르고 있으니 짜증도 날 것이다.

"어쨌든 다 먹었으면 누워라."

"아직 덜 먹었어."

"어차피 누워 있을 놈이 배를 다 채워서 무얼 해? 맛만 보면 됐지."

오르게이드는 핀잔을 주더니 손짓했다. 나는 별수없이 먹고 있던 것을 내려놓고 손을 닦으며 침대로 향했다. 엄청나게 화려한 침대를 보며 혀를 내두르자 오르게이드가 어깨를 으쓱했다.

"이왕이면 좋은 게 좋지 않은가."

"향초 베개로군. 정말 호사스러운걸."

"즐거운 꿈을 위해서는 필수적인 것이지."

"하, 꿈이라. 수면 마법, 동결 마법에 들어가면서 무슨 꿈이야?"

"어찌 되었든 잠은 잠이니까 푹 자라구."

"시스테이어스에게 무슨 일이 생겨서 내가 소멸하기 전에……."
나는 잠시 누운 채 망설였다.
"그동안 네게 고마웠다고 인사를 하고 싶어."
내 말에 그의 눈이 조금 커졌다. 황금빛의 눈동자가 살짝 흐트러지며 미소가 생겨났다.
"호오~"
"이름을 지어준 것도 감사한다, 오르게이드. 인사를 하고 눕는 게 옳을 거 같았어. 고마웠다. 긴 세월 동안의 호의에. 진심으로 감사해."
"그런 건 깨어나서 말하는 게 어떨까?"
말은 그렇게 하면서도 오르게이드는 미소를 더 짙게 머금었다.
죽더라도, 이대로 죽더라도 이 아름다운 미모를 보며 화려한 침상 위에서 죽는다는 건 행운이다. 맛있는 음식과 좋은 옷, 화려한 침상을 준비해 준 오르게이드는 아마도 그런 것을 염두에 두었을 것이다. 나에 대한 배려와 호의로 준비한 것이 틀림없다.
"만약 무사히 깨어난다면 무엇을 가장 하고 싶어?"
오르게이드가 반듯하게 누워 이불까지 덮은 나에게 물었다. 나는 입 안에 남은 포도주 맛을 음미하면서 웃으며 눈을 감았다.
"네가 지쳐 떨어질 때까지 키스를 퍼부어주지."
내 생전 처음 듣는 드래곤의 폭소를 들으며 나는 깊은 잠의 늪으로 빠져 들었다.
정말로 이게 내 생의 마지막이라면 나쁘지 않아. 친구의 호의를 받으며 죽는다는 거, 정말로 나쁘지 않다고.

Chapter 5

"좋은 아침입니다, 전하. 어제 옷도 갈아입지 않고 주무셨군요."
 햇빛이 쏟아졌다. 눈이 부시다.
 촤라락 하고 붉은 커튼이 소리를 내며 흔들거렸다. 벽에 걸린 태피스트리가 그 바람에 출렁하고 흔들렸다. 금빛의 그리핀이 수놓여진 근사한 태피스트리다.
 이불은 포근하고 따스했다. 뺨에 와 닿는 감촉이 썩 기분 좋은 베개도 마음에 든다.
 나는 베개 속으로 머리를 더 파묻으면서 아침을 방해한 사람을 쳐다보았다. 햇빛에 눈이 부신 탓에 눈을 가늘게 뜨고 상대를 바라보자 흰머리가 섞인 중년의 바짝 마른 남자가 날 바라보고 서 있었다. 감색의 몸에 잘 붙는 코트와 검은 바지를 걸친 남자는 내가 자신을 바라보자 약간 당혹스러운 표정을 짓고 있었다.

"전하?"

"…누구지?"

내가 어눌하게 묻자 중년 남자는 눈을 꽉 소리나게 찌푸리며 말했다.

"뭡니까, 전하. 그런 장난을 하시다니오. 지금 아침부터 줄줄이 해야 할 일들이 널려 있습니다. 오늘 조찬은 필로모 공작과 시실렌 백작과 함께하시기로 약속되어 있고요, 조찬이 끝난 이후 오전 티타임에는 버베리 자작과 버트슨 백작, 그리고 올레앙 공과 약속되어 있습니다. 이후 알현 시간에는 이미 30여 명이 예약되어 있습니다. 오찬은 미리 말씀드린 대로 태자비 후보 관계로 황후 마마와 보브리 궁부인과 약속되어 있고요."

무슨 소리인지 하나도 모르겠다. 무슨 공작이고 백작이고… 조찬? 오찬? 티타임?

나는 손을 들어보았다. 세 개의 반지를 낀 하얀 두 손이 보인다.

하얀색에 비해서는 단단해 보이고 조금은 마른 듯한 손이다. 거칠고 흉한 손. 흉터도 꽤나 있다. 하지만 화려한 주홍색의 공단 셔츠라니, 뭔가 거슬린다. 천천히 일어나 앉았다. 사지는 멀쩡하지만 어쩐지 굉장히 어색하다는 기분이다. 좀 구겨지긴 했지만 검은 비로드의 튜닉과 흰색의 바지. 사파이어, 토파즈, 터키석 등의 반지 세 개. 출렁거리는 에메랄드가 박힌 긴 금 목걸이. 게다가 일어나 침대를 빠져나오자 찰랑이는 소리를 내는 보석이 박힌 은제의 허리띠라니.

'어색해.'

일어서서 방 안을 휘이 둘러보니 푸른 대리석으로 만든 테이블 위에 티포트와 찻잔이 놓여져 있다. 차 향이 방 안을 조금은 달구고 있었다.

마음에 드는 향이다.

'어딘가 이상해.'

낯선 것은 아니다. 낯설지는 않았지만 무언가 이상했다. 어디가 이상한지 나로서는 알 수가 없다. 옷장 앞에 놓인 커다란 거울이 문득 눈에 띄어 나는 그 앞으로 다가섰다.

검은 머리, 검은 눈, 조금은 말랐지만 그럭저럭 단단해 보이는 체격. 하얀 피부는 아무래도 일광욕 부족인 듯싶을 정도로 창백했다. 공단의 셔츠와 바지를 걸치고 금빛 그리핀이 수놓인 검은 비로드 튜닉을 걸친 이십 대 초반, 혹은 중반으로 보이는 남자. 화려한 옷차림에 보석과 황금을 주렁주렁 매달고 있는 꼬락서니라니.

아, 나 이런 얼굴이었었나? 낯선 얼굴은 아니었지만 어딘가 꽤 이상하다.

내가 멍하니 거울을 보고 서 있기만 하자 불안했는지 남자가 다가와 내 옆에 섰다.

"피곤해 보이십니다. 제가 뜨거운 차를 준비해 왔습니다, 전하?"

"전하?"

내가 멍하니 되묻자 중년의 남자가 걱정스러운 얼굴로 다가와 나를 들여다보았다.

그는 나보다 키가 조금 작아서 나를 올려다보았다. 약간 매부리코에 얇지만 단호한 입매, 완고해 보이는 눈매와 흰 것이 섞인 갈색의 머리카락. 단단해 보이는 체격이지만 나이 탓인지 꽤나 말랐다. 50세 전후 정도로 보였지만 더 들었을 수도, 덜 들었을 수도 있을 듯싶다.

"누구야?"

"…전하?"

남자의 얼굴이 점점 일그러졌다.

나는 그 얼굴에 조금 미안해져서 관자놀이를 꾹 눌렀다. 어쩐지 두통이 시작될 것 같다.

"당신은 누구냐고?"

"전하! 장난은 제발 그만 하세요!"

남자의 얼굴이 사색이 되기 시작했다.

"이 도노반이 그렇게나 미우셨습니까? 어제 제가 그렇게 말씀드린 것은 오로지 전하께서 학업에 열중하시길 바라는 마음에서……!"

떠들어대는 남자의 말을 막으며 나는 재차 물었다.

"그리고 난 누구지?"

이번에 그는 사색이 된 것 정도가 아니라 완전히 선 채로 기절해 버렸다.

나의 이름은 록그레이드 팰러스. 현재 26세. 펜게이드 제국의 황태자로 황후의 단 하나뿐인 적자(嫡子)이다.

"록……?"

분명 낯설기만 한 이름은 아니다. 내 이름일지도 모른다.

나는 내 앞에서 시퍼렇게 질린 얼굴을 한 세 명을 번갈아 보고 있었다.

아까 사색이 되어 뒤로 넘어간 남자, 도노반 필그램은 어쩔 줄 모르는 얼굴로 내게 내 주변에 대한 것을 말해 주고 있었고 다른 한 사람은 심각한 얼굴로 날 쏘아보고 있었으며 다른 한 사람은 내 몸을 진찰하고 있었다.

"아주 기억이 안 나시는 겁니까?"

"안 나."
"어젯밤 대체 무슨 일이 있었던 것인지 모르겠습니까?"
"호위들도 아무런 기색조차 못 느꼈다고 하고 있고. 설마 마법이 아닐까?"
"마법? 누군가 마법으로 전하를 공격한 것일까?"
남자들은 날 가운데 놓고 마구 떠들어대고 있었다. 나는 팔짱을 낀 채 그들의 이야기를 묵묵히 듣고 있었다. 내가 황태자라는 것을 감안해 보건대 이들은 아마 향후 나의 정치적인 권력 구도에 미칠 영향 때문에 난감해하고 있는 것 같다. 물론 내 시중을 들어왔다는 시종장 도노반만은 예외였지만.
"글을 읽을 수는 있으십니까?"
도노반이 재빨리 나에게 책을 내밀었다. 한 장 펼치자 드러난 글자는 낯익었다.

…그리하여, 그레이드 1세의 치적에 관해 감히 감평하오니…….

얼결에 주욱 읽어 내리자 도노반이 두 손을 부여잡고 소릴 질렀다.
"아아, 신이여! 다행입니다!"
옆에 있던 의사도 남자도 고개를 저어대더니 다시 묻는다.
"몸은 괜찮으십니까?"
"궁금한 것만 빼면."
"뭐가 가장 궁금하십니까?"
"내가 누구인가 하는 것과 여기가 어디인가 하는 것, 그리고 당신들이 누구인가 하는 것."

"하아……."

의사로 보였던 남자가 한숨을 쉬면서 나를 빤히 바라보았다. 나 역시 그를 관찰하고 있었으므로 그의 콧털이 조금 삐져 나왔다는 것을 금세 발견할 수 있었다. 식은땀을 흘리는 의사는 흰 가운을 입고 있었는데 구두는 보랏빛이었다. 옷 취향이 좀 이상한 작자로 보인다. 그 외에는 신중해 보이는 턱이나 불룩 내민 입술 따위가 눈에 띄었다. 오십 대 중반으로 보이는 의사는 곰곰이 나를 살피더니 다시 한 번 물었다.

"전하, 지금 무슨 생각을 하고 계십니까?"

"내가 기억을 잃었다는 것이 확실하다는 생각."

"으음."

"명료하시군요!"

옆에 있던 남자가 시도 때도 없이 감탄성을 터뜨렸다. 그런 그를 향해 나는 미간을 찌푸렸다. 지금 이 상황이 탄성 따위를 올릴 때인가!

"다행히 일상생활은 지장이 없으실 것 같고, 판단력이나 지적인 부분에 있어서도 큰 문제는 없는 것으로 보입니다. 그런데 기억을 잃으셨다니……."

"정확히 내 위치에 대해서 말 좀 해봐. 그리고 나서 이야기하지."

내가 팔짱을 끼고 의자에 편안히 앉자 서로 눈짓을 주고받던 남자들은 침착성을 되찾고 다시 내게 시선을 주었다.

"전하께서는 17세의 나이에 황태자가 되셨습니다. 금빛 그리핀의 문장을 달 수 있는 분이 되신 거지요. 그리고 현재 형제는 동복 소생으로는 없으시고, 후궁 마마들의 소생이신 에머리아 공주님, 그리고 세크리드 엔델 왕자님, 펠로그란드 에윌 왕자님, 메타니아 공주님 등 사 남매가 있으십니다."

Chapter 5 105

"그리핀의 문장을 달 수 있는 분이라는 건 무슨 의미지?"

"황실 문장을 가질 수 있는 분은 황제 폐하, 황후 폐하, 그리고 황태자 전하뿐이십니다. 그렇게 세 분만이 가능한 거지요."

"좋아, 그렇다면 나머지 네 명의 동생들에게는 그게 불가능하다는 이야기로군. 계속 이야기해 봐."

"네, 황후 폐하께서는 나타니아 그랑디아 셀번, 셀번 공국의 공녀이셨습니다. 다시 말씀드리지만 다른 소생이 없으시기에 황태자 전하에 대한 사랑이 극진하시지요. 흠흠, 그리고 후궁이신 두 분은 마가렛 궁부인, 그리고 보브리 궁부인이십니다. 모두 베일의 궁에 거처하고 계십니다."

어머니라……

엄청나게 낯선 단어에 나도 모르게 무심코 한숨을 내쉬었다. 어머니, 나를 극진하게 사랑하는 어머니. 낯설면서도 가슴 한구석에 희미한 아픔이 느껴졌다. 기억을 잃은 나를 어머니는 어떻게 볼까. 아니, 내가 진짜 황태자인 록그레이드인 걸까.

"계속해."

하지만 내가 록그레이드가 아니라면 대체 이들이 나에게 왜 이 난리를 치는 걸까. 아니, 정말 내가 록그레이드가 아니라면 난 대체 누구지?

말을 재촉하면서 나는 무심코 내가 반말을 쓰는 데 익숙하다는 것을 깨달았다. 그러고 보니 존댓말을 쓴다는 것 자체가 굉장히 어색한 것 같다. 그렇다면 역시 나는 황태자였다는 건가? 하기야 입은 옷도, 이름도 낯익은 것을 보면 저들이 거짓말을 하는 것 같지는 않다. 하지만 이 화려함에 대한 어색함은 대체 뭘까?

"어젯밤, 나에게 무슨 일이 있었는지 아는 사람 있는가?"

"그게……."

도노반이 땀을 닦으면서 나를 향해 거북한 시선을 던졌다. 그러고 보니 도노반이 나에게 뭐라 떠들었다는 것이 기억났다.

"그대가 나에게 뭐가 말했었다고 했지? 내가 어제 정확히 뭘 하고 있었는지 이야길 좀 해봐."

"하아……."

도노반은 다른 사람들의 시선을 받으면서 땀을 닦아냈다. 흠뻑 젖은 손수건을 보니 조금 안쓰럽기도 했지만 내 기억을 찾아야 한다는 이 중요한 사실에는 비할 것이 아니다.

"시종장, 어서 말씀드리시오."

옆의 남자들이 재촉했다.

의사의 이름은 캘로브 다너라 했고 다른 한 남자는 나의 호위대장인 데비드 밀톤 백작이라 했다. 내가 호위대장이란 남자를 주시하는 동안 도노반이 입을 열었다.

"민망한 일입니다만, 전하께서 어제 자작가의 영애인 메를리아 양과 숲 속에서……."

"숲 속에서?"

내가 재촉했다. 숲 속에서 어떤 여자랑 뭘 했다는 건가?

"그러니까 사교 활동을 즐기셨습니다. 그 시각이 알현 시간과 겹치는지라… 제가 그만 실례를 범했습니다."

"다시 말해 내가 여자랑 놀아났다고 자네가 잔소리를 했다는 거지?"

내가 잘라 묻자 도노반은 얼굴이 시뻘게졌다.

"그럼, 그 메를리아 양과 나는 자네가 보는 눈앞에서 헤어졌나? 그

Chapter 5 107

때가 언제쯤이지?"

"오후 티타임 시간이었습니다. 그 이후로 저는 전하께 야단을 맞아 방으로 돌아가 있었으므로 밤 시중은 다른 시종이 들었습니다."

"그래, 그럼 그 메를리아 양과 내가 오랜 시간을 보냈다 그거지? 그럼 그녀를 불러 사정을 좀 물어보면 좋겠군."

내 말에 도노반이 아닌 밀톤 백작이 굳은 얼굴로 대신 대답했다.

"메를리아 양과는 오후 티타임 이후 헤어지셨습니다. 그리고 그 이후에는 소울리에 데블린 양과 만나셨습니다."

"밤까지?"

애써 무표정하게 물어보았다. 아무리 생각해도 내 이야길 듣는 것 같지 않아서 부끄럽지도 않다. 아니, 조금은 부끄럽다. 결국 하루 온종일 여자랑 놀았다는 말이잖아.

"아뇨, 만찬에는 세클리어 데블린 경과 계셨습니다."

"그럼 그 세클리어 양을 부르지."

"전하, 세클리어 데블린 경은 소울리에 데블린 양의 오라비이자, 전하의 죽마고우인 로얄 기사입니다. 당연히… 남자입니다."

왠지 이를 갈면서 밀톤 백작이 말했다. 아, 그러고 보니 경이라고 말했었지. 남자였군. 그나마 잘되었네.

"그럼 어쨌든 그 친구를 부르지."

"그분과는 만찬이 끝나자마자 헤어지셨습니다."

"왜?"

"여자 문제로 싸우신 거 같습니다."

"싸워? 여자 문제?"

점입가경이다. 나는 입을 쩍억 벌렸다. 아무려면 황태자란 놈이 여자 문제로 자기 기사랑 싸우다니, 그게 말이 될 법한 소리인가?

"어떤 여자 문제로 싸웠단 거지?"

잔뜩 얼굴을 찌푸리며 묻자 민망한 듯 밀톤 백작이 헛기침을 하며 설명했다.

"음, 그러니까 캐더린 헤이스 양은 데블린 경의 애인이라 들었습니다."

"그 캐더린이란 여자와 내가 또 히히덕거렸단 건가?"

내가 노골적으로 묻자 밀톤 백작은 험험 헛기침을 계속했다. 보다 못한 도노반이 재빨리 말을 이었다.

"에, 그녀는 전하의 세 번째 애첩이십니다. 얼마 전에 장미의 궁으로 들이셨지요."

"세 번째? 자, 잠깐! 나는 아직 황태자비도 없는 상태 아닌가?"

"그렇습니다."

"그런데 애첩이 셋이나 있어? 그게 말이나 돼?"

내가 버럭 소리를 지르자 세 사람은 마치 나를 생전 처음 보는 사람 보듯 어이없다는 표정을 지었다. 그러더니 곧 이어 거북한 얼굴도 허 허 웃었다. 그 웃음을 보다 보니 점점 화가 치밀기 시작했다.

"좋아, 다시 읊어봐. 그러니까 결혼도 안 한 스물여섯 살인 내게 애첩이 셋 있는데 그게 누구누구지?"

"장미의 궁에 들이신 애첩만도 세 명이시고 숨겨진 애인은 얼마나 되는지 전 모릅니다."

도노반이 아주 얄미운 음성으로 말했다. 나는 머리를 짚으면서 이를 갈았다. 여자가 이렇게나 많다니, 정말 할 일 어지간히도 없는 놈 아닌가. 황태자씩이나 되었으면서 애인 만들기에 시간을 이렇게나 썼단 말인가? 한심하고 한심스럽다.

"좋아, 그 궁에 들이기까지 한 애인이 누구인지 말해 봐."

"말하라 하시니 말씀드리겠습니다, 전하. 그 세 분은 화타리아 공국의 에이리아 양과 게일 공국의 카치아 양입니다. 이 두 분은 공녀로 보내져서 전하의 첩이 된 경우이니 전하의 잘못만은 아니라고 말씀드릴 수 있지요."

"공녀라… 그래서 내 첩이 되었다? 좋아, 그래. 내 탓인 첩은 그 데블린이랑 싸웠다는 케더린 양인가? 대체 그녀를 언제 불러들였어?"

"3일 되었습니다."

"3일?"

"네, 그래서 데블린 경이 어젯밤 격노해서 쫓아온 것이지요. 두 분은 죽마고우이십니다만 아무래도 여자 문제에 있어서는……."

"알겠어. 그 캐더린이란 여자를 만나보고 해결하자. 설마 내가 그 여자에게 벌써 손을 댄 건 아니지?"

아니라고 말해 줘란 시선으로 도노반을 보자 도노반의 얼굴에 희미한 웃음이 맴돌았다.

"다행히 불러다 놓기만 하셨습니다. 제가 알기론 식도 올리지 않으셨고 같이 식사밖에는 하신 게 없으십니다."

"천만다행이군."

여자 이야기만 나와도 신물이 날 지경이다. 아니, 대체 어떻게 살았기에 주변에 그렇게나 바글바글 여자 이야기로 난리란 말인가. 내가 정말 이렇게 살았나?

"좋아, 이제 여자 이야기는 한 수 뒤로 물리고 내 밤시중을 들었던 시종이나 부르지."

"네, 안 그래도 밖에 그 시종을 불러다 놓았습니다."

도노반이 싱긋 웃으며 말했다. 어쩐지 그는 매우 이 상황을 기뻐하고 있는 것으로 보인다.

"들여보내 봐."

"안 됩니다!"

여자 이야기만으로도 지친 내가 손짓하자 데비드 밀톤 백작이 소리를 지르며 반대했다.

"어째서?"

"만약 시종들이 뭐라 떠든다면 감히 황태자 전하께서 기억을 잃으셨다는 게 소문이 퍼질 겁니다. 이렇게 되면 더 곤란해집니다!"

나는 턱을 괸 채 밀톤 백작을 향해 고개를 끄덕였다.

"확실히 틀린 생각은 아니군. 하지만 입을 막는다고 해서 이 궁 전체의 시종들을 전부 속일 수는 없어. 일단은 불러들여 자세한 걸 묻자. 들여보내, 도노반!"

순간, 세 명이 동시에 날 보고 경악의 표정을 지었다. 너무 당황해서 의사는 들고 있던 체온계를 떨어뜨릴 지경이었다. 혹시 이자들이 내 기억을 지워 버린 장본인 아니야? 나는 의심까지 들었다.

도노반은 갑자기 눈물을 머금더니 애써 침착을 되찾고 더듬거렸다.

"명령대로 이행하겠습니다, 전하."

그가 문을 열자 사색이 된 시종 소년 하나가 덜덜 떨며 들어섰다. 그 옆에 선 시녀 차림의 소녀 역시 덜덜 떨고 있었다. 아직 20세도 되지 않은 어린아이들을 주욱 훑어보았지만 아무래도 기억은 나지 않았다. 그저 낯설기만 하다.

"론과 세실입니다. 어젯밤 전하의 밤시중을 들었습니다."

"좋아. 론이라고 했나?"

"네, 네? 전하?"

당황한 얼굴로 소년이 앞으로 와 무릎을 꿇었다. 나는 그 소년을 뚫어져라 바라보며 물었다.

"어젯밤 네가 시중을 들었다고 했지? 내게 뭔가 평소와 다른 점이 있었느냐?"

"어, 없었습니다, 전하. 평소보다 조금 이른 시간에 시중을 들러온 저에게 그냥 물러가라고만 하셨습니다."

"내가 옷을 그대로 입고 잤다는 건 네 시중을 받지 않았다는 거 아니냐? 넌 어제 일을 하지 않았다고?"

내가 재차 날카롭게 묻자 소년은 사색이 된 채 고개를 조아렸다.

"살려주세요! 전하, 잘못했습니다!"

조금 짜증이 났지만 참기로 했다. 인내심이라고 하면 나도 지지 않는다.

어? 어라? 내가 인내심이 깊은 편이었던가? 나는 잠시 동안 내가 어떤 인간이었는가를 떠올리려고 애쓰기 시작했다. 하지만 기억나는 것은 여전히 전혀 없었다. 마치 짙은 안개 속에 혼자 우두커니 앉아 있는 것 같은 막막한 생각만 들 뿐이었다.

"좋아, 나는 네 시중을 거절하고 혼자 평소보다 일찍 잠자리에 들었다 그거지?"

내가 조용히 되묻자 엉엉 울고 있던 소년이 고개를 들고 이상하다는 듯 날 올려다보았다. 그리고는 연신 고개를 끄덕였다. 시선을 옆에 있는 소녀에게로 돌리자 시녀는 재빨리 고개를 푹 숙이고 부들부들 떨기 시작했다.

"이번엔 네 이야기를 듣자. 그래, 넌 언제 날 보았느냐?"

"어, 어젯밤 늦게 저에게 브랜디를 한 잔 가져오라 시키셨습니다."

소녀, 세실은 아직 17세가량 되어 보였다. 어쩐지 그 모습을 보자 묘하게 가슴이 아려왔다. 세실이란 이름도 왠지 귀에 익었다. 소녀 세실.

"브랜디. 좋아. 그 브랜디에 뭘 타기라도 했느냐?"

"아, 아닙니다. 제가 탄 것이 아닙니다!"

갑자기 팍 쓰러져 소녀가 대성통곡하기 시작했다. 그러자 옆에 있던 백작이 재빨리 칼을 뽑아 소녀에게 들이댔다. 다른 자들도 동시에 소녀를 쏘아보았다.

"너로구나!"

"네가 전하에게 독을 썼지?"

"아니에요! 아니에요!"

소녀가 칼을 보자마자 사색이 된 채 울부짖었다.

"누가 시켰느냐?"

내가 차분히 묻자 소녀가 갑자기 원망스러운 듯 날 보며 말했다.

"전하, 전하께서 시키셨습니다."

"뭐?"

"요망한 것!"

백작이 다시 한 번 칼을 휘두르려 하자 소녀는 비명을 올리며 바닥에 데굴 굴렀다. 옆에 있던 소년은 더 놀라서 같이 울음을 터뜨렸다. 갑작스레 주변이 울음바다가 되자 머리가 지끈거리기 시작했다.

"도노반!"

내가 외치자 멍하니 서 있던 도노반이 소년과 소녀를 야단쳐서 입을 다물게 했다. 칼을 빼 들고 눈빛을 형형하게 빛내고 있던 백작도 도노반의 눈초리를 받자 곧 진정했다.

"자, 다시 말해 봐라. 내가 너에게 뭘 시켰다고?"

내가 차분하게 다시 묻자 소녀는 조금 의아하다는 듯 날 바라보더니 갑자기 '아!' 하는 탄성을 지르며 자기 입을 가렸다.

"기억나는 게 있다면 말해 봐라. 무슨 일이 있었느냐?"

점점 조바심이 나는 것을 억누르면서 다시 묻자 세실이란 시녀는 진지하게 말했다.

"전하께서 브랜디를 제가 가져다 드리자 말씀하셨습니다. 너를 안고 싶다라고."

세실이란 시녀의 얼굴에 원망이 서렸다. 아무래도 기억을 잃기 전의 나는 난봉꾼 정도가 아니라 색마가 아니었을까? 여기도 여자, 저기도 여자라는 걸 보면.

"뭐야?"

내가 얼굴을 찡그리자 시녀의 얼굴이 다시 새빨갛게 되었다. 기가 막힌 듯 쳐다보는 다른 이들의 시선을 느꼈는지 그녀는 급하게 말을 이었다.

"그러나 아, 안지는 않으셨습니다. 전하께서는 내일부터는 무서워할 것 없다라고 말씀하셨습니다."

"뭐?"

점점 알 수 없다는 기분이 들어 시녀를 보자 시녀는 겁에 질린 얼굴로 다시 내 시선을 피하면서 입을 열었다.

"그것이 전부였습니다. 제가 망설이고 있자 나가보라고 그렇게 말씀하셨습니다."

"내일부터는 달라져?"

대체 무슨 의미일까? 설마 하니 기억을 잃어버릴 것을 미리 예견이라도 했단 말인가? 내가 어리둥절하고 있는 동안 도노반이 티테이블을 살폈다. 그는 브랜디 병과 잔을 확인하고는 잠시 머뭇거렸다.

"전하? 여기에 무슨 편지가 있습니다만."

티포트 아래 깔려 있던 편지 한 장. 편지 봉투에도 담겨 있지 않았다. 마치 보라는 듯이 브랜디 잔으로 눌려 활짝 펼쳐져 있었다. 나는 조심스레 그 편지를 집어 들고 살폈다.

"전하의 필적입니다!"

헐떡이며 어깨 너머로 도노반이 외쳤다. 나는 그의 시선을 부담스럽게 느끼며 편지를 읽기 시작했다.

나 자신에게.

안녕? 지금 이 글을 읽는 그대는 매우 불안하고 황당한 지경일 것이다. 왜냐면 눈을 떠서 이 편지를 발견했을 때는 기억을 하나도 하지 못하고 있을 테니. 그러나 너는 록그레이드 본인이 맞다. 그러니 걱정하지 말도록.

나는 어려서부터 아무도 몰래 마법을 익혀왔다. 내가 본래 마법사의 채질이 풍부해서 그런지 몰라도 소드 마스터가 되던 해, 마법도 나름대로의 경지에 올랐다. 아마도 그 때문인지도 모른다. 매사가 너무나 지루하고 심심하기만 했다. 그래서 도박, 술, 여자, 하지 말라는 것은 무엇이든 다 했던 것이다.

하지만 그것도 이제는 신물이 난다. 내 재능을 이런 식으로 더럽힌다는 것은 내게 마법을 가르쳐 주었던 스승에게도 죄를 짓는 것이다. 이제 나는 새롭게 태어나려 한다. 지나친 재능은 사람의 마음을 좀 먹는다고 예전에 스승님이 말씀하신 대로 나는 너무나 엉망으로 10여 년간을 지내왔다.

오늘밤, 나는 스스로에게 기억 소거 마법을 쓴다. 물론 생활상에는 불편이 없을 정도로 과거 내 자신을 지울 정도만의 마법이다. 특히 도노반, 나에게 항상 잔소리하느라 바빴을 게다. 이제부터 그대가 나에게 잔소리할 이유는 없다. 새로운 나는 틀림없이 망나니였던 나와는 천양지차일 테니까.

자, 새로운 록그레이드 팰러스, 인생을 즐겨보시라!

과거의 록그레이드 팰러스 보냄.

"마, 마법이라구요?"

옆에 있던 밀톤 백작이 비명 같은 고함을 내질렀다.

"마, 마법을 쓰신단 말입니까, 전하께서?"

나는 멍하니 내 뒤에서 황급히 편지를 빼앗아 들고 있는 밀톤 백작을 바라보았다.

뭐, 인생이 심심하고 재미가 없어서 망나니 짓을 하다가 이렇게 살기 싫어 기억을 지워? 뭐 이런 황당무계한 놈이 있단 말인가!

"이게 사실이야?"

내가 도노반을 돌아보았더니 도노반은 눈물을 훔치고 감격에 겨운 얼굴로 날 바라보고 있었다.

"내가 진짜 소드 마스터인가?"

"네, 흑! 열다섯 살에 소드 마스터의 경지에 오르신 뒤로 검을 집어던지면서 더 이상 재미를 못 느끼겠다고 말씀하셨지요. 전하께서는 진정 천재이셨습니다."

점점 재수가 없었다. 이전의 내가 그렇게나 재수없는 놈이었단 말인가? 뭐, 소드 마스터 경지에 오르니 재미가 없어 못해? 배가 부르다 못해 터질 놈이로구만!

 울컥울컥 화를 내고 있자니 밀톤 백작이 진지하게 날 바라보며 물었다.

 "전하, 실례지만 정녕 마법을 쓸 수 있으십니까? 만약에 쓰실 수 있다면… 이 사태를 믿을 수 있겠습니다만."

 "마법을 쓰는 법도 난 기억나지 않는다! 진짜 마법사였는지 알 게 뭐야!"

 바락 소리를 지르자 백작은 움찔하면서 내가 썼다는 편지를 들어 보였다.

 "이 편지에 의하면 마법 스승이 계셨던 것 같은데 그게 누군지 혹시 아시겠습니까? 저희들도 전하께서 비밀리에 마법을 익히고 계셨다는 것을 몰랐는데요. 워낙에 마법사란 희귀한 존재가 아닙니까? 이 나라에서도 마법을 익히고 있는 존재는 극히 드뭅니다."

 "황실 마법사가 혹시 없어?"

 "없습니다. 게다가 소드 마스터이면서 마법을 익혔다는 것은 금시초문입니다. 정말 마법을 익히셨습니까?"

 "기억이 안 난다고 했잖아! 제기랄!"

 뭐, 이런 괴물 같은 놈이 다 있나! 아니, 나라고 하는 놈이 그렇게나 할 일 없는 미치광이인가. 검술이니 마법을 익혀서 할 일 없어 망나니가 되었다고 하는 것도 정말 기가 막히는 놈인데 그놈이 거기다 황태자 씩이나 되었다고? 바보 아냐? 후궁 소생의 왕자들도 줄줄이 있잖아? 그렇다면 후궁 소생의 왕자들에게 제위 다툼의 기회를 줄 수도 있지 않은가.

 "후궁 소생의 왕자들과는 사이가 좋았나?"

나는 머리를 꾸욱 누르면서 감격의 표정을 유지하고 있는 도노반에게 물었다. 도노반은 고개를 끄덕였다. 눈물을 찔끔거리는 모습이 영 거슬린다.

"좋지요, 아직 어리시기 때문인지 전하를 무척 따르십니다."

"알았어, 아직 어리군."

그래서 문제가 없었나 보군.

나는 멍하니 입을 벌리고 있는 두 명의 시녀, 시종을 돌아보았다.

"너희들, 론과 세실이라고 했지?"

"네, 넵!"

"네."

"이제부터 너희들이 내 시중을 전담하도록 해라. 너희들이 보고 들은 바와 같이 나는 할 일을 새롭게 만들기 위해 한심하게도 내 자신에게 기억 소거의 마법을 건 멍청이다. 따라서 내가 아는 것은 지극히 적으며 아는 사람도 지극히 적다. 앞으로 너희들이 해야 할 일은 나와 내 주변에 있는 사람들을 설명해 주는 일이다. 물론, 내가 기억 상실이 되었다는 것은 남에게 함부로 지껄여선 안 된다."

"네, 네!"

"네!"

론과 세실은 그저 입만 벌리고 고개를 끄덕였다. 옆에 있는 도노반은 존경의 기색이 역력한 얼굴로 날 바라보고 있었는데 그 얼굴처럼 거북한 것은 없다. 밀톤 백작 역시 두 눈을 부릅뜨고 감탄스러운 듯 보고 있었다. 옆에서 멍하니 마법이란 말을 되뇌고 있는 의사 역시 바보스럽긴 마찬가지다.

"의사, 좋아, 의사라고 했지. 내 몸에 별 이상은 없지?"

"없습니다, 전하. 완벽히 건강체이십니다."

"그나마 불행 중 다행이군. 미리 말하겠지만 이 일은 불문에 붙이도록 해."

"네, 전하. 마법이란 이 놀라운 현상을 본 것만으로도 충분히……."

의사의 얼굴에 떠오르는 황홀한 빛을 애써 외면하며 나는 도노반에게 소리를 질렀다.

"오늘 일정은 당연하겠지만 전부 취소하고 내가 반드시 알아야 할 것들에 대해서 조사해 와! 이 나라의 역사책과 기타 등등 필요한 것은 전부 다!"

"알겠습니다, 전하. 탁월한 판단이십니다!"

박수까지 치면서 도노반이 말했다. 그 얄미운 면상을 한번 걷어차고 싶은 것을 억지로 참으려니 울컥했다.

"$\varepsilon\zeta\gamma\beta\gamma\alpha\iota\theta\kappa\lambda\Psi X \Phi Y T!$"

그 순간, 퍽 하고 도노반이 사라졌다.

"어라?"

"어억!"

"와악!"

비명 소리가 요란한 가운데 나는 도노반이 사라진 가운데 놓여진 한 마리의 두꺼비를 보았다. 두 눈이 툭 튀어나온 누르틱틱한 두꺼비 한 마리가 두 눈을 끔뻑이며 날 올려다보고 있었다.

"…맙소사."

밀톤 백작이 기절하려는 세실을 안아 올리며 중얼거렸다. 론은 뒤로 나자빠진 채 그대로 굳었으며 의사만이 두 눈을 부릅뜨고 두꺼비와 나를 번갈아 보고 있었다. 그의 눈에 드러난 알 수 없는 광채에 전율하면서 나는 두꺼비를 뚫어지도록 바라보았다.

설마, 설마 하니 이게 정말 도노반인가?

"…전하, 정말 마법사이셨군요."

"그런 거 같군."

나는 나를 원망스레 노려보며 눈을 띠룩띠룩 굴리는 두꺼비에게서 시선을 애써 돌렸다. 진땀이 흘렀다. 백작은 두꺼비와 나를 번갈아 보다가 하핫 웃어버렸다. 생각해 보니 우스운 모양이었다. 의사 역시 손뼉까지 쳐대며 재미있어 했다.

"전하께선 정말로 괴짜이십니다. 그러니까 마법으로 기억을 지웠다는 것도 사실이었군요."

의사가 고개를 연신 끄덕였다. 역시 이 인간은 곧이 믿지 않고 있었나 보다. 하기야 나도 믿을 수가 없었다. 어떻게 자기 자신에게 기억을 지우고 새 생활을 시작하겠다는 소릴 한단 말인가. 나라도 의심하겠다.

"그런데 전하. 언제까지 도노반을 저대로 두실 겁니까? 일단 마법을 증명하셨으니 되돌려 놓는 것은……?"

밀톤 백작이 조금 굳은 미소로 내게 물었다.

진땀이 점점 흘러내렸다. 나도 내가 점점 굳은 얼굴을 하고 있다는 것을 느끼고 있다.

"전하?"

의사도 불안감을 느꼈는지 날 바라본다.

"…미안하지만 기억이 안 나는걸."

나는 별수없이 어깨를 들썩여 보였다.

Chapter 6

 날씨는 좋았다.
 따스한 햇볕이 등줄기로 쏟아져 내린다. 계속 보고 있던 책에서 겨우 시선을 뗐다. 몇 시간 내내, 아니, 사흘간 책만 들이 팠더니 머리가 깨질 것 같다. 새삼 과거의 '내 자신'에게 이가 갈린다. 이래서야 황태자인 것이 더 속 터진다. 그래도 황태자라면 좀 아는 게 많아야 하는 것 아닌가. 그래야 나라를 운영할 것이 아닌가. 정말로 과거의 '나'라는 녀석은 무책임의 극치를 달리는 놈이 분명하다. 뭐, 하기야 나에게 내가 욕해 봐야 누워서 침 뱉기다. 나는 뻣뻣해진 목을 이리저리 돌려보면서 기지개를 켰다. 차를 따르던 론이 시선이 마주치자 재빨리 고개를 숙인다.
 "피곤하군."
 침실에서 전혀 움직이지 않은 지 사흘, 갖추어야 할 최소한의 지식을 익히기 위해 벌어놓은 시간이었다. 의사와 밀톤 백작이 내가 와병 중이라는 소문을 내긴 했지만 그 말을 믿는 사람들은 아무도 없는 모양이다. 론과 세실은 시종들과 귀족들 사이에서는 내가 어떤 미녀를 만나서 두문불출하고 있다는 소문이 돈다고 전해왔다. 젠장할. 그래, 나 호색한이다.

창을 천천히 열고 밖을 내다보았다.

온화한 날씨에 어울리는 새소리가 귀를 즐겁게 했다. 따스한 햇볕에 몸을 맡기고 눈을 감아보았다. 이런 평화로운 기분은 정말 오랜만이다. 가, 가만… 오랜만?

나는 잠시 미간을 찌푸리고 기억을 되살리려고 애써 보았다. 오랜만이라? 그렇다면 평상시의 나는 꽤나 바빴었나?

이런 식으로 툭툭 과거의 조각들이 떠올랐다 사라진다. 어떤 기억이 아니라 내 행동의 패턴 같은 것이어서 그다지 도움은 되지 못하지만 어쨌거나 내가 내 자신을 파악하건대, 나는 꽤나 한가롭지 못한 삶을 산 것은 분명하다. 또 분명한 것은 내가 절대 호색한의 기질을 가지고 있는 것은 아니란 점이다! 이것만은 확실히! 확실히 분명한 사실이다.

그나저나 대체 내 기억을 바꾼 그 마법은 어떤 것일까? 기억 소거의 마법이라…….

그런 걸 들어본 적도 없어서 어디 가서 찾아보기도 어렵다. 의사인 다너 박사는 지금 그것에 대해 연구를 하고 있는 모양인데 아직까지 긍정적인 소식이 없다. 나 역시 마찬가지.

첨벙. 첨벙.

"알았다. 도노반, 먹이를 준비시키마."

이 상황의 가장 큰 피해자는 다름 아닌 도노반이 아닐까. 민망하게도 두꺼비가 된 그는 내 책상 앞 거대한 대야 속에서 첨벙거리고 있는 중이다. 가장 큰 문제는 그의 먹이가 없다는 점이었다. 왜냐면 지금은 늦겨울, 그의 먹이가 될 벌레가 없는 것이다. 따라서 나는 내가 먹던 고기 조각을 주고 있었다. 말린 야채 조각과 더불어.

옆에서 접시를 건네는 론은 내 시선을 슬쩍 피한다. 무리도 아니다. 기분 나쁘면 론도 두꺼비가 될지도 모른다.

"믿지 않을지도 모르지만 도노반."

나는 포크로 고기 조각을 찍어 내밀며 점잖게 말했다.

"절대로 고의가 아니었어. 고의는 절대 아니었다구. 거기에 대한 속죄로써 내가 직접 밥을 먹여주고 있으니 잠시 동안만 참고 견뎌달라구. 생각해 봐. 황태자에게 식사 시중을 받는 날이 올 줄은 자네도 몰랐을 거야. 그렇지?"

낼름.

길쭉하고 길쭉한 혀가 스르르륵 튀어 오르더니 팟 하고 고기 조각을 훔쳐 달아난다. 그 속도에 론이 놀라 뒤로 물러섰다. 하기야 두꺼비가 이런 식으로 혀로 먹이를 휘감는 장면을 자세히 보는 것도 쉬운 일은 아니다. 나 역시 처음인 것 같으니까.

튀어나온 두 눈을 껌뻑거리던 도노반은 지친 듯 한숨을 내쉰다. 물론 내 눈에 그렇게 보일 뿐이지만 실제로도 한탄하는 듯 보인다. 혀를 내밀어 먹이를 낚아챈 자신을 용서할 수 없다는 듯 괴로워하는 그를 보니 나 역시 괴로워졌다.

"아, 빨리 자네를 되돌릴 마법을 생각해 내야 하는데. 알다시피 내가 기억 상실 중이라 말이야. 정말 예전의 나라는 놈은 지독하게 책임감이 없는 놈이야. 맘껏 욕해 주게."

미안해하며 말해도 어쩐지 곧이 듣는 것 같지 않다. 고개를 홱 돌린 토라진 두꺼비 도노반은 여전히 입을 불룩 내밀고는 꿈틀거리고 있을 뿐이다. 옆에 있던 론은 쿡쿡 웃음을 짓긴 했지만 내 시선을 받자마자 파리하게 질려 뒤로 한 걸음 물러섰다.

"차를 한 잔 더 부탁하자."

내가 말하자 론은 재빨리 고개를 숙이며 테이블에 놓인 차 포트로 달아났다.

론이 차를 따르는 동안 나는 뒷짐을 지고 내가 사흘간 달달 외운 사항에 대해서 되새겨보았다.

펜게이드 제국은 유판드리아 대륙의 북부에 위치한 제국으로 다른 나라에 비해 대단히 유력한 제국이다. 제도는 하이어드. 매년 각 공국과 왕국에서 공물을 바치고 있다. 특히 제국의 제후들의 후생인 사 개국, 데스니아 왕국, 화타리아 공국, 게일 공국, 에그린 왕국에서는 황태자가 성년이 되는 즉시 그 또래가 되는 공녀들을 후실로 보낸다. 하지만 권력 구도상 그녀들이 황태자비가 되지는 않는다. 만약 그녀들이 황태자비가 되면 다른 제후국이 반발을 일으킬 것을 염려해서이다. 내 후궁이 된 두 명의 공녀들도 그런 수순을 밟은 것이다. 내가 황태자로 정해지고 나서 내 또래에 어울릴 공녀들을 뽑아 보낸 것이다. 말이 후실이지, 어떻게 말한다면 인질이나 다름이 없다. 나머지 다른 왕국에서는 공주가 없어 왕자들을 보내왔다고 한다.

내 모후인 황후는 서대륙의 셀번 공국의 공녀로, 부황이 황태자이던 시절에 셀번 공국을 여행하다가 만났다고 한다. 즉, 드물게 연애 결혼이었다. 제국의 황후는 본국 태생이거나 혹은 다른 대륙의 여성이어야 한다고 정해져 있다. 따라서 후궁인 다른 여성들은 아무런 권력이 없었다. 황제도 황후와 적자만을 제위 계승권 아래 둔다고 했다.

"글쎄, 안 된다니까요!"

"시끄럽다! 대체 어디가 어떻게 아픈 것인지 왜 밝히지 않는 것이냐!"

밖이 갑자기 시끄러워졌다. 내가 눈을 동그랗게 뜬 상태로 군자, 찻잔을 들고 있던 론이 찻잔을 떨면서 내밀었다. 그 찻잔을 받아 들자마자 론이 재빨리 설명했다.

"화, 황후이신 듯합니다!"

"뭐라? 어, 어마 마마?"

말이 잘 나오지 않았다. 어머니라구! 이, 이 상태에서 만나면 당장에 눈치를 채고 말 텐데 어떻게 하면 좋을까!

"앗, 뜨거!"

나도 모르게 찻잔을 들고 부들부들 떨다가 그만 뜨거운 차를 뒤집어쓰고 말았다. 론이 비명을 낮게 울리며 수건을 들고 달려들었고 내 비명 소리에 또 놀란 듯 문이 활짝 열렸다.

"록!"

나타난 여성은 정말로 아름다웠다.

새까만 검은 머리카락을 늘어뜨린 그녀는 반짝이는 푸른 눈과 백설 같이 흰 피부를 가졌다. 분명히 중년의 나이이건만 보는 사람으로 하여금 눈을 즐겁게 하는 미모의 소유자였다.

"록! 대체 어찌 된 일이냐!"

입은 드레스는 은빛의 화려한 것이었지만 그렇다고 경박하진 않았다. 뒤에 선 두 명의 시녀가 잔뜩 주눅이 든 채로 나와 황후를 번갈아 보고 있었으며 문을 막으려다 실패한 밀톤 백작이 사색이 된 얼굴이 되어 나를 향해 애원했다.

"어찌 된 거냐고 묻지 않으냐! 네가 병이 났다고 모든 일들을 전부 다 중지시키고!"

황후는 내 방 안을 주욱 돌아보았다. 그리고는 쌓인 책 더미와 어지러운 책상, 그리고 약간 초췌한 내 얼굴, 허옇게 질린 론의 얼굴을 확인하고는 미간을 찌푸렸다.

"대체 뭘 하기에 사흘간 두문불출했단 말이냐? 네가 해야 할 일들도 뒤로 미루고!"

"…어마 마마."

나는 잘 나오지 않는 단어를 간신히 내뱉었다. 정말 이것만은 익숙해지지 않는군.

"언제부터 네가 날 어마 마마라 불렀다고 그렇게 부르느냐?"

어이가 없다는 듯 황후가 날 보고 쏘아붙였다. 화가 난 듯 치켜 올라간 눈꼬리가 정말 매력적이었다. 혹시 나 연상의 여인에게 약한 타입이었던 것일까?

"매우, 매우 아름다우십니다, 어머니."

내가 얼결에 그렇게 말하자마자 황후는 두 눈을 동그랗게 떴다. 굳은 얼굴이 된 그녀는 잠시 망설이듯 우물쭈물하더니 내 앞으로 다가와 내 이마에 손을 얹었다. 따스하고 부드러운 감촉… 거기에 향기까지.

가슴이 뭉클했다. 더할 나위 없이 기분이 좋아 나도 모르게 눈을 감았다. 그랬더니 황후가 걱정스러운 듯 물었다.

"아무래도 정말 아팠던 모양이구나. 네가 날 어마 마마라고 부르다니. 록, 일단 앉자. 안색이 형편없구나."

가슴이 뭉클했다.

내 뺨을 만지며 걱정스러운 듯 속삭이는 '어머니'라니… 너무 황홀해서 꿈이라면 다시는 깨고 싶지 않은 꿈이었다. 갑자기 왈칵 눈시울이 뜨거워졌다.

"록?"

황후가 걱정스러운 듯 내 뺨을 두 손으로 감싸고 들여다보았다. 내가 눈을 붉힌 것을 보고 놀란 듯했다.

"무슨 일인지 어미에게 말해 보아라. 록, 그동안 대체 무슨 일이 있었던 것이냐?"

나는 견디지 못하고 황후를, 내 어머니를 끌어안았다.

이것이 꿈이라면 제발 깨지 않기를. 나를 염려하고 나를 아껴주는 어머니, 이 온화하고 부드러운 향기. 잊어버렸던, 완전히 잃어버린 줄 알았었다. 왜 잊고 있었을까, 나에게는 어머니가 있었는데…….

부드러운 몸과 체온에 가슴 한구석에 쌓여 있던 무언가가 깨져 부서지는 기분이었다. 부서져 내리고 무너져 내려서 마침내는 산산조각이 났다. 어머니, 나의 어머니. 잃고 싶지 않아. 잊고 싶지도 않아. 눈물이 주르륵 흘러내렸다.

"록! 세상에!"

내가 우는 것을 느끼고 놀란 밀톤 백작이 재빨리 문을 닫고 나갔다. 그뿐만 아니라 론과 다른 사람들도 모두 데리고 나가 버렸다. 그 눈치 빠른 행동에 감사하면서 나는 황후의 작은 몸을 꽉 끌어안은 채 한동안 움직이지 않았다. 황후는 내가 운다는 것에 충격을 받은 듯 내 등을 어루만지며 위로해 주었다.

"괜찮아. 다 괜찮단다, 애야."

조금 바보 같다. 다 커서 어머니 품 안에 안겼다고 이렇게 눈물까지 흘리다니. 아니, 눈물을 흘린 게 얼마 만의 일일까. 아니, 이렇게 동요한 것은 역시 기억을 잃었다는 불안감 때문일지도 모른다. 이런저런 변명을 해봤지만 내가 눈물까지 흘린 것은 변하지 않는다.

나는 애써 마음을 다 잡고 고개를 들어 황후를 끌어안은 팔을 풀었다. 황후는 내 얼굴에서 눈물을 닦아주며 토닥였다.

"록, 다 잘될 거다. 진정하렴."

"됐습니다, 어머니. 괜찮아요."

"대체 무슨 일이 있기에 그렇게 동요하는 거니? 너란 애는 질릴 정도로 뻔뻔한 녀석이었는데."

애써 웃으면서 불안감을 지우는 황후에게 나는 미소를 지어 보였다.

"사실 별거 아니라면 별거 아닐 수도 있는 일입니다만, 조금 골치 아프게 되었어요."

나는 다시 책상으로 가서 과거의 내가 쓴 편지를 꺼내 황후에게 주었다.

"일단 이것을 읽어보시고 나서 이야길 시작하지요."

"……."

거북한 침묵.

편지를 읽은 황후는 가만히 앉아서 그것을 들여다보고만 있었다. 나는 그녀가 어떤 말이든 빨리 해주기를 빌었다. 화를 내든 소리를 지르든 차라리 날 믿기 어렵다고 넌 내 아들이 아니다라고 말해 주길 빌었다. 누구든 이런 황당한 이야기를 들으면 믿기 어려운 것은 당연하다. 게다가…….

나 자신도 솔직히 말해 믿을 수 없다. 이런 황당한 일을 벌일 황태자도 없을 터이고 어쩌면 내가 모르는 반대 파가 황태자를 납치하고 나를 이 자리에 놔둔 것일 수도 있다. 그게 가장 타당한 결론이다. 그렇게나 쉽게 밀튼 백작이나 도노반이 믿는다는 것도 나로서는 쉽게 납득이 가지 않았던 것이다.

"옷을 벗어봐요."

갑자기 황후가 그렇게 말했다. 그 순간, 나는 내가 잘못 들었는가 싶어 입을 저억 벌렸다.

하지만 황후는 아주 단호한 얼굴로 나를 아래위로 훑어보며 예리한 눈초리를 던졌다. 그 모습만 보아도 그녀에게서 느껴지는 위압감은 분명했다.

"옷을 벗어보라고요. 나는 어머니 내 아들 몸에 난 상처든 뭐든 다 알고 있어요."

"그……"

그 말이 틀린 것은 아니다. 하지만 나는 얼굴이 달아오르는 것을 막을 수가 없었다.

"하, 하지만 어머니, 저는 이미 성년이 된 지 한참 지났습니다. 그동안 수련이다 뭐다 해서 새로운 흉터가 생길 수도 있잖습니까?"

"어마, 그러네."

황후가 손뼉을 짜악 치며 동의했다. 그 긴장감없는 태도에 나는 하마터면 쓰러질 뻔했다. 어쨌거나 겨우 황후의 앞에 앉자 황후는 진지한 얼굴로 날 바라보며 물었다.

"그런 말을 스스로 하는 것을 보아 그대는 자신이 내 아들이라는 것을 믿지 않고 있는 것이죠?"

나는 잠깐 말을 잇지 못했다. 그녀는 나를 똑바로 보며 맑은 눈으로 대답을 재촉하고 있었다. 온화하고 부드러운 입매가 자연스러운 미소를 머금고 날 바라본다. 숨이 막힐 정도로 따스해서 나는 말을 잇기가 어려웠다. 대체 왜 이렇게 가슴이 터질 듯 거북한 거지?

"그……."

잔뜩 갈라진 말이 막 새어 나오려다가 또 울컥했다. 나답지 않은 이 격한 감정에 나는 너무나 당황했다. 이런 식으로 자신을 잃어버린 적은 없었던 것 같다. 그동안 나는 사람의 정에 무척이나 굶주려…….

"아."

나는 멍하니 고개를 번쩍 들었다.

나는 정에 굶주려 있었다. 그러니까 결국 록그레이드가 아닌 것이다. 록그레이드라면 이렇게 다정한 모후에게서 정에 굶주렸을 리가 없지 않은가!

갑작스런 깨달음에 나는 어찌할 바를 몰랐다.

"나, 나는 록그레이드가 아닐 겁니다. 아닐 거예요."

나는 애써 설명하려 했지만 새어 나온 음성은 내 자신이 듣기에도 너무나 초라하고 힘이 없었다. 불쌍할 정도다. 잔뜩 억눌린 듯한 그 음성을 말없이 들으며 황후는 나를 그저 지켜보고만 있었다. 그러더니 긴장한 채 주먹을 쥐고 있던 내 손을 두 손으로 끌어당겼다.

"록."

"난, 그러니까… 아닐 겁니다. 아닌 것 같습니다."

"네가 이렇게나 흐트러진 것을 보인 것은 꼭 10년 만이야. 록, 다 내 잘못이라고 생각한다."

그녀는 다정하게 웃으면서 손을 뻗어 내 셔츠의 옷깃을 걷었다. 팔뚝을 걷자 마치 얼룩처럼 생긴 흉터가 드러났다. 화상을 입었는데 제법 심한 상처였던 모양이다. 손목에 난 그 상처를 황후는 가볍게 쓸었다. 내가 움찔거리자 그녀는 다정하게 속삭였다.

"이 흉터는 옛날 네가 날 구하려고 뛰어들었을 때 입은 상처란다. 넌 지금 기억하지 못하는 모양이다만 나는 믿고 있었어. 네가 아무리 난봉꾼 짓을 해대도 결국은 언제나 나의 귀여운 기사님이란 것을."

"에……."

흉터?

나는 멍하니 내 손목에 난 화상 자국을 바라보았다. 황태자의 몸에 난 흉터치고는 생각해 보면 꽤 심한 것이다.

"10여 년 전 여름 휴가를 갔던 여름 별궁에서 불이 났단다. 사실은 내 잘못이었어. 촛불을 끄려는 시녀를 내보내고 혼자서 오일 마사지를 하고 있다가 촛불을 쓰러뜨렸으니까. 그래서 불이 나 안절부절못하고 있을 때 아직 어린 티를 벗지 못하던 네가 제일 먼저 뛰어들어 와 나를 안고 불바다 속을 헤치고 나왔단다. 이 흉터는 내 레이스 가운 자락에 붙은 불이 너에게 옮겨 붙어 난 거야."

과연 황후를 안고 달렸기 때문에 손목 안쪽에 이런 화상을 입었던 것일까.

"그런 너에게 나는 너무나 심한 짓을 했지. 놀라서 네 동생을 유산하자 그걸 전부 네 탓으로 돌렸어. 너는 아직 어렸는데도."

그녀의 눈에 눈물이 고였다.

"내 소중한 아들인 너에게 심한 짓을 했단다. 당시 아직 열네 살밖에 안 된 너에게 모두 다 네 탓이라고 쏘아붙였다. 너 역시 심한 화상으로 괴로워하고 있었는데, 결국 아기를 유산한 것은 내 잘못인데 네 탓을 했다. 그 때문에 너는 미친 듯이 수련만 해댔지. 내 탓으로 네 부황 역시 너를 냉대하고. 다 내 잘못이다. 록, 내 아가……."

다 큰 나에게 아가라는 말은 결코 어울리지 않았지만 그녀가 내 손목을 잡고 우는 순간, 나는 그저 가만히 그녀의 등을 쓸어줄 수밖에 없었다.

"용서해다오. 네가 이렇게 된 것은 다 내 탓이야."

이 멍청이에게 이런 사연이 있었던 건가. 열네 살짜리 소년이 어머니를 구하려다 심한 화상을 입고 어머니에게 원망만 들었다. 그래서 수련에 수련을 거듭해 결국 소드 마스터가 되었지만 결국은······.

갑자기 씁쓸레한 감정이 퍼져 나갔다.

그래, 힘이 있으면 뭘 해? 지켜야 할 것은 이미 잃어버린 뒤인데. 힘이 아무리 있으면 뭘 해? 지킬 것도 없는데. 맞아, 이런 생각을 한 적이 있었다. 분명히 그런 마음을 먹은 적이 있었다. 너무나 무겁게 자리 잡아서 아무리 마음을 바꾸려 해도 바꿀 수 없는 깊은 허무와 허탈감. 상실감. 무엇을 향해 비명을 질러야 할지, 무엇을 향해 분노를 터뜨려야 할지 알 수 없었다. 그저 허망하고 자기 자신이 우습기만 할 뿐.

"용서해다오. 오래전에 이렇게 말해야 했어. 록, 나는 정말로 널 사랑한단다. 그때 나는 유산의 후유증으로 제정신이 아니었다. 어린 내게 잘못을 돌릴 만큼 아예 미쳐 버렸던 거야. 머리가 식고 나니 너는 내 옆에는 오려고도 하지 않았어. 아니, 와서는 항상 빈정거리듯 황후마마라고 떠들곤 했었지. 웃고 있었지만 웃고 있는 게 아니라는 것쯤은 알고 있었단다. 그저 어떻게 용서를 빌어야 할지 알 수 없었던 것뿐이야."

그녀는 내 이마를 쓸었다. 눈물이 계속해서 하얀 뺨을 적시고 있었다.

"얼마나 괴로우면, 얼마나 모든 것이 싫었으면 이렇게 과거를 지워 버리는 거냐. 응? 과거를 지울 정도로 모든 게 다 싫더냐?"

"…그래도."

나는 천천히 목소리를 가다듬어 입을 열었다.

"황태자인 주제에 이건 좀 심하지 않습니까?"

황후가 피식 웃었다.

"어린 자식에게 책임을 전가한 형편없는 황후도 있단다."

나는 두 팔을 뻗어 그녀의 가녀린 몸을 끌어안았다. 살짝 떨리는 어깨가 분명히 울고 있었다. 과거의 나, 록그레이드와 황후 사이에 얼마나 깊은 골이 패여 있었는지는 나도 잘 모르겠다. 그러나 이런 식으로 화해가 되는 것도 어쩌면 그 고약한 '과거의 나'라는 놈이 예상하고 있었는지도 모르겠다.

아직 확실치는 않지만, 그러니까 확실치는 않지만 난 아무래도 록그레이드 본인이 맞는 것도 같다. 어머니인 황후가 증명해 주었으니 맞는 거겠지, 그래.

첨벙. 첨벙.

책상 위에서 노노반이 버둥거리며 삼격하고 있다. 비록 묘성이 없는 두꺼비지만 저 특유의 눈매는 어딘가 남아 있다. 확실히 이쪽을 보며 혀를 날름거리는 걸 보니 이 흔치 않은 모자 상봉의 장면에 혼자 감격하고 있는 게 분명하다. 아니면 먹이를 또 달라는 것일 수도 있겠지만.

"$ε ζ γ β γ αι θ κ λ Ψ X Φ Υ T$!"

갑자기 떠오른 단어를 외치는 순간, 퍼억 하는 소리와 함께 사방으로 물이 튀었다. 그리고 동시에 끄악 하는 비명이 울려 퍼졌다.

와장창!

대야가 뒤집어지고 책상이 뒤로 넘어갔다. 그에 따라 온통 물에 젖은 도노반도 푹신한 카펫으로 나뒹굴었다.

"악!"

황후가 내 품 안으로 다시 뛰어들며 비명을 질렀다. 놀란 경비들이 문을 젖히고 또 황급히 달려 들어왔다.

"무사하십니까!"

"도노반! 대체 뭐 하는 거요!"

황후가 놀라 내 옷자락을 쥔 채 고함을 질렀다. 그녀는 진짜 놀랐는지 아예 내 품 안에 푸욱 파묻혀 있었다.

도노반은 카펫 위로 나자빠진 채 허리를 잡고 날 멍하니 바라보고 있었다. 그 커다란 눈에 담긴 명백한 비난의 뜻을 충분히 되새기며 나는 씨익 웃어주었다.

"어마 마마가 오셨으니 차 한 잔 부탁하네, 도노반."

황태자의 하루 일과는 썩 아름답다고는 할 수 없다.

아침에 기상하면 보통 조찬을 약속 잡힌 귀족들과 함께한다. 그리고 오전 티타임에는 다른 인물들과 담소, 그 다음에는 알현을 신청한 인물들과 알현이 시작된다. 다시 말해 황족의 변덕이 가장 잘 쓰일 만한 시간이다.

역대 황족 중에 알현 시간을 꼬박꼬박 지킨 인물은 없었다. 왜냐면 알현의 시간이란 것은 무한하기 때문이다. 하루 온종일 각계각층의 인물들을 만난다. 그중에는 멀리 시골에서 올라온 농민부터 시작해 황태자의 눈에 들어 한자리 차지하려는 별볼일없는 학생과, 억울함을 호소하려는 하층민 등 갖가지다. 물론 뇌물을 들고 들어오는 하위 귀족과 단지 내 얼굴을 보고 싶어 다가오는 평범한 귀족이나 평민들도 있다.

어쨌든 황족에게 있어 절대로 지켜야 하는 것이 알현 시간임과 동시에 멋대로 시간을 없애 버릴 수도 있는 게 알현이었다. 그 알현이 끝나면 오찬, 그리고 오후 티타임이 이어진다. 나는 이미 성년을 지난 황태자이기 때문에 오후에는 황제가 굳이 결재할 필요가 없는 소소한 서류들도 함께 결재해야 하는 일도 있다. 물론 그 외 남는 시간은 전부 알현 시간.

다시 말해 황태자란 직업은 사람을 수도 없이 만나고 또 만나고 만나는 그런 피곤한 직업이란 이야기다.

"물론 그것도 다 할 경우의 이야기죠."

도노반이 내 잔에 브랜디를 따라주며 말했다.

현재 나는 침대 속에 있었다. 안 그래도 하루가 길었다. 그래도 가슴은 좀 편해졌다. 황후와 만나서 내가 록그레이드라는 것을 인정받았기 때문일 것이다.

"어차피 전하께서는 일과 시간대로 움직여 보신 적이 단 한 번도 없었습니다. 물론 성년이 되신 이후 말입니다만."

"그래? 그럼 평소대로 움직이지."

내일부터는 평소 과거의 나라는 녀석이 한 일과대로 움직이게 될 것이다.

"전하……."

도노반이 안타깝다는 듯이 한숨을 내쉬었다.

"그럼 기억을 지워 버리신 보람이 없지 않습니까?"

"무슨 소리, 인생을 즐기라고 말해 놓은 걸 보면 적당히 해내라는 의미겠지."

"어쩐지 성격은 그대로이신 것 같아 무척이나 걱정됩니다."

"내가 그렇게 나쁜 성격으로 보였나? 의외로군. 나는 여자 꽁무니나 따라다니는 난봉꾼은 결코 아니라구."

내가 그렇게 말하자 도노반은 허연 눈썹을 꿈틀거렸다. 그리고는 뒤에서 촛불을 조절하고 있는 론에게 손짓했다. 론은 잠자리에 먹을 치즈 한 조각을 내 옆에 내려놓고 조용히 물러났다. 잠자리에 브랜디 한 잔과 치즈 한 장이라… 나쁘진 않군.

"이렇게 말씀하시면 기분이 좀 나아지실지 모르겠지만 전하께서는 여자 꽁무니를 쫓아다니신 적은 없었습니다."

"그럼?"

"여자들이 주로 쫓아다녔지요. 흠, 레이디들이 말입니다."

헛기침을 하며 도노반은 갑자기 나를 황홀하다는 듯 바라보았다. 어쩐지 이 노인은 나를 지나치게 사랑하는 거 같아.

"어디로 보나 전하께서는 남자들의 우상이신 겁니다. 소년기에 이미 제국 내 열두 명밖에 없다는 소드 마스터의 위치에 오르시고, 잘 단련된 아름다운 육체에 총명한 두뇌, 거기에 다시 없을 대단한 절세미남이시지 않습니까!"

"내가 절세미남이라구?"

사양한다. 미안하지만 나의 심미안은 좀 더 레벨이 높아.

"게다가 황태자이시기까지 합니다. 황족이라 하셔도 거만한 점은 없으셨습니다! 물론 약간의 말썽이라든가, 약간의 소동이라든가 하는 정도는 일으키시지만 그래도 국력을 소모한다든가 국고를 낭비하는 일은 단 한 번도 하신 적이 없습니다! 제가 전하를 모셔온 지도 벌써 15년이란 세월이 흘렀습니다. 그동안 저의 속을 무던히도 썩이셨지만 그래도 저는……!"

또 눈물이 글썽거렸다. 아아, 노인네를 울린다는 건 양심에 찔린다.

"알았어, 알았다구."

"전하처럼 총명하신 황자님은 다시없을 거라 굳세게 믿습니다! 암요, 전하께서는 정말로 다시없을 성군이 되실 겁니다!"

"알았어. 자겠다. 자겠으니 이만 나가줘."

잠이 다 깰 지경이었다. 도노반은 나를 그지없이 사랑스럽다는 눈으로 내려다보더니 갑자기 눈을 찡긋했다.

"전하, 여자를 꼬시는 것도 남자의 능력이니 부끄러워하진 마십시오. 이 도노반, 남자로서 다 이해합니다. 단지 전하의 체통이 문제될 뿐이죠."

"…알겠네. 이해해 준다니 고맙군. 하지만 앞으로는 여자와 문제를 일으킬 마음은 추호도 없다네."

"물론 그러셔야죠. 내일부터 황태자비 간택 회의가 열리기 시작할 테니까요."

그 말에 순간 나는 얼었다.

"뭐?!"

Chapter 7

아침에 일어나자마자 나는 황후궁으로 불려와 아침을 황후와 함께 했다. 아니, 황후만이 아니라 부황의 두 후궁이라는 보브리 궁부인, 마가렛 궁부인도 함께였다. 어쩌면 황후는 은근히 나에게 그녀들을 미리 알게 해두려는 배려에서 그런 듯도 했다.

"편찮으시다 들었는데 건강해 보이셔서 다행입니다."

보브리 궁부인이 고개를 살짝 숙이며 인사했다. 나는 그런 그녀에게 마주 인사했다. 궁정 예법을 도노반에게 악 소리나게 익힌 게 다행이다. 아니, 내가 황태자인 게 다행이었다. 난 황후와 황제 이외엔 무릎을 꿇을 필요도 예법을 갖출 필요도 없었다.

"걱정해 주셨다니 감사합니다."

보브리 궁부인은 예상 외로 굉장히 가냘프고 조용해 보이는 타입이었다. 계란형의 작고 부드러워 보이는 얼굴에 온화한 눈매를 하고 있는 미인임에도 불구하고 황후의 그림자에 가려서 존재가 희미했다. 나이는 나보다 서너 살 연상, 좀 민망하긴 하다.

그녀가 낳은 아이가 에머리아 공주와 세크리드 엔델 왕자다. 에머리아는 올해 열두 살, 세크리드는 올해 다섯 살이었다.

"다행입니다."

차분한 어조로 말하는 것은 마가렛 궁부인이었다.

그녀는 놀랍게도 나와 동갑이었는데 펠로그란드 에윌 왕자, 메타니아 공주를 두고 있었다. 화사한 금발과 짙은 갈색 눈동자를 한 그녀는 누가 보아도 절세미인이었다. 황후도 미인이었지만 확실히 젊은 이 마가렛 궁부인의 미모는 누가 봐도 놀랄 만큼 대단했다.

그녀에게도 목례를 했다. 그녀는 내 시선을 받고 살짝 얼굴을 붉혔는데 아무래도 내가 아들이라는 데에 꽤나 거북함을 가지고 있는 듯했다.

"이참에 이야기할 것은 바로 황태자비에 대한 이야기예요. 알고 있겠지, 록?"

황후가 방실방실 웃으며 말했다.

"알고는 있습니다."

"이제 거절은 안 돼요. 그동안 무던히도 이 어미 속을 끓였지요. 이제 황태자도 이미 나이가 스물여섯이나 되었어요. 황태자비를 정하지 않고서는 아무래도 안 되는 거지요."

후궁들 앞이라 그런지 황후는 내게 깍듯하게 말했다. 하지만 그럼에도 불구하고 눈빛에 넘쳐 나는 듯한 애정은 매우 날 어색하게 만들었다.

"현재 뽑아놓은 영애들의 명단을 도노반을 통해 보내주겠어요. 그리고 물론 그중에 마음에 드는 영애가 있으리라 믿고요. 내일부터 사흘간 간택 무도회를 열 참이니 그리 알도록 하고요."

"간택 무도회… 요?"

나는 가슴이 철렁 내려앉았다. 잠깐! 내가 춤을 출 줄 알던가?

"명단에 있는 아가씨 스물두 명을 전부 다 초대할 겁니다. 물론 다른 유력 귀족들도 초대될 것이니까 어색하진 않을 거예요. 이 아가씨들 중 황태자가 알고 있는 아가씨도 물론 있겠지만 무도회에서만큼은 제대로 냉정하게 판단해 이 어미에게 말해 주어요. 부황도 그지없이 기대하고 있으니까요."

"알겠습니다."

될 대로 되라. 아니지. 그러고 보니 복잡한 여자 관계를 정리할 기회가 될는지도 모른다. 일단 내가 기억하는 여자가 없으니 될 게 뭔가.

"그리고 장미의 궁에 들여놓은 그대의 후궁들도 챙겨주도록 해요. 록, 그녀들이 아무리 공녀로 온 것이라지만 최소한의 예의라는 게 있으니까."

"알겠습니다."

젠장할! 또 여자가 있었지? 비록 후궁이지만 결혼까지 한 여자가 있었다. 아니, 여자들이 있었다.

머리가 지끈거리는 동안 황후는 즐겁게 내게 농담도 하고 식사도 권했다. 이런저런 문제로 머리가 복잡한 것만 빼면 그럭저럭 즐거운 식사였다. 물론 이 다음에 있는 오전 티타임은 조금 무거울지도 모른다. 부황인, 펜게이드 제국의 황제 엘그리온 3세를 만나야 하기 때문이다.

"전하, 조심하셔야 합니다. 황후께서는 폐하께는 전하의 상태를 말씀드리지 않으셨다고 합니다. 물론 밝히는 게 옳은 일이긴 하오나…….”

"알고 있어."

데이비드 밀턴 백작이 내 호위기사답게 바로 옆에 찰싹 붙어서 종알거렸다. 비록 걱정되어 그러는 것은 알지만 이렇게 찰싹 붙어 이야기하는 모습을 여기저기서 지켜보고 있는 걸 보니 거북하기도 했다. 황태자궁은 원래 본궁과는 조금 거리가 있었다. 본궁은 황제가 머무는 곳이고 나는 별궁에서 머물게 되어 있다. 왜냐면 황제의 후궁과 내 후궁이 분리되어 있기 때문이다.

복도를 걷는 동안 많은 자들이 분분히 인사를 건네왔다. 특히 여자들의 눈빛이 살벌했는데 황태자비 간택 무도회가 임박했기 때문이란다. 황궁에 드나들 신분이라면 누구나 가능성은 있다는 것 때문에 다들 살벌할 정도로 눈이 번쩍거렸다.

내가 인사를 받을 때마다 밀턴 백작이 낮게 그자의 이름을 내게 알렸다. 덕분에 실수는 하지 않았고 조금 실수했다고 해도 내 지위가 높으니 함부로 따질 인물은 없었다. 그저 내가 좀 바쁘거니 하고 넘어가는 듯했다.

그 와중에 여러 명을 이끌고 가던 나이 지긋한 노인들 한 무리와 마주쳤다. 노란색의 법복과 예복을 겹쳐 걸친 것으로 보아 지위가 높은 자들이 분명했다. 그쪽에서는 날 보자 눈을 크게 뜨며 미소를 머금었다.

"전하, 건강해 보이십니다."

"내 걱정들을 많이 한 모양이구려."

적당히 응대하자 뒤에서 밀턴 백작이 재빨리 속삭였다.

"아, 궁내부 대신인 델로핀 공작입니다. 다들 궁내부의 궁신(宮臣)들입니다."

델로핀 공작은 제국 내에서도 막강한 권력을 가진 인물 중 한 명이었다. 현재 펜게이드 제국의 가장 유력한 귀족들 다섯을 꼽으라면 그 중에 들어가는 인물이었다. 그의 모친은 왕녀 출신이었고 따지고 보면 친척에 해당할 수 있었다. 육십이 다 되어가는 나이에도 불구하고 꽤나 꼿꼿하고 당당한 체구인 것이 위엄이 있는 인물이었다.

"바쁘게 보이는군요."

"하하, 당연한 일입니다. 전하의 비를 정하는 일이 어찌 간단한 일이라 하겠습니까? 지금 전국, 아니, 전 대륙이 다 떠들썩합니다. 벌써 외궁 쪽에는 외국에서 온 사신들과 각 국의 왕녀들로 북새통이라고 합니다."

맙소사!

"하하, 그렇게 기가 막히다는 얼굴 하실 필요없습니다, 전하. 어차피 황태자비께서 어서 정해지셔야 후사를 보실 거 아닙니까? 전하의 배필이 될 분이니 저희들도 신중하답니다."

"그러리라 믿소."

내가 단념한 듯 말하자 의미심장한 미소를 보이던 델로핀 공작은 우아하게 인사를 남기고 사라졌다. 옆에서 밀톤 백작이 미간을 찌푸렸다.

"전하, 그렇게 노골적으로 싫어하시면 곤란합니다. 전하께선 여자를 좋아하시… 실언했습니다."

"…그건 과거의 나지. 지금의 난 머리가 복잡해서 터질 지경이다."

짧게 대꾸하자 밀톤은 미안한 표정을 짓더니 발걸음을 재촉했다. 그의 재촉에 따라 걸음을 빨리하려는데 갑자기 그가 눈을 크게 뜨더니 낮게 한탄했다.

"뭐야?"

그의 시선이 닿은 곳을 보니 화려한 금발을 휘날리며 달려오는 남자가 보였다. 내 또래로 키가 훤칠한 미남이었는데 말 그대로 어디 시가에나 나올법한 절세미남이었다. 푸르른 눈동자에 황금빛의 머리카락은 등까지 내려와 있었다. 푸른 튜닉이 그지없이 어울리는 것이 지나가던 여자들의 시선을 온통 빼앗고 있었다.

"저, 화려무쌍한 녀석은 누구지?"

"저 화려무쌍한 녀석이 바로 문제의 세클리어 데블린입니다."

"…예의 그, 세클리어 양인가?"

"맞습니다. 그 세클리어 양이죠."

"내 후궁에 들어가 앉아 있는 캐더린 양과 나와 함께 삼각 관계를 이루는?"

"그렇다고 봐야죠. 하지만 제가 보기엔 캐더린 양은 어디까지나 전하께 마음이 있는 듯했습니다."

"그걸 어떻게 아는데? 내가 권력으로 빼앗아온 거 아닌가?"

"그럴 리가요. 캐더린 양은 헤이스 공작의 장녀입니다. 전에 말씀드렸다시피 헤이스 공작은 삼 대 공작가 중 하나이고요. 그녀가 자기 발로 선택하지 않았으면 헤이스 공작이 절대로 용납했을 리가 없죠."

"…소드 마스터 필립 헤이스 공작?"

내가 그렇게 질문하자 밀톤은 고개를 끄덕였다. 그리고 바로 그 순간 화려무쌍한 금발의 미남자가 벌게진 얼굴로 바로 내 앞에 와 버티고 섰다.

"전하!"

"말하게."

"전하!"

"말하라니까."

"정녕… 이렇게 나오시깁니까!"

얼굴이 뻘게졌는데도 미남이라니… 뭘 해도 미남은 미남인 모양이다. 같은 남자로서 꽤나 비위 상하는 일이 아닐 수 없다. 금발에 푸른 눈, 키도 훤칠, 잔뜩 단련된 몸, 화려한 옷차림도 잘 어울리는 것이 센스도 있는 듯했다.

"호수처럼 맑은 푸른 눈을 가진 세클리어 양, 그래 정말 하고 싶은 이야긴 뭔가?"

내 질문에 뒤에서 밀톤이 킬킬 웃기 시작했고 두 주먹 불끈 쥔 세클리어 데블린은 부들부들 떨었다.

"지금 농담이 나오십니까아!"

"지금 전하께선 바쁘시다. 너의 헛소리를 듣고 계실 겨를이 없어."

옆에 있던 밀톤이 내가 하고픈 말을 대신 해주었다. 밀톤은 아무래도 세클리어의 친구이기도 한 모양이었다. 하긴 또래가 비슷하다.

"데비드, 헛소리라니! 지금 이렇게 심각할 수가 없어!"

벌게진 얼굴로 친구를 쏘아본 세클리어는 심각하게 내 옆으로 붙어서며 물었다.

"아직 결정을 못 내리신 겁니까? 제가 말했다시피 캐더린은 저에게 잠시 삐쳐 있는 것뿐입니다. 아시겠지요?"

나는 힘차게 고개를 끄덕여 주었다.

"알았어. 잠시 네게 삐쳐 있을 뿐이라, 그거지? 알겠으니 비키게."

내 말에 세클리어는 미심쩍은 표정으로 날 다시 바라보았다. 순순히 대답해 주어도 이런 표정이라니… 꽤 괘씸하군.

"진짜 아신 겁니까?"

"응, 알았어. 자네의 말에 따르면 캐더린 양은 토라져 있다는 거지. 잘 알았으니 비키게."

세클리어가 벙벙한 표정으로 날 바라보는 동안 밀톤이 짜증스러운 듯이 외쳤다.

"전하께선 바쁘다고 하시지 않았나? 로얄 가드인 주제에 전하의 앞을 가로막고 뭘 하는 건가?"

"빽빽거리지 마. 나는 중요한 이야길 하고 있는 거야. 데비드, 너도 알고 있잖아?"

"난 몰라. 전하, 이제 가시지요."

밀톤은 세클리어를 싸악 무시하고 나를 안내하기 시작했다. 뒤따라 오려던 세클리어가 투덜거리며 떨어져 나가자 나는 슬그머니 물었다.

"세클리어와 자네, 친구인가?"

"그렇게 됩니다. 좀 민망한 녀석입니다만."

밀톤이 정중하게 말했다. 나는 별 특징은 없으나 대단히 성실해 보이는 갈색 머리, 갈색 눈의 청년을 빤히 바라보았다. 그러고 보니 의외로 젊다. 나보다 연상일지도 모른다고 생각했는데 자세히 보니 나와 비슷한 또래로 보였다.

"자네, 몇 살인가?"

"스물여덟 살입니다."

"그것밖에 안 되었어?"

내가 빤히 보며 묻자 밀톤은 과묵한 척 입을 꽉 다물었다. 아무래도 조금 상처 입은 듯한 표정이다.

"세클리어와 내가 친구라 하니 자네도 내 친구일 확률이 대단히 높은 거 같군. 비슷한 나이로 내 호위가 되었으니 더 더욱이나. 그렇지 않나?"

그러고 보니 밀톤은 도노반 이외에 내가 기억 상실이란 것을 알고도 입을 꽈악 다문 인물이다. 의사야 그렇다 치지만 밀톤과 도노반은 사적으로 대단히 나와 친한 것이 분명해 보인다. 내가 마법을 쓴다고 하자 가장 격렬히 놀란 것도 이 친구고, 내가 록이 아닐까 봐 더 의심을 하는 것도 이 친구였다. 게다가 이 친구는 내 앞에서 주저없이 시녀의 목을 날리려고 했다.

"흠… 대답 안 하나?"

"전하와 저는 젖형제입니다. 저의 어머니가 전하의 유모이셨지요."

"아?"

나는 눈을 크게 떴다. 생각지도 못했었다.

"그렇게 당황하시지 않아도 됩니다. 어쨌든 요즈음의 전하는 제가 20여 년간 보아온 어떤 때보다도 명민하십니다."

"어느 때보다도?"

"네, 그렇습니다."

엄숙한 그의 대답에 나는 한숨을 삼켰다. 이봐, 이봐. 대체 기억을 잃기 전의 내가 어땠기에 기억까지 잃은 내가 더 똑똑해 보인다는 거야? 확실히 이 데이비드 밀톤 백작이라는 내 호위대장은 도노반 못지 않게 요즘 날 유난히 반짝이는 눈으로 보고 있었지. 나는 그게 이 친구가 좀 모자라서 그러는 건가 생각했는데 그게 아니었군.

"이제부터 데이비드라 불러도 되겠군."

"네, 하지만 신경 쓰지 않으셔도 됩니다."

"신경 쓰여."

데비드 밀톤 백작은 히죽 웃었다. 평범해 보이는 갈색 눈이 살짝 따스한 빛을 냈다.

"전하를 잘못 모시면 저희 어머니께 혼이 납니다. 요즘도 전하를 어린애 취급하시니까 각오하십시오. 안 그래도 며칠 와병 중이란 소문이 돌아 조만간에 어머니는 전하를 방문하실 것입니다."

"그거 큰일이군."

그 백작부인은 틀림없이 온화한 갈색 눈의 노부인일 거라고 나는 확신했다. 도노반이야 나를 어릴 때부터 모신 시종장이니까 그렇게 극성이겠지만 데비드가 내 젖형제여서 그렇게 우직했다는 것은 미처 몰랐었다. 젖형제라면 친형제나 거의 다름없는 사이란 말이다. 가슴 한구석이 따스해졌다.

황제가 머무는 본궁까지 걷는 동안 무수한 시선을 받았다. 시녀나 시종들은 둘째 치고라도 분분히 나에게 달려와 인사를 일일이 해대는 자들 때문에 가는 길은 꽤나 지체될 수밖에 없었다. 특히 본궁에서 오락가락할 수 있는 지위를 가진 자라면 쉽게 무시할 수 없는 궁신들이거나, 대신들일 확률이 높았기 때문이다. 아닌 게 아니라 그 잠시 걷는 동안에 나는 델로핀 공작을 비롯한 대신 세 명과 궁신 열네 명을 만났고 사교계의 이름난 귀부인들 다섯을 만났다. 여자들을 대하는 태도가 전보다 좀 딱딱하다고 데비드가 지적했지만 나는 여자들에게 더 이상 친근하게 굴 마음이 없었기 때문에 그 지적을 무시했다.

오히려 대신들이나 궁신들을 만났을 때의 상황이 더 심각했는데 그때마다 데비드가 적절하게 인사를 시켜주었기에 크게 동요하지 않을 수 있었다. 그러면서 생각한 것이지만 나는 꽤 배짱이 좋거나, 얼굴이 두껍거나 둘 중 하나인 성격이 틀림없다. 낯선 얼굴들 사이로 아는 척 하고 지나간다는 것은 꽤 식은땀 나는 일이 분명하거늘 전혀 떨리지도 않았다.

그러고 보니 아침에 도노반이 말했었다.

"인사하는 사람의 얼굴을 잘 기억해 두십시오. 실수하시면 곤란하니까요."

"뭐가?"

"그러니까 실수를 하실 수도 있다구요. 궁정을 출입할 수 있는 지위의 사람들만 해도 얼마나 많은지 모릅니다."

"그렇게 많은 작자들을 다 외울 거라고는 아무도 기대하지 않을 거야. 실수하면 하는 거지 뭐. 설마 하니 황태자인 나에게 따지고 물을 정도로 간 큰 인간이 있으리라고는 생각 안 해."

내 대답에 도노반은 잠시 동안 내 얼굴을 뚫어져라 보더니 한숨을 내쉬었다.

"…기억을 잃으셨다더니."

"기억이 없어졌다고 성격까지 바뀌겠어?"

내 말에 도노반은 나를 보던 시선을 홱 돌려 데비드에게 당부를 거듭했다.

"무슨 말인지 알아들었겠지요?"

"압니다, 시종장님."

쿡 웃으며 데비드가 대답했었다.

그래서 이렇게 나에게 일일이 사람들에 대해 설명하면서 나아갔던 것이다. 물론 나는 몰라도 될 인물들이 많다고 생각했지만 기억력이 좋아서인지 별로 기억하고 싶지 않아도 절로 기억되고 있었다.

"난 천재인가 봐."

내가 중얼거리자 데이비드가 재빨리 대꾸했다.

"그걸 설마 이제 아신 건 아니겠지요?"

할 말 없군.

"황태자 전하 납시셨습니다."

시종이 크게 외치는 것과 동시에 황금과 은으로 장식된 하얀 문이 열렸다. 엄청나게 화려한 그 문을 열고 들어서자 세 명의 사내가 동시에 날 돌아보았다. 그중 두 명은 나를 보자 고개를 숙이며 인사를 했고 나머지 한 명은 날 유심히 바라보고 있었다. 그 한 명이 황제일 터다.

"어서 오십시오."

"어서 오십시오, 전하."

"……."

나에게 인사를 해준 두 명의 사내에게 눈인사를 하고 황제를 정면으로 바라보았다.

닮았다.

검은 머리, 검은 눈을 한 황제는 놀랄 정도로 나와 닮아서 어디 가서 혈육임을 부정해도 아무도 안 믿어줄 정도로 닮아 있었다. 하지만 그 눈매는 훨씬 더 차갑고 깊어 눈가에 진 주름살과 함께 얼음처럼 섬뜩한 기운을 품고 있었다. 아직 젊음을 그대로 유지하고 있는 듯 잘생긴 얼굴에는 눈가 이외엔 주름살도 보이지 않았다. 턱수염도 기르기 시작한 지 얼마 안 되는 듯 숱이 적어서 더 젊어 보였다. 분명 젊은 청년 시절에는 미남 소리깨나 들었음직한 얼굴이었다. 아, 그러고 보니 나도 저렇게 늙으려나.

청색과 금색을 기조로 한 가운을 입고 있는 황제는 나를 몇 번이고 아래위로 훑어보았다. 그리고는 조금 미심쩍다는 얼굴로 다시 날 바라보았다.

"인사 안 할 참이냐?"

뒤에서 데비드가 헛기침을 했다. 아차.

"황제 폐하를 뵈옵니다."

내가 고개를 푸욱 숙이며 인사하자 옆에 서 있던 두 명의 사내가 잠시 당혹한 듯 서로 시선을 주고받는 게 보였다. 황제 역시 미간을 팍 찌푸린다. 데비드는 당황한 듯 안절부절못하는 게 느껴졌다.

"밀톤 백작, 오늘 저 녀석이 뭔가 잘못 먹었나? 아니면 나에게 대단히 불만이 많은 건가?"

황제가 눈썹을 치켜뜬 채 나에게서 시선을 떼어 데비드에게 돌렸다.

"아, 아닙니다, 폐하. 전하께서는 단지 몸이 좀……."

등줄기로 진땀이 흘렀다. 뭐야? 평범하게 불렀는데. 도노반이 말한 대로 했는데 뭐가 문제지? 설마 하니 아바 마마라고 불러달라는 거야? 아버님, 아버지, 부황, 대체 어느 쪽이냐? 설마 아빠는 아니겠지?

황제는 계속해서 날 노려보고 있었고 옆에 있던 다른 사람들은 당황한 기색이 역력했다. 내가 침묵하자 더 당황했는지 다들 어쩔 줄 몰라 안절부절못하기 시작했다.

"……."

분위기가 점점 삭막해진다.

나는 분위기야 어쨌든 일단 황제를 관찰하기로 마음먹었다. 이 황제란 인물은 아무리 내가 성년을 맞이한 황태자라고는 해도 닷새 동안이

나 두문불출했는데 한 번도 내 상태를 보러 오지 않았던 부친이다. 부친이라면 이거 좀 심한 편 아닌가? 황후는 그래도 내 호위들을 뿌리치고 돌진해 오지 않았던가? 생각하면 할수록 꽤 황제와 나와의 관계가 마땅치 않은 것 같아 기분이 저조해졌다.

역시 황족이라면 아무리 부자지간이라 해도 이렇게나 무정한 관계가 되는 걸까. 아니면 황후 말대로 나와 황제와의 관계가 유별나게 나쁜 걸까. 아니면 황제가 원체 날 마음에 안 들어 해서 어린 왕자들을 키워 대신 후계자로 삼아보려는 장기 계획이라도 가지고 있는 걸까.

만약 그렇다면 나도 제위에 연연할 필요없이 조용히 사라져 버릴 수도 있다. 소드 마스터에 마법사이기까지 한 내가 뭐가 두려워 제위에 연연해 이리 뛰고 저리 뛰겠는가? 그저 내키지 않으면 조용히 사라져 버리기만 하면 그뿐이다. 게다가 그동안의 사정이야 어쨌든 나는 기억도 잃어 별로 아쉬운 것도 없다.

"…진짜 말 안 할 참이냐?"

황제의 얼굴이 점점 싸늘해졌다. 아무래도 화가 머리끝까지 치솟은 듯한 얼굴이었다.

"저어, 폐하. 일단 자리에 앉아서 차를……."

어색한 얼굴로 연신 땀을 닦고 있던 마른 듯한 체구의 남자가 중간에 끼어서 어떻게든 해보려고 말을 걸었다.

"헤이스 공작, 저놈이 지금 나에게 불만이 있다고 하지 않소?"

"하, 하하하… 일단 티타임 시간이 아니옵니까."

"자네 사위가 될지도 모른다고 해서 너무 감싸주지는 마시오. 지금 저 녀석이 날 쏘아보고 있지 않소!"

헤이스 공작?

나는 새삼 마른 듯한 체구에 매부리코를 가진 남자를 바라보았다. 오십 대 초반에서 사십 대 중반으로 보이는 남자는 대단히 단단해 보였다. 마른 듯하지만 단련된 듯한 허리며 팔뚝이 범상치 않다. 바로 이 남자가 드문 소드 마스터 중 한 명인 것이다. 그리고 바로 내 후궁에 들어앉아 세클리어에게 잔소리를 듣게 한 캐더린 헤이스 양의 부친이기도 했다.

"아마도 저희들이 있어 전하께서 잠시 말씀을 삼가신 모양입니다. 원래 과묵한 분 아니십니까?"

"과묵한 것과 무례한 것은 달라. 오랜만에 인사를 하러 왔다면 왜 그동안 출입을 하지 않았는가에 대해 제대로 설명해야 할 것 아닌가?"

못마땅한 표정이 고스란히 드러나는 황제의 얼굴. 하지만 대체 뭐라고 설명할까. 설마 하니 그동안 기억을 잃어서 공부 좀 하느라 바깥출입을 삼갔습니다라고 말해?

"오랜만입니다, 헤이스 공작."

내가 인사를 하자 그는 어색한 얼굴에 미소를 지어 보였다.

"캐더린 양 때문에 걱정이 많으실 줄 압니다."

"하, 하하하하… 뭐, 알아서 할 거라 믿습니다. 고집이 센 아이라서요. 오히려 전하께서 어려우시겠지요."

"뭐, 세클리어에게 단지 토라져 있을 뿐이라 하니 잘되겠지요."

내가 그렇게 대꾸하며 의자를 당겨 앉자 헤이스 공작은 한숨을 푸욱 내쉬었다. 바로 옆에 있던 남자는 그가 한숨을 내쉬자 킥킥 웃었다.

"데블린 후작, 지금 웃을 때요?"

황제가 날카롭게 물었다.

데블린 후작? 어어라? 그럼 이 사람이 바로 세클리어의 부친이란 말인가?

 빈센트 데블린 후작 역시 헤이스 공작과 함께 소드 마스터의 경지에 오른 드문 인물이었다. 아들과 달리 화려한 금발은 아니었지만 짙은 갈색 머리에 다시없을 미남자는 분명했다. 오히려 내 눈에는 세클리어보다 그 부친인 데블린 후작이 훨씬 더 잘생긴 얼굴로 보였다. 어쩌면 연륜과 기품 탓인지도 모른다. 세클리어 녀석은 아무리 보아도 기품과는 좀 거리가 있어 보였으니.

"오시다가 세클리어를 만나신 겁니까?"

 사십 대 후반으로 보이는 그는 빛나는 두 눈으로 미소 지었다.

"만났지요."

"그 녀석이 그렇게 말했군요, 전하?"

"그렇습니다."

"핫핫. 그놈 이야기는 한 귀로 듣고 한 귀로 흘려들으셔야 합니다. 특히 여자 쪽에 있어서 전혀 실속이 없는 녀석이라 말입니다."

 빛나는 눈이 장난기를 담고 있었다.

"여자들에게 인기가 넘쳐흐르는 쪽은 녀석이 아니라 전하이기 때문에 질투하고 있는 겁니다. 녀석은 남자 쪽에서 인기가 더 있거든요."

"……."

 남자 쪽에서 인기가 더 있다라…….

 하기야 번쩍이는 금발과 절대로 관상용에 가까운 미모를 가진 놈이다. 남자들에게 둘러싸인다면 뭐 불쾌한 그림이 나올 것 같지는 않다. 하지만 조금 거북하군.

"저, 전하. 그, 그런 쪽이 아닙니다."

 데블린 후작이 당황한 듯 나에게 손을 흔들어 보였다.

"서, 설마 하니 그런 쪽이겠습니까? 제가 말한 건 선후배 간 사이가 좋다는 그런 의미였습니다."

"그리고 전 남자에겐 인기가 없다는 말을 하시려는 거였군요."

내가 천천히 되묻자 데블린 후작은 헛기침을 했다.

"흠흠, 뭐 남자에게 인기가 있어봐야 뭘 하겠습니까? 여자에게 인기가 있는 쪽이 훨씬 더 실속이 있지요."

"…질투로 미친 남자에게 칼 맞을 실속 말입니까?"

내 말에 데블린 후작의 얼굴이 허옇게 질렸다. 그는 헛기침을 연신 하더니 급히 말했다.

"세, 세클리어는 그 정도는 못됩니다, 전하! 게다가 전하에게 덤빌 실력도 되지 못합니다!"

농담이었는데 굉장히 진지하게 받아들이는 것을 보니 가능성이 있는 이야기인 모양이다. 내가 데비드를 보자 데비드의 얼굴은 심각하게 굳어 있었다. 허, 진짜 내가 질투에 미친 남자들에게 칼 맞을 짓을 그리도 많이 했단 말인가?

"록그레이드, 나에게 인사하러 온 것 아니었냐?"

갑자기 황제의 말에 모두 침묵했다. 침묵이란 돌이 데굴데굴 테이블 위로 굴러다니는 듯했다. 나는 그 돌덩이들을 세어보다가 조용히 대답했다.

"죄송합니다, 잠시 잊고 있었습니다."

쾅!

황제가 테이블을 후려갈겼다. 정말 화가 났는지 나를 당장이라도 두들길 기세였다. 뭉클뭉클 흘러나오는 살기가 범상치 않았다. 따끔거리는 피부를 참으면서 나는 이 살기라면 그럭저럭 소드 마스터에 근접한 실력이라는 것을 깨달았다. 하지만 소드 마스터와 그에 근접했다는 것과는 엄연히 엄청난 차이가 있다.

어라, 아무렇지도 않은 걸 보니 내가 아무래도 진짜 소드 마스터인 모양인데.

"아비에게 하는 인사를 잊어? 황제에게 하는 인사를 잊어? 네놈이 지금 죽고 싶은 것이냐?"

황제가 부르르 떨며 외쳤다.

울컥 기분이 상했지만 나는 꾸욱 참았다. 화를 낸다고 해서 달라질 것은 없었다. 아니, 지금 이 상황은 분명히 나에게 불리한 상황이었다. 뒤에서 안절부절못하는 데비드의 기색을 느끼며 나는 대체 내가 왜 이렇게 기묘한 기분인지 알 수 없었다.

황제에 대한 반감.

황후에 대한 기분과는 또 달랐다. 데비드나 도노반이 더 가까운 측근이기 때문인 걸까. 그저 황실이니까 좀 다른 걸까. 보통의 가족 관계와는 확실히 다르기 때문에?

"저는 그동안 아팠습니다."

나는 조용히 말했다. 기억을 잃기 전에 나와 황제는 대체 어떤 관계였을까. 기억을 잃기 전에 나는 황제와 좀 더 친밀한 관계를 바랐기 때문에 이런 미묘한 기분이 되는 것일까? 다정한 부자 관계를 갖고 싶었던 걸까? 아니면 황제를 미워하고 있었던 걸까?

"들어 알고 있다. 하지만 꾀병일 것이 분명해 보인다."

황제가 퉁명스레 날 쏘아보면서 말했다.

"하지만 단 한 번도 문병을 오시거나 상태를 알아보러 사람을 보내시지도 않았지요."

내가 차분하게 말하자 황제의 얼굴이 조금 변했다.

"그러니 제가 황제 폐하라고 부를밖에요."

내 대꾸에 황제는 침묵했다.

그가 당혹한 듯 조금 일그러진 표정이 되자 헤이스 공작과 데블린 후작이 부스스 일어나더니 슬금 밖으로 나가 버렸다. 데비드 역시 불안한 표정이었지만 데블린 후작이 끌자 별수없다는 듯 밖으로 나갔다. 그로선 기억 잃은 나와 황제를 나란히 두기가 불안했으리라.

"그러니까 나를 원망하는 거냐?"

험험 하며 황제가 물었다.

"네."

나는 당당하게 말했고 황제는 기가 막히다는 얼굴이 되었다.

"너는 지금 스물여섯 살이다. 설마 하니 어린애도 아니고 그런 걸 정면으로 묻다니 어이가 없구나."

"그렇다면 제가 황제 폐하라 부르든 부황이라 부르든 무슨 상관이 있겠는지요?"

황제는 입을 다문 채 잠시 날 쏘아보고 있었다.

"변했구나."

가슴이 철렁했다. 물론 변하기야 변했지.

"정면으로 그런 소릴 입 밖에 내다니… 이제야 그런 소릴 하다니 믿을 수가 없군."

그는 잠시 테이블 위에 놓여진 찻잔을 들어 마셨다. 나 역시 내 몫으로 놓여진 차를 들이켰다. 황제는 그런 나를 물끄러미 보고 있더니 조용히 물었다.

"왜 갑자기 그런 어리광이냐? 내일이면 네 황태자비를 정하는 무도회가 열린다. 그런 걸 염두에 두고 그런 소릴 하는 거냐? 헤이스 공작과 데블린 후작의 앞에서 그런 소릴 지껄이다니."

"별 특별한 이유는 없습니다. 그저 분명히 해둘 참이었습니다."

아, 그렇구나. 나는 대답하면서 새삼 깨달았다.

황후와는 분명히 마음을 터놓기로, 마음을 기울이기로 정했다. 내가 기억을 되찾든 찾지 못하든 황후는 나에게 어머니로서 다가온 사람이었다. 내가 진짜 록이라고 내가 아들이라고 보듬어주었다. 그래서 난 내가 록이라고 확신할 수가 있었다. 피를 나눈 모친, 가족인 것이다. 가족이라면 분명 내가 지켜야 할 대상이었다. 내가 지키고 보살필 의무가 있다. 그런데 황제는?

나는 황제를 빤히 바라보았다.

분명히 놀랄 정도로 닮은 얼굴이지만 이 얼굴에 감흥은 그다지 없었다. 황후에게서 느껴졌던 가슴 뭉클함 같은 것은 없다. 나는 황제의 얼굴을 보며 내가 록이라고 확신시켜 줄 어떤 것을 기대했었다. 하지만 여전히 가슴은 싸늘하다. 그가 내 부친이라 다들 말할 뿐 진정으로 와 닿지는 않았다. 하긴, 기억을 모조리 잃었으니 황제에 대해 무슨 감흥이 있겠는가?

"나를 거역하겠다는 거냐?"

황제가 미간을 찌푸리며 물었다. 다시끔 따끔한 살기가 느껴졌다.

"아니오. 황제 폐하로서 뫼실 뿐입니다."

나는 자리에서 일어나 다시 고개를 숙였다.

기억이 없는데 당신을 부모로 인정할 수가 있겠습니까? 그저 황제이시니 황제라고 모실밖에요.

"록."

황제가 갑자기 달라진 음성으로 말했다.

"넌……."

그는 뭐라 말하려 입을 열더니 갑자기 입을 다물었다.

조금은 괴로운 표정이 잠시 떠올랐다가 곧 사라졌다. 황제는 다시 처음과 마찬가지인 표정이 되더니 화제를 돌렸다.

"간택 무도회 준비는 잘되어 가느냐?"

"잘되는 걸로 알고 있습니다."

내가 하는 게 아닌걸. 다른 이들이 이리 뛰고 저리 뛰고 하고 있지. 이 스산하고 차가운 가슴속에 무언가를 집어넣기 위해서 말이야.

"아."

나는 갑자기 떠오른 생각에 고개를 번쩍 들었다.

방금 내가 무슨 생각을 했지? 나는 지독하게 차가운 성격이었던가?

"물러가도 좋다."

내가 다른 생각에 빠져 있는 동안 황제는 물러가도 좋다고 말했다.

Chapter 8

오찬에 내가 만나기로 한 사람은 후궁들이었다.

나의 후궁에 있다는 두 명의 공녀와 한 사람의 아가씨. 그들 모두에게 나는 공포감마저 들었다. 대체 나와 어떤 관계였으며 얼마나 돈독한 관계였을까. 결혼을 했다니 그 두 명의 공녀들은 나와 잠자리를 같이 했을 것이 틀림없다. 그러니 캐더린 헤이스 양을 살살 구슬려 집으로 돌려보내면 적어도 이 복잡한 여자 관계가 조금이나마 정리되지 않을까.

하지만 도노반은 그렇게 마음을 다잡고 있던 나에게 돌멩이를 던졌다.

"전하께서 두 분의 후궁 마마와 혼례식을 올린 것은 열세 살 때입니다."

"뭐?"

열세 살? 뭐야? 그렇다면 신방도 불가능했을 거 아닌가? 어, 어흠. 내가 그렇게 조숙했나?

"남자로서 열세 살이면 남자 구실을 할 수 있죠. 특히 전하께서는 발육이 좋으셨으니까요. 하지만 실제로 전하께서 그분들과 잠자리를 같이 하신 적은 없습니다."

"하?"

이걸 다행이라 여겨야 할까 싶어 그를 멍하니 바라보자 도노반은 어흠 하고 헛기침을 했다. 옆에서 보고 있는 데비드가 웃음을 억누른 채 내 시선을 피했다.

"공녀들께서 이곳에 오셨을 때의 나이는 에이리아 양이 일곱 살 되던 해였습니다. 카치아 양은 열한 살 때였지요."

결국 인질이다. 각 공국들에서 공물로 뽑혀온 가련한 소녀들인 것이다. 가슴이 싸늘해지는 것을 느끼는 순간 도노반이 희미한 미소를 지었다.

"전하께서는 그분들께서 마음이 내키지 않는다면 결코 잠자리는 하지 않을 거라고 혼례식 직후에 말하시고는 이 거처로 되돌아오셨습니다. 그리고 가끔 식사나 티타임을 같이 하시는 법은 있어도 장미의 궁에서 잠을 주무시진 않았습니다."

다행이다. 아아, 이 몸이 바람둥이가 될 수 있었던 것은 다 이유가 있었군. 쓸데없이 여자들을 들쑤시진 않는다, 그거지?

"열세 살 때 그런 말씀을 하시다니… 정말로 조숙하셨습니다. 공녀분들을 가련히 여기신 것이지요."

도노반은 내가 기특해 미치겠다는 듯 미소를 지어 보였다.

"하지만 그 말을 공녀님들이 정말 알아들으셨는지는 의문입니다,

전하."

 잽싸게 데비드가 끼어들어 점잖게 한마디했다. 그는 무슨 소리인가 하고 찡그리고 쳐다보는 나를 향해 의미심장한 미소를 지어 보였다.

 "두 분은 각각 일곱 살과 열한 살. 곱게 자라신 공녀님들 아닙니까? 전하께서 대체 무슨 소릴 하셨는지 당시에는 전혀 알아듣지 못하셨을 겁니다."

 "그렇다면?"

 "그분들은 어쩌면 버려졌다고 생각하고 계실지도 모릅니다. 벌써 13년이란 세월이 흘렀는데도 한 번도 그분들의 거처를 찾으신 적이 없으니까요. 게다가 전하께서 다른 레이디들과 같이 밤을 보낸다는 것은 궁 내외에 널리 알려져 있으니, 쯧쯧."

 다른 레이디들과 같이 밤을 보낸다는 게 궁 내외에 널리 알려져 있어? 맙소사!!

 나는 잔뜩 얼굴을 찡그리고는 데비드에 대한 평가를 절하시켰다. 과묵하고 성실한 녀석인 줄 알았더니 아무래도 세클리어와 별다른 차이가 없을지도 모른다. 아니, 어쩌면 자신이 나의 젖형제란 사실을 밝히고 났더니 긴장이 풀어져서 그런지도.

 "그나저나 캐더린 양은 어쩌면 좋을까요?"

 진지하게 데비드가 물었다

 "만나보고 이야기하자. 일단 오찬에는 두 사람의 공녀들만 만나도록 하지. 장미의 궁으로 그렇게 기별해. 내가 찾아갈 테니."

 "네, 그렇게 하겠습니다. 정말 장미의 궁에 오랜만에 가시게 되는군요."

 도노반의 말에 나는 양심에 찔려 다시 물었다.

"대체 얼마 만에 내가 장미의 궁으로 가는 거지?"

"일상적인 티타임을 잠시 가지신 것은 두 달 전이고, 식사를 같이 한 것은 한 달 전입니다."

"그 캐더린 헤이스 양이 천연덕스레 장미의 궁에 들어가 도사리고 앉을 수 있는 배짱이 어디서 나왔는지 알겠군."

나는 혀를 찼다. 아무리 관심없는 아가씨들이라지만 결혼까지 했다면서 한 달 동안 얼굴도 보지 않았다니… 대체 이게 어찌 된 노릇이란 말인가.

"아마 그 아가씨는 당장 정조가 위험하다고는 생각지 않았을 겁니다. 전하의 장미의 궁에 대한 무관심은 유명한 것이니까요."

데비드가 보충 설명을 해주었다. 나는 그동안 긴장했던 것을 깨끗이 접고 새롭게 시작하면 된다는 희망에 부풀었다.

좋아, 그럼 앞으로 맞이할 태자비와 두 명의 후궁으로 여자는 제한하자. 이미 셋으로도 넘치고 넘친다. 그 골치 아픈 캐더린 양은 적당히 해결 보아 세클리어라는 녀석에게 넘기도록 하자구. 기세 좋게 나는 데비드와 함께 장미의 궁으로 출발했다.

장미의 궁은 황제의 후궁인 백화의 궁의 축소판이다. 방의 개수가 조금 더 적고 황금 대신 은을 사용했다는 것 이외엔 건축의 형태는 아주 똑같다. 태자비가 머물 장미의 궁 본실(本室)을 제외하고 후궁들이 머물 다른 거처는 어느 정도 틀이 잡혔다. 사실 18세가 넘으면 태자비를 맞이하는 것이 보통이었지만 이때 내 부황인 황제 폐하께서 후궁을 맞이했기 때문에 태자비를 맞이하는 일은 뒤로 미루어졌던 것이다. 어쨌거나 황태자보다야 황제의 일이 우선 아니겠는가? 그리하여 또 한 번 내가 스물두 살 되던 무렵 황태자비 간택 이야기가 나왔는데 또다시 황제 폐하가 두 번째 후궁을 맞이하게 되었다. 덕분에 내가 스물여섯 살 때까지 황태자비가 없었던 것이다. 하기야 새파랗게 젊은 내가 몇 년 더 늦게 비를 맞이한다고 해서 문제될 것은 없었다. 이미 후궁도 둘이나 두고 있는 상태였기 때문이다.

"황태자님이다!"

"세상에! 황태자 전하께서 납시셨어!"

사방에 들려오는 이런 소란을 들어보건대 나는 꽤 죄를 지은 모양이다. 대체 얼마나 후궁에 와보지 않았단 말인가.

여기저기서 들려오는 시녀들의 새된 소리를 들으며 나는 장미의 궁을 돌아보았다. 여자들만 거처하는 곳이라서인지 꽤나 화려하고 아기자기했다. 은으로 도색한 작은 꽃들이며 조각품들이 가득한 것이 정말 내가 거처하는 황태자 궁과는 분위기부터 다르다.

"황태자 전하를 뵈옵니다!"

좀 나이가 듬직한 중년의 여성이 고개를 숙여 보았다. 그녀는 흰 머리 몇 가닥을 귀 뒤로 넘기고 있었는데 고운 이목구비가 한눈에도 젊었을 적 날리던 미인이라는 것을 알 수 있었다. 오십 대 초반 정도로 보이는 그녀는 다른 시녀들과 달리 부드러운 보랏빛 드레스를 입고 있었다.

"장미의 궁 총시녀장인 코델리아 마르티니 자작부인입니다."

뒤에서 데비드가 재빨리 속삭였다.

"오랜만이오, 마르티니 자작부인."

내 말에 그녀는 조금 당황했다. 그녀의 당황에 나도 놀랐는데 재빨리 뒤에 있던 데비드가 설명을 덧붙였다.

"도, 도노반 시종장님의 누이동생 되십니다, 전하."

어쩐지 많이 본 분위기다 싶었더니 그거로군.

나는 당황한 빛을 얼른 지운 그녀에게 가볍게 손을 내밀었다. 내가 손을 내밀자 당연한 듯 내 손을 잡아 든 그녀는 꼿꼿한 자세에 정말 빈틈없는 귀부인이었다. 도노반도 그렇게나 꼬장꼬장하더니 이 부인도 만만치 않겠군.

"그래, 오랜만에 보니 더 더욱 아름다워졌군요, 코델리아."

슬그머니 손을 잡아당겨 작은 목소리로 말하자 코델리아는 콧등을 살짝 찡그렸다. 하지만 잔뜩 굳었던 얼굴이 온화하게 퍼지는 것을 보니 이제 기분이 풀렸나 보다.

"장난은 여전하십니다, 전하. 그런 말씀은 후궁 마마들께나 해주십시오."

"나는 언제나 코델리아를 보러 여기에 온다오."

내가 빙긋 웃으며 말하자 꼬장한 노부인의 눈에 미소가 떠올랐다. 그러고 보니 이 눈매는 나를 항상 귀여워 죽겠다는 표정으로 바라보는 도노반과 똑같다.

"그렇게 웃으니 도노반하고 똑같군."

내가 미간을 찡그리자 그녀는 작게 소리 내어 웃었다.

"오라버니는 여전하신 모양이죠. 며칠 동안 못 뵈었습니다."

나는 그녀의 말에 도노반이 자기 누이인 코델리아에게조차 내 상황을 설명해 주지 않았다는 것을 깨달았다. 그것뿐이 아니라 내 비밀을 위해 도노반은 아예 아무도 만나질 않은 것이 분명하다.

가슴속이 따스해졌다. 묘하게도 그 사소한 일이 너무나 가슴에 와 닿았다. 도노반은, 그는 정말로 나를 무척이나 위하고 있는 것이다. 그 어떤 누구보다도 나를.

"언제나 잔소리지만 정말 나는 그가 좋다오."

 내가 그렇게 내뱉듯 말하자 코델리아의 눈이 커졌다. 그녀는 다시 온화한 눈으로 날 올려다보며 조용히 말해 주었다.

 "그 말씀을 오라버니에게 직접 해주신다면 정말 기뻐할 겁니다, 전하. 오라버니가 20여 년 전 아들을 잃고 오로지 전하께만 정을 쏟았다는 것은 다들 잘 알고 있는 사실이니까요."

 "직접 말했다가 당할 일이 난 두려운 거야."

 그랬었군. 도노반에게 아이가 없다는 것이지. 그래서 어린 나를 아들 삼아 정을 쏟고 있는 모양이다. 정작 황제에게선 받을 수 없었던 정을 도노반에게서 받은 게 분명해. 그래서 '과거의 나' 역시 도노반에게 분에 넘치는 잔소리를 그렇게나 들으면서도 그를 멀리하지 않았던 게다. 하기야 성년이 된 황태자에게 그렇게나 잔소리를 해대고 무사할 수 있었다는 것 자체가 보통 사이가 아니란 의미지.

 "그나저나 후궁들께서는 어찌 지내나?"

 그 말에 그녀는 갑자기 나를 책하는 듯한 눈으로 올려다보았다. 깨끗해 보이는 갈색의 눈이 당장이라도 호통을 치듯 바라보는 통에 나도 모르게 수그러들었다.

 "아시겠지만 두 분 모두 굉장히 외로우신 분입니다. 게다가 이번에 들어오신 캐더린 헤이스 공작 영애는 굉장히 기가 센 분이라 두 분을 꽤 자극하고 있습니다."

 "흠? 어떻게?"

 "직접 보시면 아시겠죠. 두 분 마마님은 상처가 많으시니 전하께서 잘해주시리라 믿습니다. 난봉꾼에 바람둥이라는 칭호는 아무나 가지는 것이 아니니 책임지십시오."

그 엄격한 어투는 분명히 도노반보다 한 수 위다. 나는 가슴에 몇 개의 화살을 꽂은 채 그녀의 인도에 따라 연보랏빛 휘장으로 장식된 거실로 안내되었다. 들어가니 세 명의 여성, 아니, 일곱 명의 여자들이 나를 보고 일제히 고개를 숙였다.

"황태자 전하를 뵈옵니다."

공손한 인사를 받고 한 걸음 나서는 순간 세 명의 여자를 놔두고 나머지 네 명이 스르륵 빠져나가 티포트를 매만지고 찻잔을 준비하기 시작했다. 점심 시간이 제법 지나 있었지만 다들 긴장한 얼굴을 보니 배를 채우는 일은 그다지 대단한 문제는 아닌가 보다.

내가 자리에 앉자 세 명의 여자가 적당히 자리를 잡고 앉았다.

내 오른쪽에 바로 붙어 앉은 여자는 화려한 검은 머리 미녀였다. 그녀는 티 하나 없이 깨끗한 피부를 고스란히 드러낸 채 아주 단정한 자세로 앉아 있었는데 조금 높은 코와 붉은 입술이 오만할 정도로 당당한 느낌이었다.

"오랜만에 뵙습니다, 헤이스 양."

나를 도와주려는 듯 데비드가 선수를 쳤다. 아아, 다행이군.

내가 고마움의 눈으로 데비드를 바라보는 순간, 검은 머리 미녀가 팩 토라진 눈매로 데비드를 짜악 하고 소리가 나도록 노려보았다.

"나에게 감히 말을 걸다니… 무례하군요!"

순간, 나는 내 앞에 놓인 포도주 잔을 쥔 채 그녀를 싸늘하게 노려보았다. 데비드도 난데없이 쏴댄 그녀에게 당황한 기색이었다. 아마 나름대로 세클리어와 친구였던 탓에 분명 그녀와도 안면이 있었을 텐데도 저렇게나 무안을 주다니.

"이미 나는 장미의 궁에 들어왔으니 당연히 밀톤 백작께서도 예의를 갖추셔야 하지 않을까요?"

그녀의 차가운 말에 데이비드는 안색을 굳힌 채 고개를 숙였다.

"죄송합니다, 헤이스 양."

"알았으면 조심해 주세요."

그녀는 휙 고개를 돌리더니 쏘아보는 나를 향해 조금 당황한 표정을 지었다. 그 표정이 방금 전 데이비드에게 지어 보인 표정과 달리 매우 가냘픈 것이어서 나는 이 여자가 혹시 이중 인격인가 하고 착각할 정도였다.

"큰소리를 내서 죄송합니다, 전하."

애교가 뚝뚝 떨어지는 목소리였다. 나는 그녀를 무시하고 왼편에 앉아 잔뜩 굳은 표정을 하고 있는 다른 은발 머리의 여성에게로 고개를 돌렸다.

은발을 한 여성은 카치아가 틀림없다. 늘씬하고 풍만한 몸매의 그녀는 몸매만 봐서는 정말 성숙해 보였는데 도독한 입술과 표정 풍부한 녹회색의 눈동자는 완전히 소녀의 그것이어서 한눈에도 굉장히 언밸런스했다. 펜게이드 제국에서는 은발이 무척 귀했다. 대부분이 금발과 갈색 머리여서인지 북부인 특유의 은발은 매우 눈에 띄는 존재였다.

올해 분명히 스물네 살이나 되었는데도 눈매는 무척 어려 보였다.

"아!"

나와 시선이 닿자 두려운 듯 금세 고개를 돌리는 게 아무래도 미움받고 있는 기색이다.

"카치아, 오늘 매우 아름답군."

외면한 그녀의 얼굴이 귓불부터 시작해서 목덜미까지 확 물들었다. 그 노골적인 반응에 나는 너무 당황해서 내가 마시는 것이 포도주인지

물인지조차 알 수 없을 지경이었다. 데비드에게 구원의 눈길을 던지자 데비드는 오히려 잘했다는 듯 고개만 끄덕이고 있다. 으아, 미칠 지경이네.

그녀에게서 시선을 떼고 아까부터 날 뚫어져라 바라보고 있는 여자에게로 눈을 돌렸다. 그녀는 탐스러운 검은 곱슬머리를 늘어뜨리고 있었는데 진줏빛 드레스가 약간은 검은 듯한 피부와 잘 어울리는 미녀였다. 관능적인 카치아와 달리 통통 튈 듯한 귀여운 소녀였다. 동그란 눈과 새침한 눈매로 나를 쏘아보는 것이 분명 내게 원한이 꽤 있는 눈초리다.

"내게 할 말이라도 있는 건가, 에이리아?"

올해 스무 살이 된 여자는 소녀에 가까운 눈매로 흥 하고 노골적으로 내게 코웃음을 날렸다. 그 때문에 놀란 시녀들이 흠칫거렸다. 시녀장인 코델리아는 그런 그녀들을 보며 나에게 연신 질책이 담긴 시선을 던지고 있었다.

"어찌 천한 소첩이 귀하신 황태자 전하께 감히 말씀을 올리겠습니까?"

에이리아의 말투에는 희미한 악센트가 끼어 있었다. 다소 억센 말투였지만 이 말괄량이로 보이는 아가씨에게는 그지없이 어울렸다.

"그런 것치고는 잘 말하고 있는걸. 메인 요리가 나오기 전에 어서 말해 봐. 체할까 봐 겁나는군."

내 말에 에이리아의 얼굴이 빨개졌다. 그녀는 뾰로통하니 입을 내밀더니 노골적인 적대감이 담긴 어조로 말했다.

"아무리 후궁이라고는 해도 아직 혼례도 올리지 않은 채 장미의 궁에 여자를 들이신다는 것은 매우 심하신 처사라 생각되는데요."

그 말에 고개를 번쩍 든 것은 캐더린이었다. 그녀는 걸어온 싸움을 마다하지 않겠다는 듯 호오 하고 묘한 웃음소리를 내더니 동갑내기로 보이는 에이리아에게 눈웃음을 쳤다.

"뭐, 그거야 이곳의 주인이신 전하께서 내릴 결론이 아니겠는지요. 설마 하니 에이리아 제2궁비께서 전하를 가르치려 드시는 건가요?"

"…발칙하군!"

에이리아가 부들부들 떨며 외쳤다. 그녀는 분해서 죽겠다는 듯 캐더린을 노려보았고 캐더린은 모른 척 고개를 홱 돌리더니 은근슬쩍 날 쏘아보았다. 마치 모든 잘못이 나에게 있다는 듯한 표정이기에 나는 모른 척했다.

"사이좋게 지낼 거라 생각했던 내가 바보인가 보군."

내 말에 옆에 있던 카치아가 흠칫했다. 그녀는 바들바들 떨면서 고개를 숙여 사죄했다.

"죄송합니다, 전하. 심기를 어지럽혀 드린 듯합니다."

얼마나 가련하게 떠는지 내가 다 미안할 지경이었다. 원래 소심하기도 하지만 그녀의 나라인 게일 공국은 제국 휘하에서도 가장 소국이다. 미약한 국력 탓에 게일 공국은 차라리 제국 내의 중소 영주 정도의 힘을 가지고 있을 뿐이었다. 그런 그녀라서 오히려 어린 에이리아나 캐더린에게 무척이나 밀리고 있는 게 분명한 듯싶다. 그녀가 제1궁비인 것은 그저 그녀가 에이리아보다 나이가 많아서일 뿐 특별한 이유가 있는 건 아니었다. 그 때문에도 장미의 궁을 다스릴 힘이 없는 게 분명하다.

나는 손을 뻗어서 달달 떨고 있는 카치아의 손을 잡았다. 차갑게 긴장한 그 손에 조금 가슴이 아팠다.

"카치아, 내가 자주 들여다보지 않은 것이 잘못인 모양이야. 그렇게나 떨지 말라구. 설마 내가 잡아먹기라도 할 것 같군 그래."

안쓰러움에 조금 농담을 섞었더니 안 그래도 발갛게 달아오른 얼굴이 더 달아올랐다. 그녀는 내게 손을 잡힌 채 어찌할 바를 모르고 고개만 숙이고 있었다. 그 얼굴이 귀여워서 손을 톡톡 쳐 준 뒤에 자세를 바로잡았다.

"……."

놀랍게도 모든 시선, 모든 이목이 이쪽으로 집중되어 있다. 에이리아와 캐더린은 경악의 눈으로, 데비드는 기쁨으로, 코델리아는 대견하다는 듯한 얼굴로 날 바라보고 있었다. 얼마나 강렬한 시선이었는지 번쩍거리는 눈빛에 눈이 멀 지경이다.

"내일이 황태자비 간택 무도회가 열린다는 것을 알고 있을 거다."

어색한 분위기를 쇄신하고자 은근슬쩍 목소리를 깔았다. 그리고는 도노반이 미친 듯이 주장했던 대로 말을 꺼냈다.

"내일 밤 무도회에서 카치아를 파트너로 데리러 올 것이야. 준비하고 있도록, 카치아."

"앗!"

카치아가 놀란 듯 눈을 동그랗게 뜨고 날 바라보았다. 얼마나 놀란 표정인지 나는 내가 알을 낳기라도 한 줄 알았다. 그녀는 당장에 달아날 준비가 된 토끼처럼 바들바들 떨더니 얼굴이 파래졌다 빨개졌다를 반복했다. 눈물까지 차오르는 커다란 녹회색 눈을 보며 나는 슬그머니 물었다.

"카치아, 설마 하니 싫어서 그런 얼굴을 하는 건가?"

"아, 아, 아닙, 아닙니다."

더듬거리는 말이 꽤나 귀엽다. 벌써 스물네 살이나 되었는데도 이렇게나 수줍음이 많다니… 보통 여자들 스물넷이면 애가 두엇을 되고도 남았을 나이다. 가만있자, 그녀가 애가 없는 것은 결국 내 탓이잖아?

"카치아님은 원래 수줍음이 많으세요."

에이리아가 나를 경계하는 얼굴로 쏘아보며 말했다.

마치 내가 카치아를 잡아먹기라도 한다는 듯한 표정이라 나는 흥미진진해졌다. 원래 난 애들을 좋아한다. 아? 어라? 내가 애들을 좋아했다고? 언제? 언제 내가 아이들을 좋아했지?

잠깐 떠오른 생각에 나는 잠시 묘한 기분에 사로잡혔다.

"이러시면 이야기가 다르잖아요!"

캐더린이 빽 소리를 내질렀다.

나는 미간을 찌푸린 채 이 여자가 대체 무슨 이야길 '놈'과 했을까 상상하느라 정신이 없었다. 그녀는 화가 난 듯 씩씩대면서 응접실 안을 헤집고 걸었다.

식사를 마치자마자 후식이 나오기도 전에 캐더린이 나와 독대하길 원해왔다. 데비드까지 물리치고 만나자고 해서 난 이때가 기회다 싶었다. 그녀에게 세클리어에게 돌아가라고 말하기에는 딱 좋은 찬스다. 안 그래도 두 명의 후궁에 또 하나의 아내를 맞이하게 생겼는데 아무래도 이 골치 아프게 생긴 공작 영애는 계산 밖이다. 하나라도 처치할 수 있을 때 처치하는 게 좋다.

"무슨 이야긴지 모르겠다고는 하지 않네요! 바람둥이 황태자 전하! 나는 지금 미쳐 버릴 지경이라구요! 전에 일주일 안에 해결해 주시겠다더니 벌써 며칠째에요? 이 무덤 같은 장미의 궁에서 절 말려 죽일 참이에요?"

 거 꽤 거센 아가씨로군. 내가 물끄러미 그녀를 보고 있자 갑자기 그녀가 불안한 듯 날 바라보며 물었다.

 "설마 하니 정말 날 후궁으로 두시려는 거 아니죠? 내가 아무리 미모가 뛰어나다고는 해도 난 전하 타입이 아니라구요."

 "내 타입이 어떤 건대?"

 나는 정말 순수히 궁금해져서 그녀에게 물었다. 그녀가 내 후궁에 들어앉은 것은 나에 대한 불타는 사모의 정이 아니란 것만 해도 나는 그녀에게 무한한 호감을 느끼고 있는 중이었다.

 "있잖아요? 그, 예쁘고 머리는 비었고 엉덩이는 가벼운!"

 그녀는 빽 하고 소리를 지르더니 아까의 오만한 자세와는 동떨어진 동작으로 의자를 발로 걷어찼다. 가여운 의자가 데굴데굴 굴러가는 것을 보고 있던 나는 그녀가 진실로 소드 마스터의 딸이라는 것을 자각했다.

 "자아, 그러니까 나보고 어쩌라고? 아까만 해도 세클리어가 너는 삐쳐 있으니 나보고 손 떼라고 악악대며 지나갔다고."

 "아, 그럴 때는 냉철하게 머리통을 후려갈겨 주셨어야죠!"

 갑자기 그녀가 무척 마음에 들기 시작했다.

 그녀는 속 터진다는 듯 가슴을 퍽퍽 두들기더니 내 앞에 마치 싸움이라도 할 기세로 마주 앉았다. 작은 테이블을 가운데 두고 앉아서 그녀는 심각하게 나에게 물었다.

 "정말, 데비드는 날 어떻게 생각하는 거예요? 조금의 질투심도 보이지 않던가요?"

 데비드! 데비드 밀톤!

나는 갑자기 강렬한 한줄기의 서광이 머리통을 후려갈기는 것을 깨달았다. 그녀는, 이 앞의 기가 센 여자는 데비드를 좋아하는 것이다! 화려무쌍한 세클리어도 아니고, 나도 아닌 데비드를!

"전하?"

"아니, 잠시 생각 좀 했어."

"전하, 데비드는 어떤 반응이던가요? 저기, 전하의 말씀대로 정말 제가 여기 와 있으니 조금이라도 질투의 기색이 보여요?"

전혀.

나는 내게 마음이 있는 게 분명하다고 단언을 하던 데비드의 얼굴을 회상하며 속으로 대꾸했다. 그 둔탱이는 아예 이 아가씨에게 관심이 없는 게 분명하다. 아니면 내가 기억 상실이란 엄청난 상황에 빠지자 여자 문제 따위는 신경 쓰지 않겠다고 맹세를 했던지.

"흠."

내가 팔짱을 끼자 그녀는 초조한 듯 입술을 물어뜯었다.

"생각 좀 해봐요, 전하! 도와주신다고 그래서 여기까지 온 거잖아요? 이대로 내일을 넘기면 나는 진짜 전하의 후궁이 된단 말이에요!"

"왜?"

"몰라서 물어요? 내일이 황태자비 간택 일인데 그때 장미의 궁에 앉아 있는 제가 무도회장에서 전하의 후궁에 있다고 소문이라도 쫘악 나봐요! 그럼 어떻게 되겠어요?"

"그게……."

"그게가 아니에요! 만약에 내가 이대로 전하의 후궁이 된다면 이 후궁 전체에 피바람이 불지도 몰라요! 어쩌면 전하를 밤새도록 괴롭히거나 새로 온 황태자비를 말려 죽일지도 모르지요! 즉, 전하의 사생활은 파탄! 그 자체가 될 거예요! 내 성질 몰라서 그러시는 건 아니겠죠?"

이건, 협박이다.

부들부들 주먹을 쥐고 흔들어 보이는 캐더린은 아름다운 미모만큼이나 섬뜩했다. 아무리 그래도 그렇지, 한나라의 황태자에게 그게 할 말이냐? 후궁에 들어가 내 결혼 생활을 파탄내겠다니… 협박도 협박 나름이다.

그녀의 고통스러운 자세를 물끄러미 보다가 나는 한숨을 내쉬었다. 연애 문제라… 이건 정말 나와는 멀고도 먼 일이었는데. 어라? 잠시 또 옛 생각이 났다. 정말 내가 연애 문제에 담을 쌓고 살았던가? 황태자 록그레이드는 누구든 다 인정하는 바람둥이에 난봉꾼이라고 했었는데? 점점 아귀가 안 맞는 것 같다. 하지만 지금 이 상황을 보아하니 남이 보는 것처럼 지독한 바람둥이는 아니었던 것 같긴 한데. 연애 문제에 내가 정말 해박하다고는 차마 믿기질 않는다.

"데비드를 들어오라고 시켜."

내 말에 캐더린은 눈을 반짝이며 벌떡 일어났다. 그녀는 황급히 뛰어나가 문밖에 서 있던 데비드를 불러들였다. 그는 캐더린과 단둘이 있었던 내가 실수라도 했을까 봐 서둘러 들어섰다.

"데비드."

"네?"

"너, 약혼 안 했지?"

"아?"

데비드는 눈을 크게 뜨고 도리질을 했다.

"솔직히 말해 봐. 너, 사랑하는 여자가 있나?"

그 말에 더 당황한 그가 크게 도리질을 했다.

"저는 어디까지나 전하를 모시기에 여념이 없어서……."
"그렇게까지 안 모셔도 돼."
그 진지한 말을 단칼에 잘랐다. 당사자인 데이비드는 그 말에 어색한 미소를 짓고는 궁금한 듯 캐더린과 나를 번갈아 보았다.
"캐더린 헤이스 양을 잘 알고 있지?"
캐더린은 기대에 찬 표정으로 날 바라보고 있었다. 그 앙칼진 모습에 어쩐지 등줄기가 서늘했다. 마치 잘못되면 가만있지 않겠다는 얼굴이어서 오한이 든다.
"아, 알다마다요. 세클리어와 저는 캐더린 양과 함께 자랐습니다."
무슨 소린가 하는 얼굴로 데이비드는 앙칼진 캐더린을 슬그머니 바라보며 대답했다. 나는 그 앙칼진 표정을 바라보며 슬그머니 옆구리를 찔렀다. 왜 찌르냐고 노려보는 그녀의 발을 세차게 밟아버린 나는 진지한 어투로 말했다.
"방금 캐더린 양이 눈물을 흘리며 진심을 고백했네."
"에?"
캐더린은 내가 발을 너무 세게 밟아서인지 눈물을 줄줄 흘리고 있었다. 앙칼진 표정을 짓다 말고 눈물을 줄줄 흘려대는 그녀의 모습은 어쩐지 대단히 가련했다. 그 눈물을 보고 있던 데이비드의 안색이 조금 변했다. 그는 진지한 얼굴이 되어 정말로 걱정스런 얼굴로 캐더린을 바라보았다.
"캐더린?"
"…흑."
내가 눈짓을 하자 이 깜찍한 아가씨는 갑자기 고개를 푹 숙이며 눈물을 줄줄 흘리기 시작했다. 혹시 너무 심하게 밟아서 발 뼈에 금이 간

건 아니겠지? 아무래도 연약한 아가씨의 발이니까.
"그녀는 정말로 세클리어를 원치 않는다고 하는군."
"아."
"사실 그녀가 내 궁에 들어온 것은 세클리어의 너무나 일방적인 구애에 지쳐서 그런 거라네. 나는 잠시 그것을 잊.고. 있었던 것이고."
내 눈짓에 데비드는 알아차렸다는 듯 고개를 끄덕였다. 그리고는 왠지 연민에 찬 시선으로 캐더린을 바라보았다.
"생각해 보게. 이 아가씨가 내 후궁에까지 들어올 생각을 했다는 것은 나름대로 굉장히 절박했다는 이야기겠지."
"그렇군요."
갑자기 심각해진 데비드. 둔탱이.
"그러나 내 후궁에 있다간 정말로 내 후궁이 될 수밖에 없어. 그러니 이렇게 해두고 싶네."
데비드와 캐더린이 동시에 날 바라보았다.
"자네가 어떤 다른 여성을 마음에 두고 있지 않다면 앞으로 캐더린을 에스코트해 주게."
"에?"
데비드는 당황한 듯 눈을 크게 떴고 나는 캐더린의 발을 더 밟았다. 눈치를 챘는지 혹은 너무 아파서 그런지 캐더린은 곧 대성통곡을 시작했고 데비드는 땀을 뻘뻘 흘리며 동의했다.
"내일 무도회에 캐더린을 자네가 에스코트하는 거야. 알겠나?"
"하지만 캐더린은 저를 싫어할 텐데요?"
데비드는 미심쩍은 듯 캐더린의 우는 얼굴을 바라보았다. 그녀는 갑자기 입술을 깨물었다. 그러더니 정말 너무나 가련한 표정으로 그를 바라보았다.

"정말로 당신을 싫어할 리가 있어요? 하지만 데비드 오빠는 날 항상 못된 아이라고 생각했잖아요?"

"그, 그야 항상 나에게 화만 내고 소울리에 데블린 양에게 심술을 부렸으니까."

데비드의 말에 캐더린은 입을 툭 내밀며 눈물을 닦아냈다.

"그야 그 계집애는 자기 오빠가 날 좋아한다는 것을 무척이나 싫어해서 온 궁정 내에 내 험담을 하고 다녔으니 그렇죠."

"그럴 리가 있나? 소울리에는 그렇게 못되진 않았어."

데비드의 말에 발끈한 캐더린은 세차게 되쏘았다.

"그 점에 있어선 전하가 증인이에요, 증인!"

나는 그 표독스런 얼굴을 바라보며 다시 한 번 그녀의 발등을 밟았다. 눈치없기는! 여기서 표독스럽게 굴면 어쩌겠다는 거냐? 그러자 그녀는 와 하고 다시 울음을 터뜨렸다. 이러다가 발 뼈가 부러질까 두렵군.

"아, 알았어. 알았으니 울지 마. 난 네가 날 싫어하는 줄 알고 있었을 뿐이야."

데비드는 나와 캐더린을 번갈아 보며 변명했고 나는 자비심 깊은 표정으로 고개를 끄덕였다.

"그래, 잘 어울리는 한 쌍이다. 데비드와 함께 내일 무도회에 나가면 모두들 캐더린이 내 후궁에 피.신.하고 있었다는 사실을 잊을 게야. 그렇지?"

"그, 그렇겠군요."

데비드는 조금 미심쩍다는 얼굴로 대답했다. 화를 내지 말자구.

Chapter 8 177

허어, 나도 연애 해결에 뭔가 소질이 있는가 보다. 흠, 정말로 생각 외야. 아니, 아니지. 진짜 과거의 나라는 녀석이 바람둥이라면 그에 어울리는 테크닉이 있었을 것이 분명해. 그러니까 이것은 내 본성에 숨겨진 해결 능력인가······.

이런저런 생각 때문에 꽤 복잡했다.

황후의 말이 옳은 듯싶다. 나는 확실히 내 자신이 록그레이드인지 자신할 수가 없는 것이다. 그래서 자꾸만 과거의 나와 비교할 수밖에 없다. 모두들 내가 분명 본인이라 말하지만 그들이 본인만큼 더 잘 알 리가 없다. 아무리 기억을 잃었다고는 해도 성격 자체가 뒤바뀔 리는 없지 않을까.

"전하?"

"아, 그럼 둘이서 이런저런 이야기나 해보도록 해. 나는 일단 여기까지 왔으니 다른 후궁들과 지나간 이야기라도 해볼 테니."

"전하!"

데이비드가 놀라 머뭇거렸다. 캐더린과 단둘만 있자니 거북한 모양이다. 하지만 캐더린은 나보고 빨리 가라고 눈짓하고 있었다. 둔탱이와 헛똑똑이가 만나서 어지간히도 헤매고 있구만. 잘 좀 해봐라.

여자란 예측불허의 존재다.

나는 차를 홀짝이면서 침묵을 지키고 있는 두 명의 후궁을 물끄러미 보고 있었다. 내가 황제가 되면 그녀들은 궁부인이라 불리게 된다. 즉, 보브리 궁부인이나 마가렛 궁부인처럼 말이다. 현재까지 그녀들은 그냥 궁비, 혹은 뭉뚱거려 후궁이라 불린다.

그나저나 저 독기 어린 표정의 내 2궁비는 대체 무슨 생각을 하고 있을까.

아까부터 에이리아는 입을 뾰족하게 내민 채 날 쏘아보고 있었다. 만약 입을 열면 칼날이나 화살이 튀어나오지 않을까 걱정스러울 지경이다. 카치아는 아까부터 손을 떨면서 애써 내 시선을 피하려 고개만 숙이고 있었다. 얌전한 건 좋은데 너무 얌전해. 그럭저럭 활달한 편이 미래를 위해선 좋을 듯싶구만.

"무슨 생각을 그렇게 하며 날 쏘아보는 건가?"

에이리아의 눈썹 하나가 칙 하고 치켜 올라간다. 어쩐지 놀리는 재미가 있을지도 몰라. 쉽게 뾰로통해지는 게 묘하게 귀엽거든. 스무 살이나 되어서 소녀같이 툭 하면 삐치다니.

가만있자, 이건 삐치는 게 아니라 어쩌면 독기를 머금었을지도 모른다. 내가 하도 무관심하게 버려놔서.

"말해 봐."

양심에 찔려서 일부러 상냥하게 묻자 에이리아는 입술을 내민 채 물었다.

"그 여자는 어떻게 되었나요, 전하?"

"그 여자?"

"버릇없이 구는 그 공작 영애 말이에요. 우리처럼 별볼일없는 공녀(貢女) 출신이 아닌 제대로 된 공작의 영애, 공녀(公女)님 말이지요."

비꼬는 게 꽤나 캐더린과 부대낀 듯했다. 나는 왠지 이 아가씨가 비꼬고 심술궂게 구는 게 귀여워지기 시작했다. 이런 게 귀엽다니, 혹시나 취향이 이상한 건가.

"왜 웃으세요?"

에이리아가 이마에 핏대를 세우기에 솔직히 말해 주었다.

"귀여워서."

"푸앗! 앗, 뜨거!"

뿜어지는 찻물.

놀라서 컥컥대는 에이리아는 불행히도 드레스 앞섶을 모조리 적셔 버렸다. 옆에 시중을 들던 시녀가 놀라 뛰어왔을 정도다.

"괜찮아?"

"우욱."

그녀는 새빨개진 얼굴로 나를 쏘아보았다.

"무슨 말씀을 하시는 거예요?"

"뭐가?"

내가 느긋하게 말대꾸하자 그녀는 앵도라진 음성으로 말했다.

"왜 놀리는 말을 하시느냐 그거죠. 평소처럼 그냥 실실 웃으며 넘어가시려고요?"

"뭘 넘어가?"

에이리아의 눈빛이 빛났다.

"저 공작 영애를 3궁비로 삼는 게 기정사실이라면 최소한 예절 정도는 알아야 한다고 생각해요!"

"그녀는 궁비가 될 사람이 아냐."

내가 가볍게 말하자 에이리아와 카치아의 얼굴에 갑자기 긴장감이 돌았다. 에이리아의 얼굴은 창백해지기까지 했다.

"그, 그럼 설마……!"

"그럼 그녀가 설마 하니 태자비가 될 사람인 건가요?"

에이리아가 찻물로 더럽혀진 가슴께를 손수건으로 누른 채 벌떡 일어섰다. 그녀는 새파랗게 질려서 참을 수 없다는 듯 두 손을 부들부들 떨고 있었다. 카치아는 조금은 허탈한, 아니, 체념한 듯한 표정이었다.

이거이거, 친애하는 캐더린 양은 정말로 장미의 궁을 한바탕 휘저어댄 모양인데.

"태자비라니… 그녀는 밀톤 백작부인이 될 건대?"

내가 모른 척하고 천연덕스레 말하자 두 사람의 눈이 동그랗게 커졌다.

"뭐라구요?"

"내 젖형제이자 나의 호위대장인 데비드 밀톤과 약혼했다고, 방금."

"어. 마, 말도 안 되는!"

"뭐라구요?"

그녀들이 경악하든 말든 나는 일단 친절하게 설명해 주었다. 후궁을 앞으로 더 받을 생각도 아니니 잘해주어야지. 어차피 떨쳐 버릴 수도 없을 테니까.

"한마디로 말해서 캐더린은 데비드를 사랑한다 그거지. 그리고 이곳에 들어와 있었던 것은 조금 귀찮은 일을 피해서였을 뿐이야."

"이, 이런!"

에이리아는 부들부들 떨었다. 그녀는 화가 나서 견딜 수 없다는 듯이 나를 쏘아보면서 고함을 질렀다.

"그럼, 그런 계집이 나와 언니에게 그런 무례를 저지르게 내버려 둔 건가요? 어, 어떻게 이렇게까지 우릴 무시할 수 있나요? 한낱 공녀들이니 그 여자가 무례를 저지르든 우리를 모욕하든 말든 상관없다는 건가요?"

눈물이 주르륵 흘러내렸다.

나는 너무 놀라 그녀를 멍하니 바라보았다. 부들부들 떨던 에이리아는 눈물을 보였다는 것이 수치스러운지 고개를 홱 돌려 나가려고 했다.

마침 그 순간, 데비드와 캐더린이 문가에 서 있다가 에이리아와 마주쳤다.

"궁비 마마."

데비드가 막 목례를 하려는 순간, 에이리아는 신경도 쓰지 않고 홱 밖으로 나가 버렸다.

"에이리아, 멈춰!"

내가 고함을 지르자 문을 나서던 에이리아가 움찔했다. 하지만 그녀는 멈추지 않고 화닥닥 오히려 빠른 걸음으로 나가 버렸다. 같이 모시던 시녀들도 그녀의 행동에 어쩔 줄을 모르고 내 눈치를 보다가 연신 고개를 숙이며 밖으로 튀어 나갔다.

그 모습에 데비드는 캐더린을 흘끗 보았고 그녀는 모른 척 외면하고 있었다.

"카치아."

떨리는 손을 하고 가만히 앉아 있던 카치아가 내가 부르자 벌떡 일어섰다. 야단맞는 아이처럼 고개를 숙인 그녀에게 나는 한숨을 몰아쉬며 물었다.

"대체 캐더린과 무슨 일이 있었던 거지?"

"…아."

그녀는 입을 열지 못했다. 오히려 힐끔 캐더린이 이쪽을 본다. 나는 그녀의 얼굴에서 조금의 동요도 보이지 않는다는 것이 어쩐지 화가 나기 시작했다. 그녀가 헤이스 공작의 딸이라 해도 내 궁비들이 제후국에서 보내온 공녀 출신이든 아니든 간에 충분히 윗사람이다.

"카치아는 설명할 생각이 없는 것 같군. 그럼 캐더린이 설명해 보겠나?"

싸늘한 어투에 데비드도, 캐더린도, 카치아도 놀란 시선을 던졌다.

나는 찻잔을 든 채 캐더린을 뚫어져라 바라보았다. 그녀는 내가 그런 어투로 추궁할지 몰랐다는 듯 눈을 크게 뜬 채 날 바라보다가 도움을 청하듯 데비드를 바라보았다. 하지만 데비드가 그녀의 편을 들어줄 리 만무하다. 데비드는 지독할 만큼 우직한 남자다.

"내 궁비들이 너에게 모욕을 당했다고 말했다. 그것이 사실인가?"

딱딱한 어조에 흠칫한 캐더린은 머뭇대며 입을 열었다.

"모욕을 가한 적은 없습니다, 전하."

"그럼 그녀들은 왜 모욕을 느꼈나? 그것은 그대의 행동에 문제가 있었다는 증거 아닌가?"

"그, 그것은……."

그녀는 마치 왜 이러냐는 듯 나를 다시 바라보았다. 이해할 수 없다는 그 눈에 나는 점점 가라앉는 기분이 되었다.

"왜 그러시는 거예요, 전하? 평소의 전하답지 않습니다. 전하는 노력조차 하지 않는 나약한 것들은 평소 경멸하지 않으셨나요? 저는 없는 말 한 적도 없고 다른 여자들처럼 심한 소리도 한 적 없습니다."

노력조차 하지 않는 나약한 것들은 경멸한다. 그것이 나였는가. 그래서 내가 센 여성을 총애하고 수줍어 말도 제대로 못하는 궁비들을 무시했던 건가.

나는 턱을 괸 채 데비드에게 시선을 돌렸다. 그는 잔뜩 굳은 얼굴로 나를 바라보고 있었다. 아까부터 문가에 시녀들을 거느리고 선 코델리아도 긴장한 얼굴이었다. 그리고 보니 내가 카치아나 에이리아에게 말을 걸 때마다 묘하게 그들이 기뻐하고 있었다는 사실이 떠오르자 나는 적당히 납득이 되기 시작했다. 전의 나는 의외로 잔혹한 구석이 있었던 모양이다.

 장난을 좋아하고 남에게는 무관심한 데다가 외로움은 타면서도 남에게 속마음은 드러내지 않고, 그러면서도 마음에 드는 상대에게는 지극히 애정을 표시한다… 그게 바로 전의 나였던 모양이다. 어쩐지 굉장히 공감이 가면서도 싸가지없는 놈이라는 생각이 물씬 들어 화가 치밀었다. 만약 약한 게 마음에 들지 않았다면 강하게 만들어놓던지, 그도 아니면 칼같이 소유가 된 것들을 보호하던지. 어차피 결혼까지 했으면 결국 남남도 아니지 않는가.

 내 애를 낳게 될 수도 있고 그녀들이 처녀로 늙어 죽는다 할지라도 내 궁비라는 사실은 결코 변하지 않는다. 그런데 내 궁비가 한낱 귀족의 철없는 계집애들에게 모욕을 당하도록 놔두었다니, 기가 막힌다. 이거 좀 덜떨어진 놈 아니야?

 "그래서?"

 차갑게 될 수밖에 없었다. 치미는 분노를 그대로 드러내면서 캐더린을 보자 그녀는 금세 창백해졌다. 아까까지만 해도 내게 대들던 당찬 모습은 온데간데 없었다. 그녀가 파리해진 얼굴로 입술을 떨자 데비드가 내게 눈짓을 했다.

 "전하, 심기를 가라앉혀 주십시오. 전하께서는 소드 마스터이십니다."

 나도 모르게 살기를 드러냈는지, 휘익 방 안을 둘러보자 카치아는 졸도 직전의 새파란 얼굴로 말뚝처럼 서 있었고 시녀들은 방 한구석에 모여 덜덜 떨고 있었다. 캐더린이 그나마 고개를 빳빳이 하고 있는 것은 아무래도 자기 아버지가 소드 마스터이기 때문에 그럭저럭 기운에 익숙한 덕이리라.

"캐더린 헤이스, 지금 내가 묻고 있지 않나? 그래서 어떻게 했느냐고."

"전하."

"그래, 내가 평소 나약한 것들을 경멸한다고 치자. 물론 내 궁비들이 나약한 성품이라는 것은 나도 알아. 그래서 그런 점이 마음에 들지 않았다고도 치자구."

나도 모르게 비틀린 웃음이 터져 나왔다.

울컥 가슴속 밑에서부터 무언가가 스물스물 피어오르기 시작했다. 약해서 어떻다? 약해서 어떻다는 건가? 약하면 밟혀도 된다는 공식이라도 있던가? 약한 자들은 항상 바닥에서 비명을 지르며 죽어야 한다는 건가? 오로지 잘난 집안에서 태어났다고 하는 그 빌어먹을 혈통이라는 것이 그렇게도 강하다고 생각되는가? 목을 비틀고 배를 짓찢어 내장을 뜯어내도 강하다고 생각하나? 돈 한 푼 없이 들판에 던져 놔도 강할까? 손톱 발톱을 뽑고 사지를 찢어내는 데 강한 자 약한 자 따로 있다고 생각하는가?

뭐가 강하고, 뭐가 약하다는 거냐! 혈통이, 신분이, 성격이, 육체가, 권력이 진정한 파멸 앞에서 얼마나 나약한 것들인지 알고나 떠드는 것이냐! 죽음 앞에서는 어떠한 강함도 다 헛소리일 뿐이다. 죽으면 한 줌 흙으로 돌아가는 것은 모두 다 같다.

"그렇다 해서 감히, 내 궁비들에게 너 같은 여자들이 함부로 군다는 것은 나를 모욕한다는 의미지. 에이리아나 카치아나 내 궁비다. 내 여자로 들어온 사람들이지. 하물며 한낱 작위도 없는 계집아이들이 부모의 힘을 믿고 감히 모독을 가해?"

목소리는 점점 낮아졌다.

데비드는 눈이 점점 커지고 있었다. 내가 지나치게 화를 내고 있다는 것인지 경악과 공포가 뒤섞인 시선이었다. 겁에 질린 캐더린은 어느새 주저앉기 일보 직전이었다. 카치아는 두 눈을 꼭 감고 부들부들 떨면서도 그런대로 꿋꿋이 서 있었다. 의외로 강단이 있다.

"무릎을 꿇고 사죄하라."

내 말에 덜덜 떨고 있던 캐더린이 놀라 고개를 번쩍 들었다.

"네?"

"사죄하라고 말했다. 너의 그 몰지각한 행동에 대해 사죄하라고 말했다."

"저, 전하!"

"두 번 말하게 하지 마라. 너는 네 발로 이 궁에 들어와 제멋대로 행동했다. 네가 마치 3궁비인 것처럼 행동했으니 그에 따른 처벌이다. 너는 궁비도 아닌 주제에 궁비로 움직였다. 그 시건방진 태도에 대해 죄를 묻지 않을 수 없지."

"저, 전하! 전에는 그런 말씀……!"

"네가 이렇게 몰지각한 여자라고는 생각지 않았었지."

내 말에 그녀는 입을 벌리고 어쩔 줄을 몰라 했다. 눈물이 흘러 턱선을 따라 툭툭 떨어졌다. 꽤나 안쓰러운 모습이었지만 나는 조금도 동요하지 않았다. 여자의 눈물 따위에 마음이 흔들리기에는 나는 나이가 많다. 아? 나이가 많다고? 스물여섯 살이 뭐가 많은 거지?

또 잡념이 끼어들었다. 나는 일단 눈앞의 여자들 문제를 해결하고자 애써 옆으로 흐트러지는 정신을 바로잡았다. 캐더린은 덜덜 떨면서도 도와주지 않는 데비드를 원망의 시선으로 돌아본 뒤에 카치아의 앞에 와 무릎을 구부리며 고개를 숙였다.

"제가 너무 주제넘게 굴었습니다. 1궁비 마마, 용서해 주십시오."
"……."
카치아는 아무 말도 하지 않은 채 눈을 감고 있었다.
그녀가 말을 하지 않자 캐더린은 이럴 수도 저럴 수도 없는 상황이 되었다. 그녀가 용서를 해주지 않으니 고개를 들 수도 없고 그렇다고 해서 그냥 물러날 수도 없는 상황이다. 그녀는 당황해서 조금 더 큰 소리로 말했다.
"1궁비 마마, 용서해 주십시오."
"……."
카치아는 여전히 눈을 뜨지 않았다.
나는 그런 그녀의 모습을 보면서 다시 찻잔을 손에 들었다. 겁에 질린 시녀들은 다가오지 않았지만 코델리아가 불끈 자리를 박차고 내 옆으로 와 티포트를 들어 차를 따랐다. 비록 티포트가 달달 떨리고 있긴 했지만 말이다.
"궁비 마마?"
"……."
나름대로의 복수일까?
나는 차를 유유히 마시면서 그녀들의 그런 상황을 지켜보고 있었다. 카치아는 눈을 감은 채 아예 캐더린을 보고 있지 않았고 캐더린은 그런 그녀를 올려다보며 계속해서 무릎을 꿇은 채 애원하듯 부르고 있었다. 몇 번이나 불러도 대답하지 않는 그녀 때문에 캐더린은 다리가 저려오는 것을 억지로 참으며 고개를 내내 숙이고 있어야만 했다.
"…궁비 마마."
코델리아가 보다 못해 앞으로 나섰다. 그녀는 슬그머니 내 눈치를 보았지만 내가 모른 척하자 조금 용기를 내어 앞으로 나서 카치아에게 차를 따라주었다.

"차가 다 식었습니다. 새로 올리겠습니다."

그 말에 카치아가 눈을 떴다. 그녀의 녹회색 눈은 붉어진 상태였다. 눈물을 참고 있어서인지 아니면 이 상황이 너무나 화가 나서인지 알 수 없다는 얼굴이었다.

"전하."

그녀는 무릎을 꿇고 있는 캐더린을 보지도 않고 나에게 말을 걸었다.

턱이 덜덜 떨리고 있는 게 보였지만 이번에는 그녀도 시선을 떨구거나 하지는 않았다. 똑바로 커다란 녹회색 눈을 들어 나를 바라보고 있었다. 아름다운 색이다.

"묻고 싶은 게 있습니다."

"말해."

"전하께선 저희들을……"

눈물이 또르르 떨어져 뺨으로 흘렀다. 아름다운 얼굴이다. 정말로 아름답다.

"싫어하시는 게 아니던가요?"

나는 미간을 찌푸렸다.

어쩐지 이거 묘한 상황으로 흐르고 있는걸. 여기서 내가 뭐라 해야 아귀가 맞을까?

"13년 전에 혼례식을 올렸던 걸 기억해?"

"아, 네, 네."

"우린 신방을 차리지 않았었지. 난 여기서 자지 않았어."

"그렇습니다. 저희들을 돌아보시지도 않으셨죠."

역시, 역시 이 여자들은 그렇게 생각하고 있었어. 데비드나 도노반이 말한 대로 이 여자들은 정말 내가 자기들이 싫어서 자러 오지도 않는다고 생각하고 있었던 게 틀림없다구.

"그때 내가 한 말을 기억하나? 그대는 아직 어린 열한 살이었고 나는 열세 살이었어."

그녀는 의아한 듯 날 바라보았다.

역시 기억하지 못하는 거 같구만. 데비드의 말이 옳았어. 시선을 데비드에게로 돌리니 의외로 이 녀석은 아직까지 무릎을 꿇고 있는 캐더린을 바라보고 있는 중이었다. 그래, 안쓰럽더냐? 하지만 캐더린은 너무 지나쳤다고. 나에게 도움을 요청하려면 적당히 선을 그어야지. 내 후궁 행세는 있는 대로 해 사방을 휘저어놓고 슬그머니 빠져나가? 귀족 여자들은 다 이따위냔 말야. 비록 그 일편단심이 귀엽기는 하지만 말이다.

"기억하지 못하는 모양이군."

내 말에 그녀의 얼굴이 발그레해졌다. 무슨 의미인지 놀라서 어쩔 줄 몰라 하는 것이 알만 하다. 하기야 열한 살, 일곱 살짜리가 뭘 알았겠나. 게다가 사방이 온통 낯선 이들뿐이어서 매일 울기나 했을 텐데. 나도 그나마 지나칠 정도로 자상한 도노반이 옆에서 기억했기에 망정이지.

"다들 나가 있어."

내가 손짓하자 코델리아가 눈짓을 하며 시녀들을 내몰았다. 곧 나와 카치아 이외에 데비드와 캐더린만 남게 되었지만 무릎을 꿇은 채 일어서지 않는 캐더린 때문에 데비드도 움직이지 않았다. 나도 그들이 있든 말든 신경 쓰지 않았다.

"카치아나, 에이리아는 기억을 못 하는 것 같은데 그대들은 당시에 너무 어렸어. 물론 나는 결혼이 뭔지는 희미하게 알고 있었지."

카치아는 내 말의 의미를 떠올리고는 뺨을 다시 붉혔다. 아니, 뺨이 아니라 목덜미 전체가 빨개졌다.

"항상 울고 너무나 어리고 약하니까 내가 먼저 말했었지."

나는 피식 웃었다. 바람둥이에게도 기본 예절이 있는 법이다.

"그대들이 청하지 않는 이상 나는 억지로 침실에 들지 않겠다고 약속했었어."

"아!"

카치아는 그제야 깨달았는지 입을 벌렸다. 그 말에는 캐더린도 놀란 기색이었다.

새빨개진 카치아를 보고 나는 히죽 웃었다.

"그런데 그대들은 까마득히 잊어서 나를 청할 생각은 전혀 하지 않더군. 그래서 나도 그냥 모른 척했지. 그래도 날 원망할 텐가?"

"저, 전하!"

내 말에 데비드는 속으로 혀를 차는 듯 슬그머니 미간을 찌푸렸다. 하지만 입가에 떠오르는 그 음흉한 미소를 숨기진 못했다. 그래, 네 말이 맞다, 이 곰팅아!

카치아는 어쩔 줄을 모르고 일어나 나에게 한 걸음 다가섰다. 하지만 그 다음은 어떻게 할 줄을 모르고 찻잔을 들고 있는 나를 향해 어정쩡한 자세를 취할 뿐이었다. 아아, 숫기도 없지. 보통 이 정도라면 여보 하면서 내 품 안에 뛰어드는 정도는 해야 하는 것 아닐까.

"그 발치의 캐더린을 용서할 건가?"

내가 아예 카치아가 캐더린을 잊고 있는 거 같기에 주의를 주자, 그녀는 놀라 뒤를 돌아보았다. 캐더린은 무릎을 꿇은 채 아직도 그대로 있는 중이었다. 카치아는 황급히 캐더린의 앞으로 가서 그녀의 어깨를 잡고 부축해 일으켜 세웠다. 좀 비틀거리는 그녀를 부축하며 카치아가 작은 소리로 말했다.

"용서해요. 그대가 우리들에게 했던 그 모진 말들 모두 다."

"감사합니다, 궁비 마마."

캐더린의 얼굴은 파리하게 굳어 있었다. 그녀도 남에게 무릎 꿇는 일이 생전 벌어지리라고는 상상도 못했던 것이 틀림없다. 아버지를 공작으로, 그것도 소드 마스터로 둔 공작 영애가 남 앞에서 비록 궁비라고는 해도 무릎을 꿇게 될 줄은 몰랐을 것이다.

"한편으로는 감사해요, 캐더린 헤이스 양."

"에?"

난데없는 카치아의 말에 캐더린은 눈을 크게 떴다.

카치아는 눈물 가득한 커다란 눈으로 웃었다. 비에 젖은 장미처럼 아름다운 표정이다.

"만약 캐더린 양이 모질게 나를 질책하지 않았다면 나는 내가 뭘 잘못하고 있는지, 뭘 잊고 있는지조차 모르고 있었을 거예요. 그대가 나를 깨우친 거예요."

"아!"

그 말에 캐더린은 입을 벌렸다.

카치아는 캐더린을 덥석 끌어안았다. 얼결에 끌어안긴 캐더린은 나와 데비드를 바라보며 이 상황을 설명해 달라는 듯 눈으로 구원을 요청했다. 그 눈길에 나도, 데비드도 히죽 웃어주었다.

"이제 죽느니 들거나 하지 않겠어요, 캐더린. 그대 말이 맞아요. 스스로 강해지려고 노력하지 않는 나약한 자들은 경멸받아 마땅해요."

카치아의 말에 멍청해 있던 캐더린이 갑자기 활짝 웃었다. 맨 처음 보았던 그 자신만만하고 앙칼진 표정이 되돌아왔다.

"좋았어요! 바로 그거야! 그런 바보 같은 행동은 하지 말아요, 궁비 마마!"

캐더린이 마치 남자처럼 카치아의 등을 툭툭 치며 호탕하게 말하자 데비드가 옆에서 주의를 주었다.

"캐.더.린."

그 말에 움찔하며 캐더린은 내 눈치를 보았지만 내가 여전히 웃으며 찻잔을 들고 있는 것을 보자 다시 앙앙대는 자세로 되돌아왔다.

"이제 여자끼리의 우정이 생긴 건가요, 1궁비 마마?"

"네, 그래요. 밀톤 백작부인."

"어, 어마나! 어마마, 오호호호호호! 아, 알아버리고 말았네요. 하지만 아직 식도 올리지 않았는데 백작부인이라니. 오호호호호… 미, 민망하네요."

민망하기는. 입이 찢어져 호호하하 웃는 것이 눈에 보인다.

캐더린이 빨개진 얼굴로 하하 웃는 것을 데비드는 멍하니 바라보고 있었다. 물론 캐더린은 완전히 데비드를 무시하고 있었다.

"미, 밀톤 백작부인이라니? 캐, 캐더린?"

이윽고 그는 대체 어떻게 된 거냐는 듯 나를 바라보았다. 데비드는 내가 그저 에스코트나 하란 의미로 알아들었었나 보다. 어이, 미안하군. 하지만 이 앙칼진 아가씨의 사랑을 받는 것도 꽤나 행복할 거란 생각이 들진 않나? 캐더린은 성미가 드세서 그렇지 절세미녀라고. 너의 그 둔탱이 같은 평범한 외모로 절대 꼬실 수 없는 절벽 위의 꽃이야. 그런 꽃께서 스스로 와 떨어져 주시겠다는데 남자된 도리로 그런 표정을 지으면 안 되지. 안 되고말고. 게다가 용모로 따지나 지위로 따지나 어디 자네가 그 화려무쌍한 세클리어 녀석을 이길 수 있겠어?

오죽하면 세클리어 놈은 자신이 진짜 적이 데비드라는 것도 모르고 있겠냐. 하기야 알았으면 가만있었을 리가 없지. 그나마 나니까 세클리어가 그 정도로 끝났지. 가만있자, 결국은 저 앙칼진 아가씨가 날 방패막이로 잘 이용해 먹은 셈이구만. 허허.

Chapter 9

"전하, 정말 근사합니다!"

도노반이 또 한 번 울렁거리는 눈빛으로 날 바라보며 탄성을 터뜨렸다.

"……."

나는 거울 앞에 서서 한심한 표정을 지은 채 팔짱을 끼었다. 자줏빛 벨벳의 가운에, 금빛 벨트 버클, 거기에 바지는 검은 공단. 번들번들 빛을 발하는 것이 매우 우습다. 덕분에 다리가 무척이나 가늘어 보였지만 그와 반대로 어깨는 넓어 보인다. 그렇군, 이래서 옷을 어떻게 입느냐에 따라서 체형까지 달라 보이는 거군.

"전하는 어떤 것을 입으셔도 잘 어울리시지만 역시 위엄과 고상함을 보이시려면 벨벳이 최고지요!"

콧수염을 기른 재단사―왕실 재단사―가 손바닥을 비비며 만족한 미소를 지어 보였다.

"전하께서 입으신 옷은 전부 유행의 첨단이 됩니다. 몇 달 전 황후 마마 탄신 연 때 입으신 검은색 벨벳 가운은 젊은 귀족들 사이에서 엄청난 인기를 누렸지요."

"그래서 돈 좀 벌었는가?"

내 질문에 재단사가 콧수염이 무너지도록 웃음을 지었다.

"물론입죠. 제가 전하께 얼마나 감사를 드리고 있는지 모릅니다!"

"그럼 좀 깎아주게나."

내 말에 웃음을 터뜨린 재단사는 엄숙하게 고개를 저었다.

"예술 작품 앞에서 그런 말씀을 하시면 안 됩니다. 격이 떨어집니다, 전하."

"난 격이 떨어지는 것보다는 단가를 떨어뜨리는 쪽이 더 기쁘다네."

"훌륭하십니다, 전하."

다시 도노반이 눈을 빛내며 박수를 쳤다.

그 모습에 재단사가 한숨 쉬며 말했다.

"알겠습니다. 하지만 청구서 액수를 줄일 수는 없으니 선하의 옷에 어울릴 장신구 한 벌을 그냥 디자인하겠습니다."

"좋은 걸로 하게."

"너무하십니다. 제국의 황태자 전하께서! 이 가난한 재단사를 이토록 괴롭히시다니."

"나는 자네의 고객이자 모델 아닌가? 모델비 정도는 받아야겠지."

옆에서 시중을 들던 세실과 론이 낮게 웃음을 터뜨렸다.

예전과 달리 론과 세실의 얼굴은 편안했다. 부드러운 표정이 돌아와 훨씬 더 자연스러운 태도였다. 물론 내가 도노반을 두꺼비로 만들었다는 사실을 잊고 있는 것은 아니겠지만 최소한 내가 사람을 두꺼비로 만드는 취미는 없다는 것을 깨달은 모양이었다.

세실은 내가 입은 바지의 단을 조정하고 있는 중이었다. 재단사는 자신의 시종들을 부리며 내가 입을 옷을 한 벌 더 내왔다. 이번에는 은색과 백색이 뒤섞인 끔찍한 형태다.

"농담이겠지?"

내가 금빛, 은빛, 거기에 기본은 백색 공단인 엄청난 튜닉과 백색 셔츠를 보고 기겁을 하자 소드 마스터 몇 명은 구워 먹을 듯한 표정을 한 재단사는 세차게 고개를 끄덕였다.

"무슨 말씀을! 전하께서! 이 위대한 제국의 황태자 전하께서 황태자비 간택 무도회에서 입으실 옷입니다! 누구보다도! 어느 누구보다도! 강하고! 아름답고! 우아하며! 근사하고! 또한 위엄과 매력이 넘치고 흘러야! 하는 법입니다. 주변 인물들을 완전히! 완벽하게! 빈틈없이! 압도해야 하는 것입니다! 알겠습니까? 전하! 전하께서는 이번 무도회의 주인공이자 주인이며 이 무도회를 압도해야 할 강력하고도 강력한 매력을 홀 전체! 여성 전체! 아니, 젊은이들 전체에 풍기셔야 합니다!"

"……."

핏대를 세우며 말하는 재단사를 한동안 나는 침묵 속에 바라보았.

열변을 토하는 재단사의 눈빛이 이글이글 타오르기에 나는 순간적으로 화염구를 상상했다. 그러자 정말로 재단사의 등 뒤 공간 한쪽이 일그러지며 불꽃이 생겨나는 게 아닌가!

'서, 설마? 정말 화염구가 나오는 거냐?!'

나는 황급히 생각을 지우고 다른 생각을 하기에 힘썼다.

'양 하나, 양 둘, 양 셋!'

다행히 일그러지던 공간이 제자리를 되찾고 이글대던 마나량이 가라앉았다. 하지만 내 바로 옆에 서 있던 도노반은 그것을 보았다. 그의 얼굴이 새파랗게 질리더니 내 귓가에 대고 속삭였다.

"설마 하니 저 재단사를 산 채로 불태우실 생각이었습니까?"

"아니."

나는 고개를 세차게 저었다.

하지만 도노반은 믿지 않는 듯 재빨리 손뼉을 쳤다.

"자아, 재단사! 전하께선 할 일이 많으시네. 나머지는 자네가 알아서 하도록 하고 이만 물러가게."

"하지만 시종장님, 아직 열다섯 벌이나 남아 있습니다."

물정 모르는 재단사가 항의를 해왔다. 하지만 도노반은 굳은 얼굴로 그를 잠시 바라보았다. 그것만으로도 움찔한 재단사는 깊숙이 내게 절을 하고는 물러섰다.

"백색으로 하겠습니다. 전하, 그럼 나중에 뵙겠습니다."

"절대 검은색으로 해!"

"에? 검은색이라니요! 이 화려한 무도회에서 어찌 검은색을!"

"검은색이다! 내겐 검은색이 어울려!"

내가 재단사를 노려보자마자 도노반이 황급히 내 앞으로 한 발자국 나서며 마치 벌레를 쫓듯 손을 내저었다.

"전하께서 하시겠다면 너는 하는 거다. 재단사, 자아, 어서 물러가거라. 검은색의 예복을 만드는 거다!"

"시, 시종장님……!"

우는 얼굴이 된 그에게 도노반은 턱을 치켜세운 채 문 쪽으로 턱짓을 했다. 그러자 문가에 서 있던 시종들이 재빨리 문을 열었고 다른 시종들은 재단사가 널어놓은 옷가지들을 재빨리 옷 상자에 넣기 시작했다.

한동안 패닉에 싸여 있던 재단사는 주먹을 꽉 쥐며 진지하게 말했다.

"알았습니다. 전하! 제국 제일의 재단사인 제게 어찌 불가능이 있겠습니까? 전무후무한 검은색의 예복을 만들어 올리겠나이다!"

웅변조로 연설한 재단사가 깊숙이 인사를 하고 물러 나갔다.

그가 나가자마자 도노반은 한숨을 푸욱 내쉬더니 내 쪽으로 몸을 홱 돌렸다. 아아, 정말 뜨거운 눈빛이로다.

"전하! 불꽃을 피우시다니오! 마법을 쓰신다 하더라도 저런 가엾은 자를 향해 내갈기진 마십시오. 비록 짜증나는 인간이긴 해도 산 채로 태워질 정도의 사악한 죄를 짓지는 않았습니다."

도노반의 힐난에 나는 멋쩍게 웃었다.

"고의가 아니었다니까 그러네."

그나저나 이제 마법을 어떻게 쓰는지 알 만도 하다. 하지만 정말 이렇게나 마법이 쓰기 쉬운 것이었나? 이상도 하지. 마족과 계약을 맺기 전에는 길고도 긴 주문을 영창하며 진땀 흘리는 게 마법사일 터인데.

나는 고개를 설레설레 내저었다. 아무리 천재라 해도 이건 좀 이상하네.

"그나저나 취향이 많이 바뀌셨습니다. 전에는 청색과 금색의 벨벳을 즐기셨는데 검은색이라니요. 하기야 전하의 검은 머리와 눈에는 어울리긴 합니다만 예복은 밝은 색을 입는 것이 정설이라서."

도노반의 말에 나는 희미하게 웃었다.

"미안하지만 나는 검은색이 좋군. 전에 내가 청색과 금색을 좋아했다고?"

"그렇습니다."

"그래서 옷장 안은 물론이고 방 안 전체가 온통 금색과 청색, 자줏빛으로 뒤범벅이었군."

나는 혀를 찼다. 그렇다고 해서 온통 검게 방 안을 바꿀 생각은 없지만.

"산책이라도 하시겠습니까? 아직 오찬까지는 시간이 남아 있습니다. 오찬에 있는 약속은 다른 왕자 분들과 공주 분들과 함께입니다만 취소하셔도 괜찮으실 겁니다."

"아니, 취소는 안 하지. 일단은 형제들을 만나봐야 하니까."

내 말에 도노반이 안심한다는 얼굴로 고개를 끄덕였다.

"좋은 말씀입니다. 요즘 전하께서는 정말 훌륭한 행동만을 하십니다. 튀어나올까 봐 걱정스런 마법만 아니라면 정말 저는 행복합니다, 전하."

"자네를 행복하게 해주고 있다니 기쁘구만."

대체 전에는 어느 정도였기에!

"안녕하십니까?"

난데없이 말을 걸어온 것은 붉은 머리칼의 남자였다. 삼십 대 초반으로 보이는 남자는 나와 비슷한 키에 조금 더 두터운 듯한 근육질의 체구를 가지고 있었다. 햇볕에 탄 갈색 피부나 호사스러운 붉은 벨벳이 어울리면서도 꽤나 험악한 일들을 많이 겪은 듯한 갈색 눈동자가 묘하게도 연륜을 느끼게 했다.

낭패다. 데비드를 놔두고 혼자 정원을 산책하던 중이었다. 즉, 눈앞의 이 남자가 누구인지 가르쳐 줄 사람이 없다는 것이다. 나는 전혀 알지도 못하는 남자를 황궁의 내 정원에서 소개도 없이 만난다는 불상사를 당하고야 말았다. 아무리 봐도 이 남자는 보통 남자가 아닌 것으로 보이는데 여기서 뭐라고 말해야 잘 넘어가려나.

"저어, 수상한 사람은 아닙니다. 단지 사람을 찾고 있을 뿐입니다."

"누구를?"

내가 하도 물끄러미 관찰해서 그런지 남자의 얼굴이 약간 굳었다. 노련해 보이는 눈빛이 뭔가 묘하게도 낯익었다.

"록그레이드 팰러스 황태자 전하를 찾고 있습니다."

"왜?"

나를 왜 찾아?

내가 속과 겉으로 동시에 묻자 남자는 다소 미간을 찡그렸다. 그는 아마도 내가 자신의 정체를 몰라서 말을 안 한다고 믿었는지 요란한 궁정식 인사로 살짝 무릎을 굽혀 보았다.

"실례했습니다. 먼저 제 이름을 밝히는 게 순서이겠지요. 전 타이레논 레즐러라고 합니다. 퓨선 왕국에서 작위를 받았습니다."

퓨선 왕국이라면 남쪽 끝의 섬나라다. 황금과 진주로 꽤나 부유해서 누구든지 탐내지만 엄청난 전력이 있다 해서 아무도 함부로 침공하진 못한다는 나라. 강한 해군—정확히 말해 들끓는 해적 떼—과, 소드 마스터 형제들이 산다는 나라다. 어라라? 그리고 보니 소드 마스터 형제들의 이름이 레즐러라 했던 거 같은데?

"퓨선의 레즐러 후작가의 사람인가?"

내 질문에 그는 미소를 지어 보였다. 자신만만해 보이는 미소다.

눈빛이 뭔가 낯익다 싶었더니 이 남자가 소드 마스터이기 때문이었다. 게다가 호기심 왕성, 기운 왕성, 거기에 노련미가 철철 넘치는 걸 보니 실전 경험도 풍부하겠군.

"타이레논 레즐러라… 럼, 레즐러 가문의 대(大)레즐러 후작인가?"

"맞습니다, 제가 형이 됩니다."

그의 얼굴에 나도 마주 고개를 끄덕였다.

퓨션 왕국의 레즐러 후작가에 두 명의 소드 마스터가 있는데, 그중 첫째 아들이 타이레논 레즐러. 둘째가 마제이턴 레즐러다. 둘 다 후작위를 받아서 모두들 형 쪽을 대레즐러라 불렀다. 이 형제가 바로 퓨션 왕국을 지키는 두 축 중에 하나인 것이다.

"실례지만, 귀인의 성함을 물어도 되겠습니까?"

궁정 예법과 조금 어긋나긴 하지만 그래도 노련한 어투 때문인지 전혀 거북하게 느껴지질 않는다. 하기야 이 남자가 풍기는 위압감 때문에라도 웬만한 사람은 기분이 상하지 않을 것이다.

"록그레이드 팰러스."

"아, 역시."

타이레논이 이번에는 깊게 고개를 숙였다. 그의 목덜미는 궁정에서 흔히 보는 귀족들과 달리 검붉게 타 있었다. 역시 바다에서 날뛰는 해적왕다운 느낌이다.

"전하의 편지를 받고 얼른 달려왔습니다."

하얗게 이를 드러내며 웃는 그는 굉장히 호감 가는 모습이었다. 거칠 것 없는 굵직하고 시원한 목소리에 무엇보다 전혀 음흉한 느낌이 없는 맑은 눈. 궁정에서는 거의 볼 수 없는 타입의 남자였다.

"편지?"

내가 편지를? 아, 자, 잠깐! 내가 왜 이 남자에게 편지를 썼단 말인가!

가슴이 철렁했다. 내가 모르는 사이에 또 무슨 일이 벌어진 건가? 왜 이 외국인에게 내가 편지를 썼다는 말이냐! 그것도 소드 마스터인 국보급 인물에게?

"전하께서 대련을 해보자고 보내셔서 가슴이 뛰었답니다. 소드 마스터끼리 대련을 원하는 사람은 거의 없었기에 저는 정말로 감격했습니다!"

대, 대, 대려어어언?

유판드리아 대륙 내 소드 마스터는 모두 열두 명이다.

그중 다섯 명이 펜게이드 제국인이었다. 물론 나와 필립 헤이스 공작, 빈센트 데블린 후작이 있고, 평민 출신인 용병대장 레시언 위본, 어둠 속의 소드 마스터라 불리는 암격왕 대럴 켄이 있다.

소드 마스터의 전력이 보통 보병 오백여 명, 기병 백여 명에 해당한다고 볼 때 제국의 군사력은 막강한 것이다.

제국 외에 남서쪽에 위치한 시그린 왕국의 검왕 파르아딘 12세가 있다. 시그린 왕국은 화타리아 공국의 공자였던 시그린드 화타리아가 공위 계승 전쟁에 밀려서 남부로 내려가 세운 왕국이다. 그 풍부한 전력(戰歷) 때문에 시그린 왕국의 왕자들은 대단한 솜씨들을 지니고 있었는데 마침내 파르아딘 12세의 시대에 와서 소드 마스터 국왕을 갖게 된 것이다. 파르아딘 12세는 나이 서른네 살에 소드 마스터가 되었다고 한다.

시그린 왕국과 면한 나라, 로뎀 연합국은 주로 상인들이 연합해 만든 상업국인데 고용한 용병들 이외 각 길드 마스터들이 보유한 사병들만 해도 만만치 않은 숫자다. 역시 뭐니 뭐니 해도 가장 힘있는 것은 돈인 법. 로뎀의 소드 마스터는 다른 나라에서 볼 수 없는 두 명의 여성 소드 마스터를 보유하고 있었다. 아무래도 로뎀이란 나라 자체가 다른 나라와 달리 여성의 지위를 보장하고 있기 때문인 모양이다. 그녀들 차이나 텅, 조애너 메이슨이라는 두 명의 여성 소드 마스터가 등장했기 때문에 대륙사 전체가 바뀌었다. 소드 마스터는 육체적 조건 때문에 여자는 될 수 없다는 고정관념을 완전히 깨버린 것이다.

로뎀 연합국의 남부, 찌는 듯한 사막의 나라인 리베이드 왕국에는 페논 가비라 검공(劍公)이 있다. 리베이드는 사막이라는 특성상 여러 부족의 연합국인데 신의 사자라고 하는 렘 타이슨 1세가 불현듯 나타나 이 서른두 개나 되는 사막 부족을 하나로 연결해 왕국을 세웠다. 페논 가비라는 올해로 나이 칠십이 넘었지만 소드 마스터답게 중년으로밖에 안 보이는 노련한 검사로 널리 알려져 있었다. 아마 대륙 내에서 가장 전투 경험과 연륜이 풍부한 소드 마스터일 것이다.

소문에 따르면 그가 키우는 제자가 열다섯 명, 최소한 이십 년 안에 그중 적어도 두 명의 소드 마스터가 탄생할 거라는 의견이 지배적이었다. 따라서 대단한 전력을 가지고 있다고 할 수 있다.

에그린 왕국, 시그린 왕국, 섬나라 퓨션 왕국 이 3국을 잇는 상업 거점을 가진 도시 국가인 펠잔은, 그 명성만큼이나 부유한 평민들의 나라다. 얼마나 부유한지 이 도시 국가에서는 거지를 볼 수 없다고 할 정도다. 금분을 입힌 벽돌과, 은가루를 섞은 화장품을 평민들이 쓰는 이 콩알만한 나라의 소드 마스터는 펠잔의 거상(巨商) 베지터 라다. 베지터라는 상인의 아들답지 않게 어려서부터 검술에 탐닉했다가 말 그대로 도산해 알거지가 되었다고 한다. 수치심을 느낀 라 가문이 그를 파문

시켰을 때, 그는 익혀온 검술 하나만 믿고 용병이 되었다. 그리고 뛰어난 검술 실력과 잘 돌아가는 상술로 마침내 오백여 명의 용병단의 단장이 되었고 그 용병들을 이용한 새로운 사업을 시작했다. 그리하여 돈과 권력을 동시에 갖춘 펠잔의 신화가 된 것이다. 라 가문에서는 파문했던 그에게 무릎을 꿇고 용서를 구했으며 그저 베지터라 불렸던 그는 결국 성을 다시 되찾았다. 하여간 이 인물도 입지전적인 인물이 틀림없다. 올해 나이 62세라 전해진다.

그리고 퓨전 왕국의 두 소드 마스터 형제는 그것만으로도 사람들의 관심을 한몸에 받고 있었다. 이유인즉슨, 왕국의 오래된 가문인 레즐러 가문은 알다시피 해적 집안이었다. 당연히 어릴 때부터 검과 놀며 자라나는데 이 집안에서 꼭 당대 한 명씩의 소드 마스터를 배출시켰다. 소드 마스터가 유전될 수도 있다는 묘한 선례를 남겼기 때문에 이들 가문의 본을 받아 모든 왕국들이 소드 마스터에게 자신의 딸을 넘겨 아이를 얻으려는 악습을 남겼다.

하지만 소드 마스터들의 자식들이 다 소드 마스터가 되는 건 결코 아니다. 앞에서 말한 70살이 넘은 노검사 페논 가비라에게는 열두 명의 아들과 서른일곱 명의 손자, 그리고 백여 명의 증손자가 있지만 그들 중 누구도 소드 마스터의 재질을 갖고 있지는 않았다. 그들만이 아니라 파르아딘의 아들과 손자들도 소드 마스터는 아니다. 베지터 라 역시 소드 마스터 자식들을 갖지 못했다. 제국의 소드 마스터 필립 헤이스 공작이나 빈센트 데블린 후작의 자식들 역시 소드 마스터와는 거리가 멀다.

어쨌든 그 때문에 이 레즐러 가문은 정말로 전설적인 가문이었다. 특히 당대에는 더하다. 한 가문에서 거의 동시에 두 명의 소드 마스터가 나온 것이다. 그것도 친형제 소드 마스터다. 타이레논 레즐러와 마제이턴 레즐러. 겨우 올해 마흔두 살, 마흔세 살의 연년생 형제 소드 마스터가 탄생해 버렸다.

 물론 그 모든 소문을 잠재운 나, 록그레이드 팰러스가 있다. 왜냐고? 나이 열다섯 살에 소드 마스터가 된 인물은 없었다. 말 그대로 전무후무. 대륙 검사(劍史)를 다시 썼다.

 어쨌든 소드 마스터는 서로 대련을 하지 않는다고 유명하다. 소드 마스터는 다시 얻기 힘든 국가적인 보물이다. 따라서 소드 마스터 한 명을 잃는 것은 일반 병사 천 명을 잃는 것과 마찬가지의 심각한 손실이다. 그런 귀한 소드 마스터를 맞대련 시켜서 둘 중 하나만 죽어도 끔찍하다. 아니, 안 죽는다 해도 오러 블레이드를 휘둘러 대는 데 아무리 소드 마스터라 해도 인간이다. 안 다칠 리가 없다. 오러 블레이드는 한 번 발동되면 말 그대로 뭐든지 다 끊어버린다. 따라서 생채기 한두 개로 끝날 수는 없는 것이다.

 그런 소드 마스터끼리의 대결을 알고도 가만있을 나라는 절대로 없다. 소드 마스터도 대결 자체를 꺼린다. 그런데…….

 이 미친놈, 록그레이드라는 황태자 놈이 기어코 사고를 쳐?!

 나는 물끄러미 붉은 머리의 타이레논 레즐러를 바라보았다. 그 역시 미소를 눈에 담고 날 바라보고 있었다. 바람이 산들산들 그와 나 사이를 스치고 지나갔.

 편지를 보내 대련해 보자고 청한 나도 미친놈이지만 그걸 응하겠다고 여기까지 온 이 타이레논이란 놈도 미친놈이 분명하다.

 내 시선을 이해했는지 타이레논이 빙긋 미소 지으며 입을 열었다.

"소드 마스터라고는 해도 호승심이 없을 리가 있겠습니까? 저도 고국 내에서는 제 동생과도 대련은 하지 않습니다. 하지만 대체 누가 더 강한지 알고 싶은 마음이야 굴뚝같지 않겠습니까? 대륙 내 소드 마스터는 열두 명이지만 그 실력 차가 어느 정도 되는지 아는 사람은 아무도 없습니다. 소드 마스터끼리의 대련은 금기 사항이니까요."

그의 눈이 열기를 띠고 날 바라보았다.

"그런데 대륙 내 최연소 소드 마스터인 전하께서 각 대륙의 소드 마스터에게 편지를 띄워 대련을 청하셨지요. 그 편지를 읽고도 피가 끓지 않았다면 남자가 아닙니다."

"……."

대륙 내 소드 마스터 전원에게 편지를 날려? 전부에게 편지를 날려 대련을 청했다고?

맙소사! 미친 것 정도가 아니구만!

이글이글 타오르는 눈빛의 타이레논은 나이답지 않은 순수한 눈으로 나를 뚫어져라 바라보았다. 산 채로 꿰뚫을 거 같은 무시무시한 눈빛이었다.

"이런 대담한 제안을 하신 전하를 하루라도 먼저 보고 싶어 무례를 범했습니다. 록그레이드 전하! 지금 뵈오니 과연 대단한 기운을 가지고 계시는군요. 어린 나이에도 불구하고 놀랄 정도로 노련한 기운을 가지고 계십니다."

그가 그렇게 열렬하게 말하는 동안 사방이 슬슬 시끄러워지기 시작했다. 정원을 순찰하던 병사들이 낯선 얼굴을 발견한 것이다. 더욱이 그들은 나와 마주하고 있는 상황에 더 혼비백산했는지 거의 쉰 소리로 고함을 질러대기 시작했다.

"침입자다!"

"전하, 무, 물러서십시오!"

"침입자다!"

사방이 호루라기 소리로 뒤덮였다. 모두 당황한 표정에 어쩔 줄 몰라 하는 것을 보니 이 남자, 역시 몰래 황궁에 숨어 들어온 것이 분명하다. 하기야 내가 눈치 채지 못했을 정도이니 일반 기사들이 어떻게 그의 존재를 알아차렸겠는가. 게다가 이 남자는 너무나 태연자약해서 아무리 봐도 불법 침입자로는 도저히 보이지 않는다. 생각해 보니 내 전용 정원에 시종이나 안내인도 없이 불쑥 나타났다는 것 자체가 정상이 아닌 것이다. 물론 기억을 잃고 있는 나는 몰랐지만.

"전하, 그럼……."

그가 막 인사를 하고 사라지려는 순간, 나는 손을 들었다.

안 그래도 사방에서 기사들이 이 난데없는 침입자 때문에 새파랗게 질려 창칼을 들이대고 있는 상황이다. 그대로 그가 사라진다고 해도 칼부림이 전혀 없을 수는 없다.

"여기까지 들어왔는데 그대로 가실 수야 있소?"

내 말에 그가 싱긋 웃었다. 정말 호감 가는 남자다.

"내 궁에 객실을 내드리겠소. 설마 하니 퓨션의 소드 마스터께서 왕림하셨는데 박대할 수야 있나? 내 최고의 손님으로서 기꺼이 초대하겠소."

"감사합니다, 전하."

그는 방긋 어린애처럼 순진하게 웃었다.

"사실은 그걸 믿고 여관에도 투숙하지 않은 채 이리로 곧장 왔답니다."

"돈은 아끼는 게 좋겠죠."

내 말에 그는 배를 움켜쥐고 웃음을 터뜨렸다.

자알 웃는 작자로다.

"이분은 퓨션 왕국의 소드 마스터인 타이레논 레즐러 후작이란다."

"아, 안녕하시오."

"안녕하세요?"

아이들은 솔직히 말해 대단히 귀여웠다.

동생들과의 오찬에 타이레논을 초대한 것은 분위기를 좀 알아볼까 싶어서였다. 사실 나는 도무지 이 아이들에 대해 아는 것도, 기억나는 것도 없다. 도노반이나 데이비드는 그냥 내가 귀여워만 했다고 하는데 왕자, 공주인 아이들을 어떤 방식으로 내가 귀여워했을까? 여염집 아이들처럼 끌어안고 부비적거릴 리는 없을 테고 말이다.

하지만 내가 점심이 차려진 길고도 긴 테이블의 주인 자리에 앉으려는 순간 어색함은 사라졌다.

"큰 형님!"

작고 작은 금발 머리의 펠로그란드가 두 팔을 벌리고 나를 덥석 끌어안았던 것이다. 물론 정확히 말하면 내 무릎을 끌어안았다. 한편으로는 기쁘고, 한편으로는 무척이나 안심이 되어 나는 조그만 펠로그란드를 안아 올린 채 자리에 다시 앉았다.

그제야 아이들 얼굴을 하나씩 살펴보았다.

검은 머리는 하나도 없었지만 이목구비는 나와 닮은 데가 있는 듯도 했다.

에머리아 공주, 그리고 세크리드 엔델 왕자, 펠로그란드 에월 왕자,

세 명의 아이들은 말 그대로 깨물어주고 싶을 정도로 예뻤다. 에머리아는 이미 숙녀 티가 물씬 나는 금발 머리의 미소녀였는데 나를 보자 활짝 웃는 모습이 정말 끌어안고 싶을 정도였다. 메타니아는 아직 요람에 누워 있기 때문에 나오지 못했고, 네 살이 채 안 된 펠로그란드가 대신 나온 것이다. 세크리드도 수줍은 듯 미소를 띤 것이 인형처럼 예뻤다.

"음, 퓨전 왕국은 남쪽에 있는 섬이라고 배웠어요. 맞지요, 오라버니?"

"맞다."

발갛게 뺨을 붉힌 에머리아가 반듯한 자세로 타이레논에게 눈을 맞추며 물었다. 타이레논은 이 예쁜 애들을 보고 한껏 미소 짓고 있었다. 어쩌면 이만한 또래의 아이들이 있는지도 모른다.

"소드 마스터는 대단한 거죠, 형님?"

눈을 동그랗게 뜨고 세크리드가 물었다. 겨우 다섯 살밖에 안 된 주제에 말투는 정말로 반듯하다. 짙은 밤색 머리칼을 한 세크리드는 커다란 녹색 눈으로 나와 타이레논을 번갈아 보더니 궁금하다는 듯 물었다.

"그런데 형님도 소드 마스터잖아요? 그럼 누가 더 세요?"

"그걸 이제 곧 알아볼 참입니다, 어린 전하."

타이레논이 천연덕스레 대꾸했다. 그러자 에머리아가 눈을 크게 뜨고는 물었다.

"어마? 어떻게요?"

"대련을 하면 알 수 있지요."

"말도 안 돼! 오라버니는 제국의 황태자라고요! 절대로 아바 마마께서 허락하지 않으실 거예요!"

눈이 커진 에머리아의 말에 나도 모르게 식은땀이 흘렀다.

아, 그런 문제가 또 있었군. 그뿐만이 아니라 황후도 절대로 허락하지 않을 것이다.

"그야 아름다운 공주님께서 가만히 입을 다무신다면 아무도 모르실 겁니다."

"……."

이 늑대놈.

나는 잠시 타이레논이 에머리아를 꼬시는 게 아닌가 의심했다. 소드 마스터는 나이를 잘 먹지 않는다. 눈앞의 타이레논도 사십 대 중반이지만 얼굴로만은 삼십 대 초반의 얼굴이다. 나 역시 잘 봐줘야 이십 대 초반의 얼굴. 아마 칠십여 세라는 페논 가비라도 잘 봐줘야 오십 대의 얼굴을 하고 있을 것이다. 그러니 에머리아가 결혼할 나이가 되어도 이 작자는 이 얼굴 그대로일 것이 뻔하다. 에머리아가 호호 할머니가 될 때면 그제야 이 남자도 호호백발이 될 테니 나이가 들면 들수록 외견상의 나이는 비슷해질 것이다.

소드 마스터는 마나를 유형화시켜 구현할 정도의 능력을 가지고 있기 때문에 육체의 재구성 효과가 일어난다. 완전히 머리끝부터 발끝까지 새로워지는 것은 아니지만 보통 사람보다 더한 활력과 체력, 명료한 정신을 유지하게 된다. 따라서 당연히 덜 늙는다는 이야기다.

"하지만 안 돼요!"

그러나 에머리아는 강력했다.

"오라버니가 자칫 다치기라도 하면 큰일인 걸요. 소드 마스터끼리 싸우는 것은 금기라 배웠어요. 아니, 또 당연히 문제라고 생각되네요."

"어째서요?"

재미있다는 듯 타이레논이 날 제치고 빵을 뜯으며 묻는다. 이봐, 꼬시지 말라니까.

"레즐러 후작, 이것은 우리 오라버니를 위해서만이 아니고 후작을 위해서이기도 해요. 당연한 말이지만 퓨션의 소드 마스터가 아무리 두 명이라 해도 후작이 다치거나 폐인이 되면 퓨션의 소드 마스터는 한 명으로 줄게 되지요. 하지만 제국의 소드 마스터는 오라버니가 크게 다치게 되어도 네 명이라고요. 게다가 오라버니는 불구가 되어도, 또 검을 못 쓰게 되어도 여전히 황태자이고 다음 대의 황제이시겠지만 후작은 분명 퓨션 왕국에서 크게 문제시 될 것이 뻔한 이야기예요."

"허어."

감탄한 듯 타이레논이 나와 에머리아를 번갈아 보았다.

외국인에게 길게 말해 본 적이 그다지 없던 에머리아는 조금 부끄러운 것인지 뺨을 붉혔다.

"굉장하십니다, 공주님."

"간단한 문제가 아니에요. 오라버니가 대련을 하는 것은 반대예요!"

에머리아의 말에 나는 쓴웃음을 지었다.

그 생각은 미처 못했군. 그러니 다른 나라의 소드 마스터들에게서 소식이 없는 것도 당연한 일이다. 다른 소드 마스터들은 나라 당 한 명 정도에 불과하다. 그런 유일한 존재들이 별 필요도 없는 싸움에 다치거나 생명을 잃게 되면 그 피해는 정말로 막심하다. 속된 말로 제국에서야 내가 빠져도 네 명의 소드 마스터가 있지만 다른 나라는 아예 소드 마스터를 잃어버리는 것이다. 물론 로뎀에는 두 명의 여자 소드 마스터가 있긴 하지만 말이다.

"하지만 말이죠, 검을 쥔 무인에게는 무인 나름대로의 고집이 있는 법입니다. 평생을 나라에 헌신해 왔으면 자기 고집대로 하고 싶은 생각이 드는 것도 당연하지 않겠습니까?"

타이레논은 자신의 앞에 놓인 와인 잔을 단숨에 들이키며 말했다.

"고집요?"

"소드 마스터는 고독한 자리입니다. 혼자서 뭐든지 처리하고 모든 사람들이 뭔가를 해주길 바라며 하염없이 바라보죠. 문제가 생기면 언제나 그 문제는 소드 마스터의 차지가 됩니다. 조금이라도 잘못 되면 사람들은 소드 마스터나 되는 인물이 일 처리 잘 못했다고 욕을 하고 잘되면 그건 또 당연한 일이라고 하거든요."

타이레논은 미간을 조금 찌푸렸다. 티없이 맑아 보이는 갈색 눈으로 한 점 그늘이 스치고 지나갔다.

"소드 마스터도 사람입니다. 모든 사람들이 매달리는 거, 솔직히 지겹죠."

그 말에는 모두들 침묵했다.

아이들은 거북한지 포크를 딸깍거렸다. 에머리아는 그런 그를 물끄러미 바라보더니 입술을 삐죽였다.

"과연 이기적이네요. 하지만 그래도 기본적인 자유는 있지 않아요?"

"네?"

그런 말을 할 줄 몰랐다는 듯이 타이레논이 에머리아를 바라보자 에머리아는 나와 그를 번갈아 보더니 쏘듯 말했다.

"지겹다고 입에 올릴 수 있을 정도의 자유는 있으시군요. 왕족으로, 황족으로 태어난 자의 부자유함을 알아요? 아무리 공부를 잘해도 당연한 것, 아무리 똑똑해도 당연한 것, 예뻐도 당연한 것으로 여겨요. 아무리 노력해도 남들은 노력한 것을 알아주지 않지요. 수많은 교사와 시종, 시녀들에게 항상 감시받으며 뛰어도 안 된다, 큰 소리를 내서도 안 된다, 액센트를 세게 해도 안 된다, 자세를 바르게 하지 않으면 안 된다……."

에머리아는 생긋 웃었다.

"그런 이야기를 죽도록 들어요. 그리고 막상 무슨 일이 닥치면 물건 팔리듯 휘익 팔려 가는 게 공주예요. 뭐, 왕자는 다를 수도 있겠지만 공주란 건 그런 거예요. 소드 마스터 타이레논 레즐러 후작."

"……."

그 말에는 그도 침묵했다. 나도 침묵했다. 모두 다 침묵했다.

분위기가 딱딱해졌다는 것을 느꼈는지 에머리아는 한숨을 푹 내쉬며 내 쪽을 보았다.

"대련은 안 돼요, 오라버니. 오라버니가 이번 황태자비 간택 무도회 때문에 잔뜩 심기가 불편한 것은 알지만 그건 곤란하다고요."

나는 그 어른스러운 태도에 쓴웃음을 지었다.

과연 공주로 키워진 이 꼬마 숙녀는 너무나 일찍감치 세상을 알아버린 것일까. 묘한 쪽으로 지나치게 조숙하다. 아니지, 내 후궁들도 모두들 나라가 약해 공녀로 바쳐진 존재다. 카치아는 열한 살, 에이리아는 일곱 살. 그러고 보니 바로 에머리아의 나이 때 그녀들은 이곳으로 쫓겨오다시피 한 것이다.

"공주보다는 소드 마스터가 나은 거로군요, 마마."

타이레논이 웃으며 말하자 에머리아는 과장된 웃음을 머금으며 말했다.

"그렇지요. 훨씬 더 낫죠. 어느 나라에서는 소드 마스터에게 공주를 시집보내기도 하지 않나요? 리베이드였던가요? 그 나라에서는 공주 세 명이 모두 소드 마스터에게 시집갔다고 들었어요."

"페논 가비라 공이였지요. 뭐, 소문은 익히 들었습니다."

타이레논은 고개를 끄덕였다.

"그런데 후작은 아직 결혼 안 했어요?"

궁금한 듯 에머리아가 묻자 타이레논이 예의 그 매력적인 미소를 머금었다. 검게 탄 얼굴에 하얗게 드러나는 이가 유별나게 빛난다고 생각한 건 내 지나친 생각인가.

"안 했습니다. 소드 마스터치고 일찍 결혼한 남자는 없지요."

이, 이 아저씨가 지금 누굴 꼬시는 거야? 열두 살짜리 소녀를 정말 꼬시고 싶냐!

"사십 대가 일찍이면 나는 엄청난 게로군."

내가 차마 이 상황을 이어갈 수 없어 끼어들자 타이레논이 큰 소리로 웃으며 대꾸했다.

"전하께서는 이미 후궁 둘을 거느리시고 계시지 않습니까? 게다가 오늘 밤은 황태자비 간택일이라면서요?"

"정확히 말해 간택 무도회가 열리는 거지, 간택일은 아니지."

나는 무뚝뚝하게 대꾸했다.

그렇다. 이 간택 무도회라는 것은 말 그대로 나를 가운데 두고 수십 명, 어쩌면 백여 명의 귀족 영양들이 퍼레이드를 펼치듯 움직이게 되는 것이다. 나는 그 아가씨들 한 명 한 명과 일일이 춤을 추며 그녀들의 덕성과 아름다움을 살피고 그중 가장 태자비로 어울릴 듯한 여성을 뽑는다. 물론 내가 뽑는다고 해서 다 되는 게 아니고, 내가 뽑은 몇 명을 황제와 황후가 보고 허락하면 궁정 회의에서 그 아가씨를 심사한다.

배경, 출신, 재능, 품성과 재질을 여러 가지로 검토한 끝에 황제와 황후에게 최종 결재를 요청한다. 그러면 황제와 황후가 최종 결정을 내리는 것이다.

따라서 오늘 무도회가 열린다고 내일 결정되는 게 아니란 말이다. 때에 따라선 몇 주, 심하면 몇 달이 걸린다.

"어쨌든 기대가 되는군요. 저는 그런 무도회를 본 적이 없습니다."

타이레논이 어린 청년처럼 상기된 뺨으로 중얼거렸다. 하기야 퓨션 왕국에서 그는 다른 나라로의 여행도 그다지 허락되지 않는 처지다. 전에도 말했다시피 결혼도 안 한 소드 마스터는 다른 나라로의 유출을 막기 위해 외국 여행은 국왕의 재가를 받아야 한다.

"그러고 보니… 후작."

"타이레논이라 부르시죠, 전하."

"타이레논, 그대는 이번에 제국으로 올 때 허락을 맡고 나왔는가?"

내 질문에 그는 씨익 웃어 보였다.

"당연한 말이지만 허락을 받았을 리가 없죠. 그냥 낚시 간다고 하고 나왔습니다. 아, 지금쯤 난리가 났을 겁니다. 하하하하하……!"

Chapter 10

아, 어떻게 해서든지 막고 싶었던 시간이 왔다. 진땀이 흘러내리는 이 순간.

"전하! 너무나 멋지십니다!"

눈물을 흘리는 도노반, 두 손 잡고 만세를 부르고 있는 재단사, 쓰러질 듯한 표정을 머금은 시종과 시녀들. 입을 짜악 벌리고 선 데이비드.

뭐, 내가 조금만 더 어렸다면 이들의 이 요란스런 반응에 깊이 감동을 느꼈을 수도 있겠지만 나는 그렇게 쉽게 동요할 나이가 아니다.

"검은색 예복이 올해 대유행을 할 것이 분명합니다, 전하!"

"그래, 내 장신구는 뭘 준비했나?"

호들갑스럽게 떠드는 재단사를 무시하고 묻자 재단사는 상처받았다는 듯 묘한 자세를 취하더니만 흐느끼듯 한숨을 내쉬며 자줏빛 비로드 상자에서 무엇인가를 꺼내 들었다.

"목걸이인가?"

"흑옥석과 청옥석, 그리고 크리스탈로 조화시킨 목걸이입니다. 제가 디자인한 것으로 최고급의 재질입니다!"

도노반이 대신 받아 들더니 반짝이는 외눈 안경으로 유심히 살펴본다. 그러더니 호오 하고 감탄성을 냈다.

"괜찮군."

"너무하십니다! 이런 예술품을 보시고 그런 말씀을! 시종장님께서도 이것이 분명 전하께 어울릴 거라는 것을 확신하실 겁니다!"

"소리만 좀 줄여준다면 확신해 주겠네."

도노반은 미간을 살짝 찌푸려 재단사의 입을 막는 위력을 드러낸 뒤 멀뚱거리며 선 나의 목에 그 목걸이를 걸어주었다. 그것 이외에 재단사가 준비한 흑옥석과 크리스탈의 벨트 장식은 과연 검은색의 예복에 잘 어울렸다.

"정말 근사하십니다, 전하. 이 도노반은 갑자기 눈물이……."

도노반이 뺨까지 붉히며 거울 속의 나를 바라본다. 조금 오한이 들었다.

내 생전 이렇게 호사스러운 옷을 입고 지낸 적이 몇 번이나 있었던가? 아니, 아니지. 나는 원래 호사스런 옷을 즐겼던 모양이다. 그거 참 익숙해지지 않는 취향이다.

검은 벨벳 튜닉에 금빛의 그리핀이 선명하다. 머리끝부터 발끝까지 검은색인데 오로지 그 금빛 그리핀만이 유일하게 빛을 뿜고 있었다. 검은 공단의 셔츠에, 검은 공단 바지, 검은 담비 가죽 장화에 검은 가운, 검은 벨트. 안 그래도 검은 머리에 검은 눈인데 완전히 검은 옷을 입으니 얼굴만 허옇게 보였다.

하지만 굉장히 익숙하다. 대체 왜 이렇게나 검은색이 익숙한 것일까. 옷장에 들어 있는 다른 자줏빛이나 청색의 옷들과 달리 이 검은색은 너무나 나에게 익숙해서 안정감까지 느끼게 했다. 어둠, 밤의 그림자. 짙은 어둠 속을 헤매는 자.

"전하?"

"아니다."

도노반이 재차 말을 걸어오자 그제야 정신을 차리고 나는 잡념을 지웠다. 뭘 길게 생각해 보아야 달라질 것은 없다. 내가 록그레이드가 아니라 할지라도 모든 사람들이 날 그라고 알고 있으니 별 상관이 없을지도 모른다. 아니지, 진짜 록그레이드가 나타나면 나는 어떻게 되는 거지?

갑자기 불안해졌다. 나는 이 모든 온기로부터 떨어져 나갈 수밖에 없는 것 아닐까?

옆에서 걱정스레 바라보고 있는 도노반이나, 충성스런 데이비드, 온화한 황후, 사랑스런 동생들 모두 나를 사랑하는 게 아니라 록그레이드라는 황태자를 사랑한다. 내가 만일 록그레이드 본인이 아니라면 대체 난 어떻게 되는 거지? 이들을 속인 죄로 죽을 수밖에 없지 않은가? 아니, 나는 죽고 싶지 않다. 이 안온한 자리를 빼앗기고 싶지 않다. 그래서 더 절절이 내가 록그레이드이길 원한다. 그렇지만… 그렇지만…….

나는 거울 속의 나를 바라보았다. 시커멓게 타 들어가는 속과는 달리 거울 속의 남자는 화려했다. 고귀한 태생과 재능, 명성으로 가장 높은 자리에 서 있는 남자.

이십 대 초반의 검은 머리를 가진 남자는 약간 창백한 얼굴로 거울을 마주하고 있었다. 그럭저럭 미남 축에 들 반듯한 이목구비와 단련

된 육체를 가진 젊은 남자. 화려한 옷을 걸치고는 있지만 그 옷 무게를 견디지 못해 휘청거리는 게 눈에 보인다.

나는 진짜 록그레이드인가?

"전하, 시간이 되었습니다. 장미의 궁으로……."

도노반이 거울을 물끄러미 보고 있는 나를 걱정스레 바라보며 재촉했다.

나는 잡념을 애써 떨치고 장미의 궁을 향해 걸었다. 일단 이대로 있을 수밖에 없다. 기억이 되살아나도록 마법을 쓸 수 있을 때까지, 아니면 진짜 록그레이드가 나타날 때까지 이 상황을 그대로 유지할 수밖에.

하지만 만약 진짜가 나타나고 내가 록이 아니라는 게 밝혀진다면…….

그때는 어찌해야 할까.

카치아는 아름다웠다.

코델리아는 자랑스러운 듯 내게 그녀를 인계하면서 흐뭇한 미소를 감추지 않았다. 도노반도 마찬가지다. 그와 코델리아가 나란히 서니 정말로 닮은 꼴이다.

녹회색의 커다란 눈동자에 연둣빛 드레스는 잘 어울렸다. 연두색이라니, 보통 사람이라면 우스울 색깔의 드레스를 입은 그녀는, 입이 쩍 벌어질 만큼 아름다웠다.

풍만한 가슴을 강조한 덕분에 젖가슴이 반쯤 드러나 있는 대담한 옷이었지만 워낙에 청순한 얼굴 탓인지 천박하다는 느낌은 전혀 없었다. 오히려 길고 흰 목이 드러나 가녀린 분위기였다. 말 그대로 그녀를 울리기라도 하면 죽일 놈이 될 분위기다.

"어떻습니까?"

코델리아의 자랑 섞인 어조에 나는 순순히 감탄성을 터뜨렸다. 칭찬하지 않으면 코델리아에게 등을 찔릴 분위기였다.

"정말로 근사하군. 이런 절세미녀를 아내로 둔 줄은 미처 몰랐었어."

내 말에 카치아의 얼굴은 새빨갛게 달아올랐다. 그녀는 어쩔 줄을 모르며 고개를 숙였는데 다행히도 내 차림새에 만족했는지 감탄이 섞인 눈빛을 하고 있었다. 얼마 전까지만 해도 주눅 들지 않겠다는 둥 말을 하긴 했지만 아무래도 부끄러움이 많은 것은 천성적인 모양이다. 하지만 부끄러움을 타는 여자를 싫어할 남자는 없다.

"자, 이리로."

내가 팔을 내밀자 달달 떨리는 손끝으로 내 팔을 잡은 그녀는 살짝 시선을 내렸다. 길고 풍부한 속눈썹이 만드는 그늘에 감탄하면서 나는 도노반에게 손짓했다. 도노반이 재빨리 검은 벨벳 상자를 꺼내 열었다. 나는 그것을 카치아에게 내밀었다.

"아!"

"어때? 마음에 들어?"

그녀의 눈 색깔과 똑같은 색의 보석은 없었다. 하지만 에메랄드 정도는 있다. 최고급의 에메랄드를 둘러싼 가느다란 은빛 체인은 영롱하게 빛을 발했다. 그녀의 목에 목걸이를 걸어주자 불행인지 다행인지 그 풍만한 가슴이 도드라졌다. 나는 그녀의 크림색 피부를 슬그머니 훔쳐보면서 그 가슴 위에 베일이라도 드리워야 하는 것 아닌가 하고 심각하게 고민했다.

"가, 감사합니다."

하지만 눈가가 어느새 붉어진 카치아를 보고 다시 마음을 돌렸다. 그녀는 감격한 얼굴이었다. 그 얼굴을 보면서 나는 '록' 이 정말로 무심했다는 것을 새삼 깨달았다.

"잘 어울리시네요."

시녀들과 함께 합창하듯이 코델리아가 외쳤다. 그녀는 너무나 기쁘다는 듯 눈시울을 붉혔다. 그런 점에서도 그녀는 도노반과 닮았다. 물론 도노반보다 매섭다는 점에서 조금은 다르지만.

"2궁비 마마께서도 기다리십니다. 어서 가시죠."

카치아를 왼팔에 매달고 방 밖으로 나오자 복도를 지나던 모든 사람들의 시선이 이리로 쏠렸다. 모두 그녀의 아름다움에 감탄하고 경악하는 것이 어깨가 으쓱해진다. 허, 역시 예쁘다니까.

에이리아의 방에 가보니 그녀는 아직 머리 장식을 끝내지 않은 상태였다. 잔뜩 긴장을 했는지 얼굴이 파랗게 질려 있었다. 나는 혹시 허리를 너무 조여 그런 게 아닌가 하고 걱정했다. 그만큼 에이리아의 허리는 가늘었다.

"아, 오, 오셨어요?"

어제와 사뭇 다른 모습이었다. 어제는 당장이라도 할퀼 고양이 같더니 내 시선을 피하는 모습이 정말 가냘픈 소녀, 그 자체였다.

탐스러운 검은 곱슬머리를 틀어 올린 탓에 조금은 성숙해 보였지만 앳도라진 표정은 여전히 어리다. 약간 치켜 올라간 눈매가 날 살짝 훔쳐보더니 화악 얼굴을 붉힌다. 역시 어젯밤 카치아와 길고도 긴 이야기를 나눈 것이 분명하다. 그 표정들을 보고 있자니 너무 귀여워서 나는 그녀의 어깨에 살짝 손을 얹었다. 움찔하면서 떠는 순진함이 견딜 수 없이 귀여워 뺨에 가볍게 키스를 하자 주변에서 허억 하는 경악성이 터져 나왔다.

"아……."

에이리아의 얼굴은 아예 보이지도 않았다. 그녀는 완전히 고개를 묻은 채 하얀 레이스 장갑에 둘러싸인 손으로 얼굴을 가렸다.

"에이리아? 오늘 한층 더 귀엽군. 어디 얼굴 좀 보자구."

내가 짓궂게 묻자, 그녀는 고개를 확 수그린 채 외면해 버렸다. 옆에서 입이 귀에 걸린 코델리아가 나에게 눈짓했다. 그래서 나는 도노반에게서 보석 상자를 받아 들고 그녀에게 진주 팔찌를 끼어주었다.

"어마."

에이리아가 놀란 음성을 내는 것과 동시에 눈이 마주쳤다.

눈물이 가득한 그 눈을 보자 가슴이 뭉클했다.

짙은 밤색 눈은 생각과 달리 굉장히 크고 맑았다. 마치 순결한 암사슴 같은 눈동자. 내게 사납게 대들었던 그녀의 눈이 이렇게나 순한 줄 미처 몰랐다. 가까이서 보니 완전히 다르다.

"눈물이 많구나."

내가 눈가를 건드리자 그녀는 와락 울음을 터뜨렸다.

그 바람에 시녀들이 비명을 올리며 어쩔 줄 몰라 했다.

"마마! 이제 나갈 시각인데 화장을 어쩌라구요!"

에이리아의 시녀처럼 보이는 검은 머리 시녀가 두 손을 붙잡고 부들부들 떨며 한탄했다. 하지만 한탄하는 것에 비해서는 오히려 기뻐하는 것으로 보였다.

"그냥도 예쁜 걸 뭐. 적당히 하라구."

내 말에 시녀도 빨갛게 얼굴을 붉히고는 다시 에이리아의 머리 만지기에 열중했다. 다른 시녀가 내온 차를 마시며 카치아와 나는 에이리아의 치장한 모습을 구경했다.
 약간은 갈색 윤기가 도는 매끄러운 피부에 어울리는 백설처럼 하얀 드레스였다. 귀에 단 귀고리는 진주였는데 카치아와 달리 목까지 완전히 가린 하얀 레이스가 청순함 그 자체였다. 호리호리함을 강조하려는 듯 흰 레이스로 만든 드레스였는데 움직일 때마다 레이스에 박힌 진주알들이 반짝반짝 빛을 냈다.
 "오늘 모두 아름다우니 기분이 좋군."
 내 말에 코델리아가 미소를 지으며 쿠키를 권했다.
 "전하께서도 정말 멋지십니다. 오늘 레이디들을 아예 기절시키실 작정인가 봅니다."
 "내 말이 바로 그 말이야, 코델리아. 얼마나 전하께서 멋지신지 지나가던 사람들 모두 전부 감탄과 동경으로 돌아보더라고!"
 팔불출처럼 자랑해 대는 도노반을 아예 무시하고 나는 카치아에게 물었다.
 "오늘 치장하느라 아무것도 못 먹은 거 아니야? 쿠키 좀 먹어두는 게 낫지 않아?"
 "아, 네에."
 부끄러운 듯 내가 내민 쿠키를 하나 받아 든 그녀는 내 눈치를 보며 슬그머니 먹기 시작했다. 얼마나 조심해 먹는지 갉아 먹는 것같이 보일 지경이다. 내숭은 내숭이되, 이 얼마나 귀여운 내숭인가.
 웃음을 억지로 참고 있는 동안 에이리아가 일어섰다. 자그마한 체구에 가녀린 허리가 유달리 돋보이는 차림새였다.
 "에이리아도 뭘 좀 먹는 게 낫지 않을까? 허리가 너무 가늘어 부러질까 봐 겁이 나는군."

내 말에 샐쭉하니 눈꼬리를 올린 에이리아는 고개를 내저었다.

"전하는 제가 두툼한 허리를 갖길 바라시는 건가요?"

"그게 아니고 힘들까 봐 그러지. 솔직히 말해 봐. 점심을 먹기는 먹었어? 아니, 아침이나 먹었어?"

"아뇨. 하지만 저녁 무도회가 있는 날은 어차피 그런 거잖아요?"

에이리아의 말에 나는 쓴웃음을 지었다.

무도회가 있는 날 여자들은 다들 가늘게 허리를 조이느라 하루 종일 굶는다. 카치아도 에이리아도 아무리 봐도 굶을 필요성은 전혀 없을 텐데.

"자아, 이제 나가자. 에이리아는 쿠키 세 개만 먹고 출발한다."

"전하, 안 먹어도 된다니까요!"

"먹어. 얼굴이 새파래."

내 말에 에이리아는 나를 묘한 얼굴로 바라보았다. 그러더니 살짝 뺨을 붉혔다.

"갑자기 아버지처럼 챙겨주시니까 이상해요."

"…아버지?"

나는 순간적으로 휘청할 뻔했다. 이봐, 내가 나이가 몇인데 아버지야?

"하기야, 제국 제일의 바람둥이로 소문나신 분이니 오죽하겠어요? 흥!"

에이리아는 그렇게 말하면서도 시녀가 내민 쿠키 접시에서 세 개를 들고 먹기 시작했다. 화장이 번지지 않을까 조심하며 먹는 것이 토끼가 풀 씹는 형세라 귀엽기 짝이 없다.

"자, 에이리아, 카치아, 그, 가자구."

"네, 가요! 전하의 사랑스런 비전하를 뽑기 위해 가자구요!"

에이리아의 말에 나는 조금 양심에 찔렸다. 그러고 보니 이 무도회란 것은 그녀들에게 전혀 기쁜 것이 아니다. 내가 정실을 맞이하기 위해 연 무도회가 아니겠는가. 그녀들이 즐거이 나설 이유는 조금도 없는 것이다.

"신경 쓰지 마세요, 전하."

카치아가 작게 속삭였다. 그녀 쪽에서 말을 걸어온 것은 처음이었기 때문에 나는 조금 놀랐다.

"전하께서 이렇듯 상냥하게 대해주시는 한, 저희들은 괜찮아요. 이제 전처럼 버림받았다는 생각은 안 해도 되고요."

그녀가 드물게 내게 미소를 보였다.

"게다가 저희들은 그렇게나 치열한 경쟁을 겪지 않고도 이미 전하의 아내가 되었는걸요."

그 말에 나는 감동했다. 그리고 너무나 가여운 그녀들의 인생이 슬펐다.

"자아, 웃으세요, 전하. 제국 제일의 바람둥이라는 칭호에 걸맞게 궁정의 모든 여자들을 전부 다 쓰러뜨리시라고요!"

갑자기 에이리아가 내 오른팔에 와락 매달리며 외쳤다.

"쓰러뜨리면 뒷감당은?"

내가 눈썹을 치켜 올리며 묻자 에이리아가 윙크를 하며 웃었다.

"제가 감당하죠."

어떻게 감당할지 심히 걱정스러웠다.

어찌 되었든 무도회의 밤은 이제 시작되었다.

무도회장은 본궁의 가장 바깥쪽 대연회장이었다. 황궁은 전부 다섯 개의 궁으로 나뉘는데 무도회나 연회에 쓰이는 홀은 백색 대리석으로 장식된 백색궁의 홀이었다. 장미의 궁에서 거기까지 걸어가는 데 꽤 시간이 걸리기 때문에 급할 때는 마차를 이용하기도 한다는 이야기를 들으며 나는 한참 걸었다. 두 명의 후궁들이 조금 피곤해할 것 같았지만 그녀들도 들떠서인지 힘든 기색을 보이지 않았다. 하지만 그 빳빳하고 딱딱한 속옷들을 줄줄이 끼어 입고 긴 회랑을 걷는다는 것은 힘들긴 하겠다.

"록그레이드 팰러스 황태자 전하와 1궁비 마마와 2궁비 마마께서 드십니다."

가발을 쓴 시종이 길고도 길게 알리자, 떠들썩하던 홀 안이 삽시간에 조용해졌다. 음악과 함께 떠드는 소리로 가득하던 홀 안은 나와 궁비들이 들어서는 순간 고개를 숙이는 자들로 물결을 이루었다. 마치 활짝 핀 꽃처럼 화사한 드레스를 입은 여자들과 여자들 못지않게 화려하게 꾸민 남자들이 가득 찬 홀 안에는 꽃 냄새와 향수 냄새로 가득 차 계절을 잊게 할 지경이었다. 내가 걸을 때마다 악단의 악사들은 느릿한 음악을 연주했다.

나는 두 갈래로 나뉘어 인사를 하는 자들을 헤치고 상석에 앉아 있는 황제와 황후에게 가볍게 목례했다. 궁비들은 부들부들 떨면서 두 사람에게 인사를 올렸다. 황제는 여전히 무표정한 얼굴로 손짓했다. 제자리로 가 앉으라는 의미다. 나는 두 궁비를 데리고 내 자리로 지정된 좌석을 향해 걸었다. 황제와 황후가 앉아 있는 자리 바로 아래 놓여 있는 세 개의 의자가 나와 내 궁비들의 좌석이었다. 두 궁비를 앉히고 나도 자리에 앉자 그제야 음악이 바뀌며 춤곡이 다시 시작되었다.

"와아!"

"아아! 정말 잘생기셨어!"

여기저기서 감탄사가 터져 나오니 표정을 어찌해야 할지 난감했다. 웃자니 체신머리가 없을 거 같고, 그렇다고 얼굴을 찡그리자니 눈앞에서 환히 웃는 황후에게 미안하다. 하지만 어떻게 생각해도 마치 누군가에게 팔려 나가는 듯한 기분을 금할 수는 없었다. 아니, 따지고 보면 나는 사러 나온 사람인가.

"어머나, 이런 공식 석상에 두 분 궁비 마마께서 나온 것은 처음 아닌가요?"

"그러게 말이에요. 생각 외로 굉장한 미인들이잖아요?"

"황태자비가 될 사람은 아무래도 웬만해서는 안 되겠네요. 저런 미인 궁비 마마가 둘이나 계시는데 어디 어지간한 미모로 되겠나요?"

이렇게 저렇게 들려오는 소리들을 들으며 나는 말 그대로 눈이 부실 정도로 성장을 한 여인들 사이를 걸었다. 태자비 간택 무도회이기 때문에 참석할 남자의 수는 고위 귀족으로 극히 제한했던 탓에 남자와 여자의 비율은 썩 맞지 않았다. 아니, 지극히 기울어져 있었다. 흘끗 보아도 여자 다섯에 남자 하나 정도의 비율이다. 이거 참, 민망하군.

"근사하구나, 록."

황후가 당장이라도 끌어안을 듯 한껏 미소 지으며 말했다.

"이렇게 예복을 갖추어 입은 것도 정말 오랜만이네. 정말 근사해."

"감사합니다."

황후는 시큰둥한 황제와 대조적으로 내 옆에 선 에이리아와 카치아를 따스한 눈빛으로 돌아보더니 내게 잘했다는 듯한 시선을 보냈다. 그리고는 자신의 옆자리로 두 사람을 불렀다. 황후의 옆자리란 아무나 앉을 수 있는 게 아니다. 이 자리에 나온 보브리 궁부인과 마가렛 궁부인은 황제의 왼편 한 단 아래쪽에 앉아 있었기 때문에 황후의 그런 호의는 파격적이었다. 다른 귀족 부인들이 저마다 놀라움을 감추지 못하는 시선으로 보는 것을 느끼며 나는 황제에게 고개를 가볍게 숙였다.
"폐하를 뵈옵니다."
"좋아 보이는구나. 두 궁비와도 사이가 좋아졌다는 이야긴 들었다."
하루 만에 소문이 퍼진 이 놀라운 현실. 과연 궁정의 입소문은 소드 마스터의 오러 블레이드만큼이나 강력하다.
"그나저나 소문의 캐더린 헤이스 양은 어떻게 된 거냐? 레이디 헤이스는 너의 궁비가 될 예정이 아니었더냐?"
"아닙니다. 사실 그녀는 데비드의 비밀 약혼녀로 소문을 피하기 위해 잠시 제 후궁에 와 있었던 것뿐입니다."
"뭐?"
이 말에는 어지간한 황제도 놀랐는 듯 눈을 크게 떴다. 옆에 있던 황후는 말 그대로 크게 놀라서 내게 되물었다.
"정말이니, 록?"
"그렇습니다. 두 사람은 이제 곧 약혼식을 올릴 예정입니다."
"미, 믿어지지 않는군. 하지만 데비드 밀톤은……."
작위가 낮다. 게다가 용모도 다른 남자들과 별 차이가 없었다.
데비드가 다른 사람들보다 좀 별다른 게 있다면 내 호위대장이라는 것 정도였는데 그 외에 그에겐 특별한 재산도, 소드 마스터가 됨직한 재능도 없었으며 심지어는 용모도 평범 그 자체였다. 그런 그에게 공작의 소중한 외동딸과 약혼을 올릴 예정이라니 캐더린을 노리고 있던 남자들로서는 기절초풍할 일이었던 것이다. 게다가 알고 보니 캐더린은 황궁 3대 미녀 중 한 사람이었다.

"성품이야 말할 나위가 없지만서도."

황제는 약간 미간을 찌푸리면서 자신의 왼편을 바라보았다.

왼편에는 아무것도 모르고 있는 헤이스 공작이 보였다. 헤이스 공작은 미소를 지으며 데블린 후작과 담소 중이었다. 그는 캐더린이 내 궁비가 될 거라고 거의 확신하고 있는 중이었기 때문에 나중에 사실을 알고 나면 격노할지도 모른다. 헤이스 공작에게는 캐더린 이외에 아들이 하나 있었는데 늦게 낳아서 지금 열두 살밖에는 안 되었다. 따라서 모든 애정은 이 자랑스런 미녀 캐더린에게로 쏠려 있는 편이다. 뭐, 이런 기타 등등한 사항을 나는 도노반에게서 전해 듣고 조금은 걱정되었다. 만약에 헤이스 공작이 데비드에게 격노해서 '대련'이라도 청한다면 말 그대로 데비드는 죽음이다.

나는 그런 생각을 하며 흘끗 내 뒤를 돌아보았다.

입구 쪽에 나를 호위하며 따라온 데비드가 긴장된 낯으로 슬그머니 헤이스 공작을 보고 있는 게 보였다. 역시 그도 걱정스러운 것이리라. 나와 시선이 마주친 데비드는 굳은 얼굴이나마 미소를 보냈다. 나름대로 격려의 의미인 거 같은데 이봐, 격려는 내가 해야 할 것 같군. 그래도 캐더린이 그와 같이 춤추겠다고 나서지 않아서 다행이다. 하기야, 데비드가 무도회에서 춤출 수 있을 리가 없지만.

호위기사들은 무도회의 참석이 불가하다. 비번이나 되면 모를까, 오늘 같은 날은 내 호위기사들은 전부 다 무도회장에서 호위를 맡기 때문에 다른 여자들과 히히덕거린다는 것은 불가능한 일. 게다가 고지식한 데비드가 두 눈을 부릅뜨고 있기 때문에 아무도 자세를 흩뜨릴 수가 없을 것이다.

"헤이스 공작은 모르는 것 같은데?"

"모를 것입니다. 저도 어제 두 사람에게서 확언을 들었으니까요."

"확언?"

"두 사람이 약혼하겠다는 확언 말입니다."

"세상에, 캐더린도 정말 대담하기도 하지. 아무리 밀톤 백작이 너의 호위대장이라지만 어떻게 네 후궁에까지 들어갔는지. 만약 조금이라도 타이밍이 늦어지면 보통 스캔들이 아닐 텐데."

황후는 혀를 내둘렀다. 나도 내두르고 싶었다.

"그러니 발표는 빨리 해야겠지요. 폐하, 부탁드립니다."

내 말에 황제는 미간을 더 찌푸렸다. 차가운 눈빛이지만 조금은 누그러진 것이 기분이 나쁘진 않은 것 같다. 다행히 데이비드가 워낙에 성실한 성격이라 황제도 그를 싫어하는 기색은 아니었다.

"알았다."

그는 짧게 말하더니 자신의 왼쪽에서 내 차림새를 간지럽게 바라보고 있던 헤이스 공작에게 눈짓을 했다. 오랫동안 같이 지내온 사이라 그런지 헤이스 공작은 그 짧은 눈짓에도 얼른 다가와 황제 앞에 섰다. 싱글싱글 웃는 것이 내 복장이 마음에 드는 모양이다.

"근사합니다, 전하. 정말 오늘 전하께서 왜 그토록 레이디들에게 인기가 높은지 그 이유를 알았습니다. 다들 눈이 휘둥그레졌습니다."

"고맙소."

내가 짧게 인사하자 공작은 다시 시선을 황제에게로 돌렸다. 황제는 턱을 손가락으로 톡톡 치면서 난감한 얼굴로 공작을 보고 있었다. 공작은 그 얼굴을 보며 미소 지었다.

"전하께서 홀 안의 인기를 전부 차지하시니 기분이 언짢으신 겁니까?"

"그럴 리가 있나. 저놈 얼굴은 나와 다른 점이 거의 없는데."

황제의 퉁명스런 목소리에 나도 조금은 놀랐다. 이런 식으로 친밀한 어조는 처음이었다. 아, 그러고 보니 기억을 잃은 나로서는 이번 만남이 겨우 두 번째이니 당연한가.

"무슨 말씀을. 전하는 폐하의 젊은 시절보다 훨씬 더 미남이십니다. 저쪽 전하를 처음 뵙는 아가씨들은 전부 다 졸도 직전까지 갔습니다."

공작은 허허 웃음을 터뜨렸다.

"그나저나 공작."

황제는 단도직입적으로 말을 꺼낼 참인지 말꼬리를 길게 늘였다.

"캐더린에게서 소식은 들었나?"

"아, 아니오. 이틀 전 후궁에서 잘 지내고 있다고 한 편지 이외엔 소식을 듣지 못했습니다. 전하와 함께 있는 것 아닌가요?"

공작의 시선이 나를 향했다. 나는 대단히 민망해져서 허흠 하고 헛기침을 한 뒤에 뒤를 가리켜 보았다. 공작이 뒤를 돌아보았지만 별로 보이는 것은 없다.

"뭘 보라고 하시는 겁니까? 캐너린은 이번 무도회에 참석하시 않았는데요."

"저 뒤에 입구에 서 있는 밀톤 백작 말일세."

황제가 낮게 말했다.

"네, 데비드 밀톤이죠. 10년 전 작위를 계승해서 백작이 되었죠. 아주 성실한 젊은이지요."

"그 밀톤이 캐더린과 약혼할 예정이라 하네."

황제의 말에 공작은 잠시 침묵했다. 그는 이해할 수 없다는 듯 나를 바라보았는데 그 시선에 정말 거북하기 짝이 없었다. 그는 나를 사위로 생각하고 있었던 것이다.

"사실을 말하자면 캐더린이 나에게 도움을 요청했었습니다, 공작."

"도움?"

공작은 점점 더 알 수 없다는 표정으로 날 바라보았다.

"알다시피 세클리어의 구혼은 너무나 노골적이었고 거의 모든 사람들이 다 세클리어가 캐더린의 애인이라고 생각했지요. 하지만 캐더린은 데비드를 좋아하고 있었고 만약 그녀가 데비드를 좋아한다는 것이 밝혀지면 틀림없이 세클리어가 데비드에게 결투를 신청할 것이 분명한지라……."

"그래서 전하의 후궁으로 도망쳤단 말입니까?"

후작의 눈썹이 범상치 않게 꿈틀거렸다.

"나라면 감히 누구든 결투를 신청하진 못하겠지요."

내 말에 공작은 잔뜩 구겨진 얼굴이 되어 심각한 표정으로 홀 안을 바라보고 있는 데비드를 쏘아보았다.

"……!"

순간적으로 스쳐 간 강렬한 살기에 가슴이 다 철렁했다.

하지만 그것은 대단히 짧았고 황후가 새파랗게 질리는 순간, 공작은 고개를 숙여 사죄했다. 황후만이 아니라 황제도 조금 안색이 굳어졌기 때문에 무의식 중인지 나는 나도 모르게 황후의 앞을 조금 가로막았던 듯싶다. 그 모습을 보던 공작은 한숨을 삼키며 나에게도 사죄했다.

"죄송합니다, 전하."

"아니오, 나라도 공작의 심정이라면 데비드를 갈가리 찢고 싶을 겁니다."

공작은 내 말에 잠시 지그시 이를 악물었다. 나를 원망스럽게 여기는 기색이 아무래도 분명하다. 지위가 낮은 자에게 소중한 딸을 주고 싶은 아비는 없을 테니까.

"하지만 그렇게 하시진 않겠지요. 나는 데비드가 어느 누구보다 괜찮은 사내라는 것을 압니다. 그리고 캐더린은 누구보다도 더 빨리 그것을 깨달은 거지요."

나는 공작의 앞으로 한 걸음 나서서 그의 시선에서 데비드를 가렸다. 공작은 그런 동작을 보면서 나를 뚫어져라 보고만 있었다.

"캐더린의 대담한 결정을 보면 공작이 어떻게 따님을 키웠는지 알 수 있습니다. 상대의 용모나, 지위가 아닌 진정한 성품을 꿰뚫어 보는 눈. 그것은 보통의 여자들은 가지고 있지 않은 것입니다."

공작의 얼굴이 미미하게 떨렸다. 주먹도 떨린다.

나는 그 얼굴을 향해 가볍게 목례했다.

"공작의 가르침에 경의를 표합니다."

순간 공작의 얼굴이 일그러졌다.

옆에 있던 황후가 숨을 들이켰다. 황제는 그런 그녀의 손을 재빨리 움켜잡으며 주의 깊게 나와 공작의 사이를 주시했다. 흘러나오던 음악이 멈췄다. 악사들이 전부 입을 벌린 채 이쪽을 보고 있었다. 소곤소곤 떠들고 있던 사람들이 한둘씩 입을 다물었다. 이렇게 되자 곧 거대한 홀 안은 삽시간에 바늘 하나 떨어져도 소리가 들릴 만큼 정적에 휩싸였다.

홀 안의 사람들은 모두 두려운 표정으로 이쪽을 주시하고 있었다. 몇몇 여자들은 파랗게 질린 채 눈물을 글썽이기도 했다. 소름이 돋는지 팔을 마구 비벼대는 사람도 있다.

'맙소사!'

온통 조용한 이유는 헤이스 공작에게서 뿜어져 나오는 위압적인 기운 탓이리라. 그에 맞서서 적당히 기운을 흘리면서 나는 공작의 눈에서 시선을 떼지 않았다. 내가 소드 마스터란 것이 사실은 사실인 모양이다. 나는 그에게서 느껴지는 기운을 맛보자마자 몸 안 깊숙한 곳에서 꿈틀거리는 익숙한 기운을 느꼈다.

내가 의도하지 않아도 몸 안의 마나는 공작의 거대한 마나량을 느끼기라도 했는지 이글대기 시작했다. 공작이 당장 공격을 개시하기라도 하면 나도 모르게 그를 베어버릴 것 같은 기괴한 느낌. 남에게 눌린다는 것은 참을 수 없다는 듯 꿈틀거리는 거대한 마나덩어리가 살아 있는 짐승처럼 포효했다.

숨겨진 살의, 도사린 채 울부짖는 사나운 힘. 어둠 속에서 이글거리는 거대한 마나의 덩어리. 내 몸 안에 나도 모르는 야수가 한 마리 살고 있는 듯한 기분이었다.

'곤란해. 아직은 아냐.'

누군가가 그렇게 속삭였다.

'아직 아냐. 상대는 살기가 없어. 아직은 아냐.'

나는 그 음험한 속삭임을 들으며 천천히 몸을 이완했다. 그 상황을 공작도 눈치 챘는지 자신의 기운을 억누르기 시작했다. 그의 눈 안에 떠오르던 위압감이 서서히 가라앉았다. 그와 내가 기운을 가라앉히자 주변은 아무 일도 없었다는 듯 정적이 감돌았다. 옆에서 황후가 한숨을 내쉬는 소리가 들렸다. 그뿐 아니라 가까이 있던 카치아와 에이리아 역시 파리한 얼굴로 심호흡을 하고 있었다. 그나마 제정신을 하고 있는 것은 황제뿐이었지만 그 역시 잔뜩 굳은 얼굴을 하고 있는 것은 분명했다.

그 덕분인지 숨죽인 채 바라보고 있던 사람들이 한둘씩 입을 열기 시작했다.

"데비드 밀톤 백작과 캐더린 헤이스 양이?"

"세상에! 그건 너무 기우는 결혼 아니야?"

"황태자 전하께서 중매를 서신 거야?"

"맙소사!"

"세클리어 데블린 경이 그 상대 아니었어?"

"아니, 레이디 헤이스는 황태자 전하의 후궁에 들어가 있지 않았던가?"

사람들이 떠드는 가운데 공작은 잠시 동안 눈을 감았다. 그리고는 나를 바라보며 씁쓸한 미소를 머금었다.

"대단하시군요, 전하."

"선처를 바랍니다, 공작."

내 말에 공작은 씁쓸한 얼굴로 새파랗게 질린 채 이쪽을 보고 있는 데비드를 바라보았다. 순간적으로 눈이 번쩍한 것 같았지만 공작은 여전히 평온한 어조로 말했다.

"별수없죠. 소드 마스터에 황태자이시기까지 한 사위를 갖고 싶었지만 딸자식이 아니라 하니 별수없습니다."

"데비드는 저의 젖형제이기도 합니다, 공작."

"알고 있습니다. 하지만 친형제도, 본인도 아니지요."

공작은 씁쓸하게 대꾸하고는 황제와 황후에게 고개를 숙였다.

"소란을 일으켜 대단히 죄송합니다. 폐하, 황후께 사죄드립니다."

"아, 아니에요, 공작."

황후가 황제보다도 앞서 말했다. 그녀는 파리한 얼굴로 억지로 웃었다.

"다 이해합니다. 이 정도로 끝난 것만으로도 다행이란 생각이 드는군요. 캐더린의 용기에 더 더욱 감탄할 수밖에 없습니다."

"다른 건 몰라도 확실히 대담한 아이이긴 하지요."

공작은 쓴웃음을 지었다.

공작을 막을 수 있는 것은 분명 나밖에 없었으리라. 지위로 봐도, 소드 마스터인 것으로 봐도 말이다. 생각하면 할수록 캐더린, 정말 보통내기가 아니다.

쓸쓸히 사라지는 공작의 뒤를 이어 잔뜩 굳은 얼굴이 된 데블린 후작도 이쪽으로 인사를 하고 재빨리 나갔다. 공작을 위로해 주려는 듯하다. 일의 발단이 세클리어에게 있으니 데블린 후작도 편한 기분은 아니리라.

"음악은 왜 멈춘 거냐!"

마침내 황제가 한마디 던지자 악단이 다시 연주를 시작했다.

Chapter 11

"메어리 리치몬드입니다."
"세라자드 메네스톤입니다."
"크리니크 페이스입니다."
"다이아나 새너일입니다."

　너무 많은 여자들과 춤을 추자니 누가 누군지 모르겠다. 한 다섯 명까지는 그럭저럭 기억하겠는데 그 다음이 넘어가자 기억할 수 없었다. 다들 비슷한 나이에, 비슷한 지위에 비슷한 어투로 말하니 누가 누군지 구별이 갈 턱이 있나. 게다가 화장법이 같아서인지 얼굴도 비슷해 보였다. 화려하고 화사하고 우아하게 차려입은 탓인지 모두 다 우아하고 화사했다. 문제는 너무나 다 똑같이 화려하고 화사하고 우아해서 다 거기서 거기처럼 보였다는 것이다.

　'눈이 높아졌나.'

나는 열일곱 번째 아가씨와 춤을 추며 황후와 담소를 나누고 있는 카치아와 에이리아를 흘긋 보았다. 아무래도 눈이 높아진 게 틀림없다.

미모로 따지자면 이곳의 누구도 카치아나 캐더린을 능가할 자가 없다. 이런 면에서 정말로 문제는 문제다. 대체 누굴 황태자비로 정한단 말인가. 사실 캐더린이 데비드를 선택하지 않고 이 자리에 있었다면 아마도 난 캐더린을 택했을지도 모르겠다. 캐더린은 대담하고 경쾌하며 명석했다. 좀 지나친 감이 없지 않지만 그거야 살면서 가르치면 될 터였다. 그냥 황태자비 감으로는 괜찮은 아가씨였다.

"안녕하세요, 소울리에 데블린입니다."

이, 이 아가씨는! 말 그대로 세클리어의 여성판이었다.

눈부신 금발이 찰랑거리고 청아한 음성에 연초록빛 눈동자. 정말 대단한 미인이었다. 눈이 휘둥그레질 정도다.

"이야긴 들었어요. 저에게도 말씀하지 않다니 너무하시네요."

"하하……"

나는 이 여자와 전의 '나'와의 관계가 어느 정도인지 알 수 없었기에 어정쩡하게 웃기만 했다. 그런데 그녀는 그 웃음을 조금 묘하게 받아들인 모양이다.

"저를 선택하지 않으실 모양이군요."

"응?"

"알았어요. 전하께서 절 선택하지 않으셔도 하는 수 없지요."

그녀는 조금 씁쓸한 어조로 말했다.

"혹시나 하고 기대했는데 아무래도 전 황태자비감은 아닌 모양이네요."

설마 하니 전의 '나'가 이 아가씨에게 은근슬쩍 언질이라도 주었던 걸까? 나는 등 뒤로 흘러내리는 진땀을 억지로 무시하며 그저 미소만 짓고 있었다.

"당황하실 필요는 없어요. 저는 그렇게까지 구차하진 않아요. 전하와 같이 지낸 시간이 즐거웠으니 그걸로 추억을 삼지요."

소울리에는 연초록빛 눈으로 날 빤히 바라보았다. 그러더니 묘하게 미소 지었다.

"전보다 훨씬 더 온화한 눈을 하게 되셨군요. 궁비 마마들과 화해했다는 소식을 듣고 혹시나 했어요."

전보다 훨씬 온화한 눈?

나는 말없이 그녀를 내려다보았다. 내 시선을 의식했는지 크림색의 살결 위에 살짝 홍조가 번져 나갔다.

"그렇게 보시면 싫어요. 그러면 기대하게 된다구요. 저는 자존심없는 여자가 아니니까 전하께서 황태자비를 맞이하신다면 전과 똑같이 지내진 않을 거예요. 아버지가 원하시는 대로 결혼할 테니까요."

"……."

머리를 쥐어뜯고 싶은 심정이다.

대체 어디까지 이 여자랑 사귄 걸까? 이 소울리에란 절세미녀와 어디까지 진행된 관계이기에 나와 관계 청산을 한다는 거냐? 아아, 미치겠다!

내가 속으로 머리를 쥐어뜯고 있는 동안 춤이 끝났다. 잠시 안타까운 표정을 짓던 소울리에는 가볍게 무릎을 굽혀 예를 표하고는 총총이 다른 사람들 사이로 사라져 갔다.

"메를리아 카사렛입니다."

귀에 익은 이름이다. 아, 메, 메를리아라면 내가 수풀 속에서 사교생활을 즐겼던 그 아가씨? 요염한 미소를 짓는 밤색 머리칼의 아가씨는 내게 손을 잡힌 채 우아하게 인사를 했다. 호박색의 눈동자에, 마치 고양이처럼 웃는 이 아가씨는 대단히 요염했다. 풍만한 몸매에 표정이 풍부한 눈매가 한눈에도 정말 매력적인 아가씨였다.

"오랜만에 뵙겠어요, 전하."

"그렇군."

이 아가씨랑 있던 것을 도노반에게 들켜 잔소리를 잔뜩 들었다고 했다. 아아, 이 아가씨랑 정말 정원 수풀 속에서 뭘 했단 말인가. 뭘! 대체 뭘!

"오늘 정말 근사하세요. 평소와 다른 검은색의 정장이 정말 잘 어울리세요."

"고마워, 메를리아도 예쁘군."

"아이, 평소처럼 메리라 불러주세요."

"여긴 공식석상이야."

허걱 했지만 겨우 얼버무렸다. 메를리아라는 이 아가씨는 서운한 듯 입을 삐죽거리더니 속삭이듯 물었다.

"전하, 저는 안 될 것을 알고는 있으니 상관은 없지만요, 누구로 정하셨나요?"

호기심이 잔뜩 서린 그 얼굴. 하기야 자신은 자작의 영애이니 궁비면 몰라도 황태자비가 될 거라는 기대는 안 하고 있는 모양이었다. 그녀는 은근슬쩍 내 가슴에 풍만한 가슴을 비비며 입김을 귀에 대고 불었다. 허억! 미, 미쳐! 이 상황을 어찌하랴!

"비밀이신 거예요?"

"비밀이지."

"쳇, 저에게는 알려주신다고 약속해 놓고. 정말 냉정하신 분이라니까."

그녀는 입을 삐죽이면서 은근슬쩍 내 팔뚝을 손톱 끝으로 할퀴었다. 유혹하는 솜씨가 정말 보통이 아니다.

"셀리아에게도 말씀하시지 않았죠? 알레닌은 자기일지도 모른다고 얼마나 들떠 있는지. 전하께서 몇 번 만나주신 걸로 자기가 황태자비가 될 거라 상상하다니 주제도 몰라!"

셀리아는 누구고, 알레닌은 또 누구냐?

나는 거의 패닉 상태에 돌입했다. 하지만 마음을 다잡고 은근슬쩍 그녀의 손목을 엄지손가락으로 훑으며 물었다.

"셀리아와 알레닌이 누구지? 난 너밖에는 기억나지 않는데?"

"어머! 전하도! 짖궂으셔. 셀리아 리빙스턴과 알레닌 데오시스를 잊으셨어요? 봄 사냥 대회에서 그 애들을 귀여워해 주셨잖아요?"

얼굴이 빨갛게 되면서도 메를리아는 순순히 가르쳐 주었다. 눈을 흘기는 게 정말 매력적이긴 하다. 물론 내 나이쯤 되는 이 정도의 내력에 흔들리지는 않지만.

가만있자, 나도 참. 겨우 스물여섯 살밖에 안 된 주제에 웬 늙은이처럼 나이 타령일까. 나도 참 웃기는 인간이다.

셀리아 리빙스턴과 알레닌 데오시스.

잘 기억했다가 잘못되는 일이 없어야 할 텐데. 가만있자, 그 외에도 더 있는 거 아닐까?

"메를리아, 설마 하니 다른 여자들도 더 알아?"

은근슬쩍 눙치자 메를리아는 의기양양한 웃음을 머금었다.

"알고말고요. 전하, 설마 하니 절 그런 숙맥으로 아시나요? 제가 솔직하고 활달해서 마음에 든다고 하시고는 저에게 내숭을 바라시는 거예요?"

"아니, 그건 아니지. 궁정의 입소문이 어디까지 가는가 궁금해서 그런 거야. 이런 무도회도 따분하고."

내 말에 메를리아가 쿡쿡 웃었다. 그때 마침 한 곡의 음악이 끝났지만 나는 그녀를 풀어주지 않고 또 한 번 다시 춤을 추기 시작했다. 그 때문인지 놀란 여자들의 시선이 파바바박 하고 등줄기로 내리꽂혔다. 메를리아는 이 상황이 대단히 만족스러운지 발갛게 뺨을 물들인 채 내 가슴에 살짝 이마를 기대왔다.

"아이~ 참. 전하도. 이런 자리에서 눈에 띄면 안 된다고 한 건 전하시면서."

"사실은 그동안 꽤 지루했는데 메를리아를 만나 반가워서 그러지."

그 말에 그녀는 까르르 웃었다. 요염하고 명랑하며 대담하기까지 한 여자. 레이디라기엔 조금 색다르다. 그런 그녀에게 전의 '나'가 끌린 이유를 충분히 알겠다. 이 아가씨는 그다지 높은 지위도 아니면서 활달함 그 하나로 나에게 접근한 대담한 여자인 것이다. 그러면서도 그다지 바라는 것도 없다. 이 정도면 충분히 신선하다.

"다른 여자들에 대해서 말해 봐."

"전하는 정말 짖궂어. 나에게 다른 애인들 이야길 하라니 지나치지 않으세요?"

"메를리아니까 묻지, 다른 이라면 묻지도 않았어. 아는 대로 말해 봐."

그녀는 잠시 생각하더니 줄줄 읊기 시작했다.

"카라나 듀리시, 듀리시 남작의 막내딸이요. 건방지지만 얼굴은 예쁘죠. 에도니아 페일, 페일 자작의 딸인데 언감생심 전하의 궁비가 되려고 하지요. 타타니아 월몬드, 아무하고나 잠자리를 같이 하는 주제에 전하를 꼬시려다가 속치마를 벗어놓고 난리를 쳤었죠. 글로리아 지기스문트, 자기 약혼자도 속이고 전하랑 만나다가 파혼당했죠. 몰리나 헤어레스, 전하에게 이상한 약 먹이고 전하에게서 궁비 자리를 얻으려다가 혼이 났었죠. 미미 에드몬드, 자기 혼자 전하를 사귀는 것처럼 자랑하다가 창피를 당했죠. 더해요?"

"……."

미친다. 세상에! 몇 명이냐!

"뭐, 그래도 전하는 유부녀를 꼬시는 일은 거의 없으시니까요. 아, 제가 알고 있는 것은 칠레니아 백작부인이에요. 예쁜 미망인이죠. 근데 너무 수줍어해요. 재미없죠?"

"글쎄."

"아이~ 참. 전하는 워낙 말을 하지 않으신다니까. 하지만 알 사람은 다 알아요. 여자들 입이 얼마나 싼지 아시면서도 그래요?"

"그러니까 메를리아가 좋은 거지."

내 말에 그녀는 입술을 오므리며 웃었다.

"그래, 메를리아가 생각하기에 좋은 황태자비감으로 누가 좋겠어?"

"어머나! 그런 걸 제게 물으시는 거예요?"

그녀는 눈을 크게 뜨며 물었다. 당황과 기쁨이 섞인 얼굴을 내려다보고 나는 이 아가씨가 진정 궁정의 마당발이라는 것을 확신했다.

"말해 봐, 메를리아. 궁금하네. 원래 이런 건 여자들이 더 잘 아는 거 아냐?"

"그건 그래요. 전하는 정말 무서운 분이라니까."

메를리아는 잠시 망설이다가 날 향해 물었다.

"그런데 캐더린 헤이스 양이 진짜 데비드 밀톤 백작과 결혼하나요?"

"물론. 내가 증인이지."

"세상에! 난 그녀가 황태자비가 될 거라 생각했어요. 그런데 그녀가 후궁으로 들어가는 바람에 모두들 기절초풍했었죠."

"그녀는 지위에 연연하지 않거든."

내 말에 그녀는 순순히 고개를 끄덕였다.

"그래요. 그녀는 확실히 이 궁정의 여자들 중에서 가장 무시무시한 여자이긴 해요. 하지만 그런 여자가 그렇게 평범한 남자와 결혼하다니 믿어지지 않네요. 솔직히 말해 아까워요."

"아깝긴, 데비드가 얼마나 좋은 녀석인데."

메를리아가 히죽 웃었다.

"그럼 한 사람, 소울리에 데블린만 남았군요. 그녀는 소문도 좋고 다 좋아요. 한 가지 흠이라면 세클리어 데블린이란 다소 시끄러운 오라비를 가진 거지만 뭐, 그럭저럭 다 괜찮죠. 그 외에 괜찮은 지위에 괜찮은 아가씨라면 오레아 셀닉 후작 영애 정도인가. 그리고 도미니크 엡슨도 괜찮군요."

"어느 면에서?"

"오레아 셀닉은 굉장한 학구파예요. 소문에 의하면 그녀는 마법도 쓴대요! 대단하죠? 그런 지위의 여자가 공부를 한다니! 아카데미에서 초청을 받을 정도로 뛰어난 학자지요. 너저분한 소문도 전혀 없어요. 성품은 냉정하지만 공정하다고들 해요. 아랫사람에게 함부로 하지도 않고요. 하지만 여자로서 매력적이냐고 묻는다면 뭐, 그저 그렇다고 할 수 있겠네요. 얼굴은 나쁘지 않지만 뻣뻣해서."

이거, 정말 대단한 정보통이네? 도노반이나 데이비드는 당해낼 수도 없겠군.

"도미니크 엡슨은 예절 바르기로 소문난 여자예요. 아직 나이도 어린 여자가 얼마나 칼 같은지. 그녀 앞에서 긴장하지 않는 남자는 없대요. 예쁘긴 하지만 찬바람이 횡횡 날려요. 좀 재수없는 타입이지만 그래도 높은 지위에 있는 여자라면 어느 정도의 위압감은 필요하지 않겠어요? 맨날 훌쩍거리고 비비적거리는 여자 따위, 황후감은 결코 아니죠."

그녀의 연설이 끝날 때쯤 한 곡이 끝났다.

그녀가 예의 바르게 인사를 하고 물러서자 그 다음은 조금 굳은 얼굴의 아가씨가 나섰다.

"도미니크 엡슨입니다."

"어떠셨어요?"
"지쳤지."
"어마, 여자를 아주 좋아하시는 게 아니던가요?"
비꼬는 에이리아를 모른 척하고 나는 진지하게 대답했다.
"여자를 뽑는 게 아니라 황태자비를 뽑는 거니까 더 힘들지."
그 말에 에이리아도 카치아도 나를 살폈다.

벌써 세 시간이 지났다. 지금은 중간 휴식 시간.

무도회는 밤새도록 열리는 게 보통이지만 이 무도회는 그저 여섯 시간 동안만 열린다. 즉, 저녁 여섯 시부터 밤 열두 시까지 열리는 것이다. 당연한 이야기지만 황제와 황후는 이미 돌아가고 남은 것은 나와

선을 뵈는 아가씨들뿐이었다. 아가씨들은 긴장과 피로로 졸도하기 직전이기 때문에 반드시 휴식 시간을 주어야 한다. 나 역시 지쳐 쓰러지기 일보 직전이다. 잔뜩 머리 속이 복잡한데 낯선 여자랑 춤까지 추려니 다리에서 쥐가 날 지경이다.

"한 잔."

나는 턱을 괸 채 시종이 가지고 오는 술잔에 손을 뻗었다. 진짜 지쳤다. 몇 명이랑 춤을 췄더라? 이거 황태자는 체력이 출중하지 않으면 안 되겠군. 소드 마스터쯤 되는 나니까 버티지 남은 못 버텨.

"피곤하십니까?"

도노반이 어느새인가 다가서서 미소 지었다.

황실 전용 휴게실에 있는 것은 나와 카치아, 에이리아, 그리고 도노반과 데이빗, 코델리아, 시녀 두 명뿐이었다. 먹을 것을 들고 오락가락 하는 시종이 있었지만 실제로 이 휴식 시간에 뭘 먹는 사람들은 거의 없다.

남색 공단이 씌워진 고풍스런 소파는 꽤 안락해서 나는 그대로 누워 자고만 싶었다. 하지만 아직도 할 일이 태산 같다. 남은 아가씨의 수만도 아직 이십여 명이나 남아 있다.

"사실 일일이 춤추실 필요는 없었는데."

도노반의 말에 나는 술잔을 들이키다 말고 따악 굳었다.

"뭐?"

"그저 이름만 들어도 괜찮았습니다. 마음에 드시는 아가씨만 골라 춤추셔도 충분할 것을 일일이 춤추시니까 그리 지치시는 게지요. 하지만 전하께서는 소드 마스터이시니까……."

"도노반!"

나는 나도 모르게 소리를 빽 질렀다.

"그럼 일일이 다 춤추지 않아도 상관없었단 거냐?"

"네, 당연하지 않습니까? 세상에 어떤 분이 여섯 시간 동안 무려 오십여 명의 아가씨들과 일일이 춤을 춥니까? 전하야 워낙 체력이 출중하시니까."

저 음흉한 눈매를 보라! 날 일부러 놀린 것이 틀림없다!

도노반의 태연자약한 얼굴에 데이비드가 킥킥 웃었다. 오늘 처음 웃는 얼굴이다. 아까 공작의 살기를 맞은 탓에 시퍼렇게 굳어 있더니 이제 제정신이 좀 드는 모양이다.

"정말 성실하신 전하시라니까요. 그렇지 않습니까, 두 분 마마?"

두 여자는 외국인이라 자세한 사정을 몰랐나 보다. 그녀들은 그런 것도 모르는 나에 대해 의문을 가지지 않고 그저 도노반이 날 속여서 골탕 먹인 걸로만 여기고 킥킥 웃었다. 그 웃는 얼굴들을 보자니 가슴 속에서 뭔가 시커먼 것이 무럭무럭 자라나기 시작했다.

"도노반."

"네?"

"코델리아에게 자네가 일주일 정도 휴가를 얻을 거라 말해 두게."

"왜요?"

태연하게 되묻던 그의 얼굴이 나와 시선이 따악 마주치자 화악 굳었다. 그는 창백해진 채 나를 보며 더듬었다.

"서, 설마, 설마, 전하… 또 그 짓을 하시려는 건 아니겠죠?"

"왜 아니겠어? 나를 실컷 골탕 먹였겠다? 내일 아침 자네가 어떻게 될지 스스로 상상해 보게!"

"두꺼비는 너무합니다, 전하!"

"그럼 강아지로 해줄까? 아주아주 앙증맞은 놈으로!"

그 말에 도노반의 얼굴에서 핏기가 아주 싸아아아악 사라졌다.

난 당하고는 절대로 못 살지! 아암!

무도회의 2부가 시작될 즈음해서 나는 내가 직접 초대한 인물인 타이레논을 찾아나섰다.

참석할 때 같이 들어갈까 했지만 도노반의 말에 따르면 나는 주인공이므로 홀로 걸어 들어가야 한단다. 그 때문에 외국인인 그는 내가 직접 서명한 초청장을 들고 홀로 무도회장으로 들어갔었다. 물론 나는 그가 수줍어서 어디 구석에 처박혀 있을 거란 걱정은 하지도 않았지만.

"하하하하하……."

"호호호호… 정말 재밌는 분이셔."

"정말이에요? 정말 그런 것도 먹나요?"

"물론이지요, 레이디. 물컹한 것이 처음 감촉만 좀 이상할 뿐, 실제로는 쫄깃한 것이 꽤나 맛있답니다."

"아이, 징그러. 발이 여덟 개나 되다니."

"전 꿈틀거리는 것을 상상만 해도……."

여자들에게 둘러싸인 타이레논은 즐겁게 웃으며 청춘(?)을 즐기고 있었다. 무도회장에는 여자들이, 특히 결혼 적령기의 여자들이 대부분이었는데 그들 모두가 황태자비가 될 가능성은 당연히 없다. 내 눈에 들 만한 지위가 없는 여자들은 이 낯설지만 잘생긴 외국인이 그지없이 매력적이었을 게다.

"오, 전하."

"즐기고 있는 것을 보니 기쁘군."

"이렇게 아름다운 아가씨들이 제국에 가득하니 얼마나 행복하십니까?"

그가 윙크까지 섞어 말하자 옆에 있던 레이디들이 까르르 숨이 넘어갔다. 내가 나타나자 분분히 고개를 숙인 여자들을 슬쩍 바라보니 나와 인사를 한 여자들이 대부분인 것 같다. 물론 잘은 기억나지 않지만.

"이 아름다운 아가씨들을 계속 보고 싶다면 이곳에서 계속 지내도 좋소만?"

내 말에 그의 눈이 부드럽게 휘어졌다.

"물론, 그것도 좋긴 합니다만 만약에 그렇게 되면 제 동생이 제 아들놈을 베어버리려고 달려들 겁니다."

"아들?"

여자들이 의아한 표정을 짓는 가운데 타이레논이 어험 하고 헛기침을 하면서 자기 아랫도리를 가리켜 보였다.

"꺄아!"

"지, 짖궂으셔!"

여자들이 얼굴을 붉히며 서로 외면하는 동안 나노 그를 보며 미소 지었다.

역시 안 되려나. 넘치는 여자들로 미혼의 소드 마스터를 좀 꼬셔보려 했더니만.

"그나저나 정력도 참 좋으시더군요, 전하. 어떻게 수십 명의 레이디들과 쉬지도 않고 계속해서 춤을 추시는지, 멀리서 보고 있던 제가 다 질려 버렸습니다."

그는 자신을 황홀하게 바라보는 한 금발 아가씨에게 윙크를 던지고 나서는 자연스럽게 나에게로 다가왔다. 그런 그를 쳐다보며 나도 슬그머니 걸음을 옮겼다.

"그야, 나의 의무지. 나를 바라보는 수많은 여성들을 외면할 수는 없는 일이거든."

나 역시 날 바라보는 여자에게 미소를 던지며 몸을 돌리자 여자들 몇몇이 한숨을 내쉬며 뒤로 쓰러졌다. 이거, 정말 쓰러지는걸. 이 짓 몇 번 하면 재미 들리겠다.

사실 무도회장에서 귀족 여자들이 걸핏하면 쓰러지는 것은 그 여자들이 과장하는 것도 물론 있겠지만 워낙에 허리나 가슴을 조여 대서 숨이 막히기 때문이다. 흥분하면 호흡 곤란이 오고, 호흡 곤란이 오면 숨이 막힌다. 그리고 기절.

이 황당한 사실은 아까 에이리아가 허리 조이는 장면을 보며 내가 감탄하자 코델리아가 설명해 주었다. 그러게 대체 그런 드레스를 왜 입느냐고. 물론 춤출 때 허리가 가는 여자들은 같이 춤추기에 좋긴 하지만.

"몇 명이 응했습니까?"

타이레논이 내 옆으로 다가오며 소리 죽여 물었다.

나는 정원으로 그와 함께 걸어나가면서 슬쩍 뒤를 바라보았다. 딱 나에게서 열 발자국쯤 떨어져 서 있는 데비드가 캐더린과 나란히 나를 보며 걷고 있었다. 그는 타이레논에 대해 굉장히 경계심을 가지고 있는 듯 두 눈을 잔뜩 부릅뜨고 있었지만 사실 나와 타이레논 사이에 정말 일이 벌어지면 그로서는 역부족이었다. 이 자리에는 없는 데블린 후작이나 헤이스 공작이 있으면 모를까.

"몇 명이 응했는지 나도 잘은 몰라. 그대 이외엔 여기까지 온 사람이 없으니까."

"저런. 하기야 다른 사람들은 쉽게 움직일 위치가 아니지요. 아, 소문의 미녀 마스터들도 있긴 있습니다."

그래, 나도 기대하고 있지. 혹시나 로뎀의 여성 소드 마스터 차이나라든가 조애녀가 올지도 모른다는 점에서 말이야. 그녀들은 다른 자들에 비해서 비교적 자유로운 위치에 있으니까. 아, 아니다. 소드 마스터가 자유로운 위치에 있을 리가 없지.

"그나저나 정하긴 정하셨습니까?"

"뭘?"

"황태자비 감 말입니다."

"아직."

"누군가 마음에 두신 상대라도 있는 겁니까?"

"……."

정하긴 정해야 할 텐데… 대체 누굴 정하지? 아는 사람도 없고 그렇다고 마음에 끌리는 여성도 없다. 아까 본 소울리에 데블린이 그래도 좀 끌리는 여성이긴 하지만 생판 모르는 여자이긴 마찬가지다. 하기야 여기서 생판 처음 본 여자가 아닌 사람은 하나도 없지만.

황궁의 정원은 꽤나 아름다웠다. 내 정원은 미로 형식이 아니었지만 이 본궁의 홀 주변은 미로 형식으로 이루어져 있었다. 짙은 녹색의 향나무들을 깎아 만든 미로는 바로 내 목까지 오는 높이로 줄줄이 만들어져 꽤나 근사했다. 미로 형식은 대다수의 공격자를 막아 시간을 벌기 위해 만들어진 곳이기도 하지만 암살자가 숨기에도 참으로 적절한 공간이다.

붉은 카트레아 꽃밭을 지나 노란 수선화의 무리들을 들여다보니 지금 계절이 언제인지를 알 수 없어졌다. 겨울이었던가? 가을이었던가?

나는 대체 몇 년 몇 월에 와 서 있는 것일까.

기억이 없다는 것은 참으로 불편하기 짝이 없다.

"공주님 말씀대로."

갑자기 타이레논이 팔짱을 낀 채 내 뒤에서 조용히 입을 열었다.

"다른 나라에는 소드 마스터가 한 명 내지는 두 명 정도밖에는 안 되지만 제국 내에는 다섯 명이나 됩니다. 이런 것을 염두에 두고 대련을 청하셨겠지만 저는 조금은 이기적이 되고 싶습니다."

"……."

"검에만 매진하며 살아온 시간이 30년입니다. 물론 소드 마스터가 되지 못한 무수한 사람들에 비한다면야 재수가 좋은 것일지도 모릅니다. 하지만 오러 블레이드를 낼 수 있기만 하면 소드 마스터라는 칭호를 얻는 이 상황에서 조금만 더 높은 경지를 보고 싶은 게 사람 욕심입니다."

"그렇지."

나는 그의 말을 듣고 조금 멍해졌다.

욕심? 소드 마스터로서도 조금 더 높은 경지로 가고 싶은 욕심?

"소드 마스터가 된 지는 12년. 불행히도 그 12년 동안 저는 단 한 명과도 전력을 다해 대련해 본 적이 없습니다. 오러 블레이드를 쓰지 않고 대련하는 것도 쉽지 않은데 하물며 겨우 얻어낸 오러 블레이드를 제대로 써보지도 못하고 이대로 죽는다는 건 분합니다."

나는 그를 돌아보았다.

밤의 장막을 망토처럼 두른 그는 노란 등불 아래서 오로지 홀로 존재하는 것처럼 보였다. 태연하고 느긋해 보였던 푸른 눈이 순식간에 불을 뿜는다. 넓은 어깨에서 느껴지는 위압감은 아까 내가 맛보았던 헤이스 공작보다 못하지 않았다. 대신, 공작과 달리 마치 바다처럼 격랑을 품고 있었다.

"아까 공작과 전하를 보고 피가 끓어 미쳐 버릴 것만 같더군요. 제 숙부와 동생 이외에 다른 소드 마스터를 본 것은 처음이었습니다."

그는 무거운 음성으로 조용히 말했다.

나에게 말하는 것인지, 혹은 혼잣말을 하는 것인지 잘 알 수 없는 어조로 검게 물든 정원수를 노려보는 그의 눈 속에는 정말로 이글거리는 불꽃이 있었다.

피가 끓는다라······.

그런 기분을 맛본 것이 대체 언제일까? 무언가를 얻고 싶어 노심초사하는 그 욕심을 맛본 것이 대체 언제일까. 가슴속 어느 한구석이 무너지는 듯 아프기 시작했다.

제기랄! 내가 잊고 있는 것, 내가 잃은 것이 대체 얼마나 많은 것일까.

나는 이 이글거리는 눈동자를 한 남자를 당장에 죽여 버리고 싶었다. 그는 내가 가지고 있지 않은 것을 가지고 있다. 내가 아무리 애타게 갖고 싶었지만 가지지 못한 것, 그것을 그는 가지고 있었다. 청명한 가을 하늘 같은 눈을 한 남자가 욕심으로, 욕구로 불타는 눈을 한 채 이글거리고 있었다. 어째서? 어째서 그는 가지고 있는데 나는 가지지 못한 것일까? 난 왜 생각지도 못하고 있는 것일까?

"전하도, 전하도 알고 계실 겁니다. 전하는 15세 때 오러 블레이드를 사용하게 되었다고 들었습니다. 그렇다면 전하는 황태자이기 때문에 제대로 된 대련을 못하는 것 이외에도 무려 11년간이나 자기 힘을 제대로 발휘한 적이 단 한 번도 없었다는 이야깁니다."

이글거리는 눈동자. 갈구하는 눈동자.

그는 나를 똑바로 바라보며 이를 갈 듯 말했다. 누가 보면 나에게 싸움을 거는 것처럼 보일지도 모른다. 나는 온몸을 꼼짝도 할 수 없었다. 그의 눈에 사로잡힌 채로 뻣뻣이 서서 그가 말하는 것을 듣고만 있었다.

"힘을 가지면 뭐 합니까! 단 한 번도 제대로 쓸 상대가 없는데! 저는 그나마 해적 소탕 따위의 일에 오러 블레이드를 쓰며 발광한 적이 있었지만 전하는 단 한 번도 없었겠지요. 어떻게 참으셨습니까?"

그 진지한 눈을 바라보면서 나는 계속 침묵할 수밖에 없었다.

어떻게 참았을까? 자기 힘을 억누르는 것보다 더 힘든 일은 없다고 하는데 나는 어떻게 참았지? 아니, 나는 억누를 필요조차 없었다!

제기랄. 나는 정말로 없었다. 나는 억누를 필요조차 없었으며 내 힘을 발휘하고 싶은 마음도 없었고 더 높은 경지로 올라가고 싶은 마음조차 없었다. 전혀! 전혀 아쉬움도 없이 그저 세월만 보내고 있었다. 그 세월조차도 너무나 지겹고 무거워서 숨이 막혔다.

세상에! 내가 지금 무슨 생각을 하고 있는 거지?

"전하?"

나는 부지불식간에 가슴을 부여잡았다.

보드라운 벨벳이 손바닥 가득 잡혔다. 이 부드러운 벨벳이 바로 내가 처한 상황이다. 나는 어떠한 힘도 굳이 발휘할 필요가 없는 지위에 있는 남자다. 이미 태어나면서부터 엄청난 지위에 있는, 그런 남자인 것이다.

타이레논은 그런 나를 물끄러미 바라보고 있었다. 흥분한 기색은 이미 사라지고 평소와 마찬가지의 노련하면서도 유쾌한 눈빛이 돌아왔다.

"전하는 나이에 비해서 너무나 침착하시군요."

"침착?"

"제가 전하 또래였을 때는 말 그대로 방방 날뛰었습니다. 만약 제가 전하 나이에 소드 마스터가 되었었다면 엄청난 망나니가 되었을 겁니다. 살인마가 되었을지도 모르지요."

"설마."

내가 쓴웃음을 짓자 타이레논은 팔짱을 끼며 다시 밤하늘을 올려다보았다.

새까만 하늘 위에 점점이 박힌 별들이 빛을 낸다. 수십 년, 아니, 수백, 수천 년 동안 거의 변하지 않았을 빛을 내며 사람들을 내려다본다. 마치 드래곤처럼.

드래곤은 죽으면 별이 된다는 말이 있다. 사람이 죽는 것과는 달리 드래곤은 죽으면 별이 되어 하늘에 돌아간다는 전설이 있었다. 어디서 들었는지 기억은 나지 않는다. 하지만 이미 수천 년, 수만 년이나 살아온 드래곤이 또다시 별이 되어 수천, 수만 년을 견뎌야 한다는 것은 나름대로의 형벌일까. 아니다. 우리들 인간의 생각으로 드래곤을 재는 바보 짓은 관두는 것이 좋겠지.

"전하가 원하시는 것은 정말 무엇입니까?"

"……."

"저는 죽기 전에 제대로 된 대련 정도는 하고 죽었으면 좋겠습니다. 겨우 12년 된 제가 이런 생각을 하고 고국을 떨치고 나왔는데 다른 소드 마스터들은 어떻겠습니까? 소드 마스터 중 가장 연상이라는 페논 가비라 공은 대체 어떻게 참고 있을까요? 나이 들면 이 기분도 좀 수그러드는 걸까요?"

"그도 뛰쳐나오고야 싶겠지."

그러나 가족, 명예, 의무에 휘감겨 정말 나올 수 있는 사람들은 몇 안 될 것이다.

시그린 왕국의 국왕 파르아딘이 국왕의 자리를 박차고 정말 나올 수 있을까? 리베이드 왕국의 대들보라는 검공 페논 가비라가 정말 나올 수 있을까. 그는 이미 국왕의 친척이 되어 있다. 펠잔의 베지터 라는 또 어떤가? 그 자신이 수십 년 걸려 만들어놓은 펠잔의 대상회를 버리고 나올 수 있을 것인가? 아니, 용병으로서는 드물게 소드 마스터라는 제국의 레시언 위본과 대릴 켄은 또 어떠한가? 그들 역시 자신들이 만들어놓은 용병단을 버리고 단지 대련 좀 해보고 싶다는 이유로 뛰쳐나오지는 못할 것이다. 데블린 후작과 헤이스 공작도 마찬가지일 것이다.

"저는 저와 동생의 오러 블레이드 이외엔 본 적이 없습니다. 전하의 것은 어떻습니까? 어떤 모양입니까? 어떤 색깔이죠? 길이는 어느 정도입니까? 어떤 방식으로 쓰십니까? 제국의 검법 위주일 테니 모양도 색깔도 형체도 다를 겁니다. 궁금해 미칠 지경입니다."

그의 말을 듣고 있는 동안 가슴이 뜨거워졌다.

그의 눈빛은 아주 뜨거웠다. 당장에 나를 탈탈 털어서 오러 블레이드를 시전해 보라고 할 것 같은 태도다. 그의 눈빛을 받으니 나도 뜨거워지는 것 같았다. 나 역시 내 몸 안의 것들이 전부 다 들고일어나 소리를 질러대는 것 같다. 완전히 잊고 있었던 끓어오르는 그 무엇인가가 용솟음쳤다. 그래, 뭔가 아직도 내 안에 있다.

눈물이 날 것처럼 울컥해졌다. 대체 왜 이러는 거지? 왜 이 남자의 한마디 한마디에 이렇게나 동요하는 거냐? 나답지 않다. 나는 원래 사람들에게 잘 동요되는 편이 결코 아니었다.

"…나중에."

나는 새어 나오려는 신음을 억지로 삼키며 입을 열었다.

"아니, 내일 아침 대련하지."

"아?"

그의 눈이 커졌다.

"해보자구. 죽든 살든 망가지든 부서지든 간에."

"물론입니다, 전하. 그러기 위해 여기까지 왔으니까요!"

너무나 기쁜 나머지 그는 펄쩍 뛰어오르는 것 같았다. 기대는 했지만 에머리아 공주의 말을 듣고 어쩌면 내가 응하지 않을지도 모른다고 생각했던지 유별나게 기뻐하는 눈치다. 하지만 그녀의 말도 사실이었다. 누군가 안다면 극력 말릴 것이 분명하다.

나는 재빨리 주변에 누가 없는가 슬그머니 살폈다. 멀리서 데비드가 여전히 내 쪽을 살피고 있었지만 목소리를 낮추었기 때문에 그에게는 들리지 않는다. 만약에 그가 안다면 당장이라도 칼을 입에 물고 실실이 날뛸 것이 틀림없다. 도노반이라면 내 앞에서 당장 죽어 넘어지겠다고 발라당 넘어갈 것이다.

"그리고 우리 둘 중 누군가가 좀 멀쩡하다면……."

나는 억지로 웃었다.

"다음에 찾아오는 그 가엾은 소드 마스터와 또 대련해 주자고. 소드 마스터의 일생은 정말 너무나 불쌍하지 않은가."

"욕구 불만의 인생이죠."

그의 눈가가 붉어졌다. 그의 목소리도 잠겨 있다.

그의 말이 옳다. 소드 마스터의 일생은 정말 욕구 불만 그 자체의 연속이다.

나는 그와 마주 보고 서서 큰 소리로 웃었다. 타이레논도 내가 소리 내어 웃자, 특유의 낭랑한 목소리로 웃음을 터뜨렸다. 정말로 호쾌하게 지나가던 사람들이 다 돌아볼 정도로 큰 웃음 소리였다.

기억을 잃고 나서 이렇게 큰 소리로 웃어본 것은 처음이었다. 나는 문득 내가 기억을 잃기 전에도 이렇게 큰 소리로 웃어본 적은 없었던 것이 아닐까 하는 생각이 들었다.

Chapter 12

 여자들이 많아서인지 밤바람 속에는 달콤한 향기가 섞여 있었다.
 다 익어 떨어질 듯한 과실의 농후한 냄새, 잔뜩 흐드러진 꽃들이 지기 직전에 내뿜는 강렬한 향기. 여자들이 내뿜는 냄새는 가끔 그런 것을 느끼게 한다.
 타이레논과 헤어져 무도장으로 돌아와 내 자리에 서자 코끝으로 느껴지는 그런 절박한 듯한 향기에 숨이 막혔다. 메를리아의 말대로 황태자비는 못 될지언정 한 번이라도 눈길을 받아 궁비나 혹은 내연의 첩이라도 되고 싶어하는 여자들은 널리고도 널렸다. 제국의 황태자라는 것은 그런 것이다. 그렇기에 무수히 많은 여자들이 나라는 남자가 어떻든 와서 한 번이라도 봐주길 기대하는 것이리라.
 빨리 황태자비를 간택하지 않는 것도 잔인한 짓이다.
 나는 한숨을 삼키며 일일이 인사를 해오는 여자들과 춤을 추고 또

대화를 나누었다. 타이레논과의 약속 때문에 거의 기억에 남지는 않 지만 그럭저럭 버티고 있었다. 누굴 황태자비로 삼는 게 가장 좋을까. 머리 속은 복잡하다 못해 터질 것만 같았다.

"세아라나 페이스틴입니다."

검은 머리칼의 여자가 인사를 해왔다.

나도 모르게 조금 눈을 크게 떴다. 조금은 낯선 외모의 여자였다.

상아를 깎은 것처럼 하얀 피부이긴 하지만 어딘가 조금은 이질적이었다. 몸집은 작고 몸은 가늘다. 십 대 후반으로 보이는 둥근 얼굴은 무표정하지만 눈빛은 생생했다. 다른 여자들과 달리 눈이 가늘고 긴 것이 무표정해 보이는 데 일조를 기하는 것 같다.

"제국 태생이 아니군요?"

내 말에 그녀가 살풋 웃었다. 가느다란 눈꼬리에 웃음이 매달렸다.

"전, 남국 태생이지요. 태생은 로뎀입니다."

"로뎀, 그곳에서 여기까지 오셨습니까?"

"네, 전하를 뵙기 위해서지요."

춤은 그다지 익숙하지 않은 것 같았지만 리듬감은 훌륭했다. 몇 번 스텝을 밟자 곧 익숙해졌다. 나는 그녀를 안고 한 바퀴를 도는데 거의 무게가 느껴지지 않는다는 것을 깨달았다. 손 안에 마치 공기를 품고 있는 것 같은 기분이었다. 겨우 내 가슴밖에는 오지 않는 작은 체구의 이 여성은 내게 시선을 맞추며 도발적인 표정을 짓고 있었다. 뺨이 다 따가울 정도다.

"제 얼굴이 그렇게 잘생겼습니까?"

"왕자라고 잘생긴 사람만 있는 것은 아니거든요."

"다른 왕자들도 많이 봤나 보군요."

"많이 봤어요. 하지만 다들 별로더군요."

그녀가 킥 소리 내어 웃었다.

"제가 마음에 들면 저와 결혼할 겁니까?"

"그럴 수도 있겠죠. 하지만 그렇게 간단히는 안 돼요."

"그럴 거라 생각했습니다."

내 말에 그녀의 눈이 조금 커졌다.

"제가 누군지 아세요?"

그녀가 문득 생각난 듯 물었다.

"그야 물론이죠. 그대가 저와 결혼해 준다면 더 바랄 것도 없고요. 아, 물론 그대가 미혼인 경우에 말입니다."

"전 전하보다도 열 살이나 연상이에요."

그녀가 새초롬하게 말했다. 15, 6세밖에 안 되어 보이는 외모로 그런 말을 하니 조금은 우습다.

"그거야 무슨 상관이 있겠습니까? 겉으로 보면 내가 열 살은 연상으로 보이는데."

"정말 소문대로 여자 비위를 잘 맞추시는군요."

그녀가 콧등을 살짝 찡그렸다. 더 어려 보이는 얼굴. 마치 에메리아 또래처럼 보일 정도다. 이 정도면 죄의식을 느끼고도 남겠다.

나는 그녀의 허리를 꼭 안은 채 이쪽을 정신없이 바라보고 있는 사람들을 훑었다. 금발 머리 여성과 히히덕거리고 있는 타이레논을 발견하자마자 그녀에게 속삭였다.

"나이를 상관치 않겠다면 정말 혼인할 마음이 있습니까?"

"농담하지 마세요. 저 같은 이국인을 제국 황태자비로 받아드릴 거란 생각은 안 드네요. 게다가 저는 절세미인도 아니거든요."

나는 도톰한 입술을 한 그녀를 빤히 바라보았다.

절세미녀는 분명히 아니지만 매력적인 데가 있는 여자였다. 인형처럼 자그마한 외모와 달리 폭발적인 힘이 내재되어 있었다. 나와 닮은 검은 눈은 작지만 빛을 뿜었다.

"난 이미 두 명의 후궁이 있습니다."

"알아요. 엄청난 미녀들이라 저는 상대가 안 돼요."

"물론 상대가 안 되지요. 당신에게 상대가 되는 여자들은 이 자리에 단 한 명도 없을 겁니다."

나는 그녀의 작은 몸을 확 끌어 내 코앞까지 당겨 안았다. 작고 가는 몸이 팔뚝 안에 가득 찼다. 춤을 멈추자 음악도 멈추었다.

"…무슨 짓이지요?"

그녀의 눈썹이 슬그머니 치켜 올라갔다. 그러고 보니 이 여자는 눈썹이 꽤나 가늘다.

나와 그녀가 꽉 끌어안은 채 무도회장 한가운데서 멈춰 서 있자 점점 주변이 소란스러워지기 시작했다. 음악이 아예 멈췄으니 점점 묘한 분위기가 맴돌았다.

"전하가 황태자비감을 발견한 건가?"

"설마? 저 쪼그만 여자는 누구야?"

"어느 댁의 영애지?"

여자들, 남자들 할 것 없이 떠들고 있는 와중에 타이레논의 시선이 나에게 와 닿았다. 내가 그에게 미소를 지어 보내자 타이레논은 멍하니 두 눈을 껌뻑거리더니 갑자기 두 눈을 부릅떴다. 그리고는 이쪽으로 황급히 사람들을 헤치고 걸어오기 시작했다.

"나를 이렇게 꽉 안은 남자는 없었어요."

그녀가 불편한 듯 몸을 움직이려고 바르작거렸다. 하지만 나도 쉽게 놔줄 마음은 없었다. 그녀가 점점 얼굴을 찌푸리며 불만을 토하는 동안, 어느새 타이레논이 바로 그녀의 뒤에 와 섰다. 물론 그녀는 내게 안긴 채 아예 돌아보지도 못했지만.

"당신에게 소개할 사람이 있습니다, 레이디."
"누군데요? 그것보다 절 좀 놔주실래요?"
"도망가지 않는다고 약속한다면 놔드립니다."
"안 도망가요!"

도전적인 빛이 그녀의 작은 얼굴에 떠올랐다. 하얗고 검은 대조적인 두 가지 색깔을 가진 여자였다. 그나저나 이 얼굴로 나보다 열 살이나 연상이라니, 사기다.

"그럼, 소개시켜 드리죠."

나는 그녀를 천천히 풀어 주었다. 하지만 여전히 그녀의 허리를 잡고 있었다. 불만인 듯 미간을 찌푸리던 그녀에게 만면에 미소를 지은 타이레논이 고개를 숙였다. 아주 정중한 인사에 그녀는 고개를 갸우뚱했다.

"소개합니다, 퓨전 왕국의 타이레논 레플러 후삭입니다."
"아."

그녀는 눈을 크게 뜨고 타이레논을 멍하니 바라보았다. 그런 그녀를 그지없이 사랑스럽다는 듯 타이레논이 한껏 미소 지었다. 나도 같이 웃었다.

"그리고 타이레논, 이쪽은 로뎀의 레이디 차이나 텅 양이야."
"정말 만나서 반갑습니다! 레이디 차이나 텅."
"내 이름은 차이나 텅이 아니에요!"

그녀는 냉담한 얼굴로 타이레논에게 말했다.

한창 들떠 있던 타이레논은 그 냉담한 반응에 상처 입은 양 얼굴을 구겼다. 하지만 그것도 잠시, 노련한 남자답게 곧 극복했는지 다시 상냥하게 묻는다.

"그럼 무엇이라 불러야 합니까?"

"제 이름은 차이나 세아리나 턴아세이라고 합니다. 어떤 멍청이가 발음하기 힘들다고 그 따위로 바꾸어 버렸지만 대체 누가 자기 성을 그렇게 마구 바꾼답니까?"

"차이나 세아리나 텅아세이?"

"턴아세이!"

"텅아세이… 텅아세이……."

일부러인 건지 혹은 나름대로 정성을 들이는 것인지 타이레논은 몇 번이나 반복하며 틀리고 있었다. 그런데 사실 턴아세이라는 이름은 발음하기 진짜 어렵다. 그가 계속 텅텅거리고 있는 동안, 나도 한 번 속으로 발음해 보았다. 진짜 발음하기 어렵다. 턴아세이라니, 대체 어디에서 온 성일까? 로뎀이야 평민들이 지내는 곳이니 분명 스스로 이름을 지은 자들도 많이 있을 것이다. 그래서 희한한 성이 많다고 듣긴 했지만 진짜 희한하다.

"놀리는 거면 그만두시죠."

차이나가 마침내 주욱 찢어진 눈꼬리를 들어 그를 쏘아보자, 타이레논은 어색한 표정으로 입을 다물었다. 나는 그 모습을 보고 피식 웃고 말았지만 타이레논의 눈초리에 슬그머니 시선을 돌렸다.

"어쨌거나 만나뵙게 되어 반갑습니다. 소문이 자자한 여성 소드 마스터를 이렇게 만날 수 있다니 이곳에 오길 잘한 것 같군요."

타이레논이 활짝 웃으면서 말했는데도 그녀는 시큰둥한 태도였다.
"그래요?"
이곳은 나의 휴게실이었다.
무도회장은 그녀가 로뎀의 여성 소드 마스터란 것이 밝혀지자마자 완전히 발칵 뒤집혔다. 황궁경비대의 버번 경은 새파랗게 질렸고 기사들은 완전히 굳은 얼굴로 긴장을 감추지 못했다. 여자들 몇몇은 머리를 감싸고 뒤로 넘어가며 기절을 했고, 친애하는 내 두 후궁들은 눈을 부릅뜨며 차이나를 멍하니 바라보았다.
그런 그들을 물리치고 나는 내 팔뚝에 매달린 그녀를 데리고 휴게실로 직행했다. 어차피 내가 대련한다는 말을 누가 듣기라도 하면 난리가 날 것은 분명한 일이었다. 시종들 몇몇이 급히 마실 것과 음식을 실어 날랐다.
타이레논은 나와, 차이나 단 세 명이 되자 기분이 좋아서 어쩔 줄을 몰라 했다. 그로서는 전혀 기대하지 않았던 해프닝이었기 때문인지 입이 귀밑까지 찢어져서 즐거워하고 있었다. 그런데 어쩐지 차이나는 그다지 즐거운 인상이 아니었다.
"자, 축배를 듭시다."
내가 잔을 돌리자 그제야 그녀는 시큰둥한 표정을 지우고 잔을 들었다. 타이레논이 건배를 외쳤지만 그녀는 그런 그를 흘긋 보았을 뿐, 아예 무시하는 태도로 잔을 홀짝였다.
"그래도 소드 마스터가 세 사람이나 모였군요. 전하, 어떻습니까? 기쁘지 않으십니까?"
안 기쁘다고 하면 어쩐지 타이레논이 불쌍할 것 같아서 나는 순순히 고개를 끄덕였다. 하지만 그 말에 차이나는 얼굴을 살짝 일그러뜨렸다.

"일일이 소드 마스터, 소드 마스터 하는 것도 귀찮은 이야기네요. 굳이 그렇게 말하지 않아도 나는 소드 마스터가 맞으니까 그만 좀 해요."

타이레논도 나도 좀 의외의 말에 그녀를 돌아보았다.

그녀는 한숨을 푹 내쉬더니 쿠션이 놓여진 소파에 가서 털썩 앉았다. 솔직히 말해 화사한 드레스를 입고 그런 식으로 소파에 주저앉는 것은 대단히 어울리지 않았지만 그녀는 아랑곳하지 않았다. 가슴이 살짝 패인 부드러운 색감의 짙은 녹색의 드레스였는데 상아빛 피부에 잘 어울렸다. 소녀다운 체형이었기 때문에 움직임이 더 작아 보이기도 했지만.

"아까는 기분이 좋았는데."

그녀는 퉁명스럽게 말하고는 타이레논을 쏘아보았다. 그가 움찔하자 그녀는 다시 한숨을 내쉬었다.

"나는 대련 때문에 온 게 아니에요. 난 소문이 자자한 황태자 전하를 보고 싶어 온 거라구요."

"네?"

내 대신 타이레논이 큰 소리를 내질렀다.

"로뎀에서 가장 인기가 있는 남자가 바로 저기 있는 록그레이드 황태자 전하지요. 잘생기고 젊은 데다 미혼이고 거기에 왕자님, 거기에 또 소드 마스터씩이나 되는 남자니까."

"나도 미혼입니다만."

"제국의 황태자랑 왕국의 후작이랑 같아요? 게다가 나이도 훨씬 더 많으면서."

타이레논의 말에 차이나가 담담히 대꾸했다. 타이레논의 얼굴이 잔뜩 구겨졌지만 그녀는 무표정한 채로 드레스 차림새에 어울리지 않게 턱을 괴고 나를 빤히 보았다.

"내가 누구란 걸 알면서도 그렇게 세게 안거나 춤을 추거나 놀리거나 한 사람은 여지껏 없었어요."

"하."

나는 어색한 웃음을 지었다. 의외로 차이나의 시선은 집요하다.

"이렇게 큰 무도회장에서 춤추어 본 것도 처음이었고, 초상화보다 잘 생긴 왕자를 만난 것도 처음이었는데."

그녀는 미간을 찌푸렸다.

"다 망쳐 버렸어."

뭔가 소녀의 꿈을 건드린 것 같은 이유없는 죄책감을 느낄 즈음, 회복이 빠른 타이레논이 의아한 듯 물었다.

"초상화보다 잘생긴 왕자요? 다른 왕자들을 많이 보기라도 한 말투군요."

"많이 봤죠. 전하는 솔직히 초상화보다 잘생겼어요. 초상화를 봐서는 굉장히 선이 가늘고 뭐랄까, 연약해 보였는데 실제로 보니까 오히려 더 단단해 보이는 스타일이더군요. 검은 옷 때문인가?"

나는 뭐라 말해야 할까 싶어 슬그머니 타이레논을 보았다. 그는 슬슬 장난기가 동하는지 반짝이는 눈으로 그녀를 보며 물었다.

"다른 왕자들은 어땠습니까?"

"리베이드에서 온 두 명의 왕자들은 잘생기긴 했지만 지나치게 건방졌어요. 결국은 살기를 개방했고, 그 다음에는 도망가 버렸지요. 시그린 왕국의 왕자는 나쁘진 않았는데 코가 못생겼었고 내가 말을 할 때마다 눈도 마주치지 못했는걸요. 펠잔의 대상이라는 남자도 나에게 선물만 냅다 안겼지 실제로 단둘이 있을 때는 잔뜩 긴장해서 정말 불쌍할 정도였어요."

그녀는 어깨를 으쓱했다.

"뭐, 검에 평생을 바친 게 억울한 것은 아닌데 남자 소드 마스터들은 여자들이 동경에 찬 눈으로 바라보는데 비해, 여자 소드 마스터는 마치 괴물이나 되는 듯 바라본단 말이에요. 그게 아주 기분 나빴는데."

그녀는 콧등을 찡그렸다. 그 표정이 정말로 소녀 같아서 나보다 십여 세는 연상이라는 그 말이 믿기지 않았다. 소문에 의하면 그녀가 소드 마스터가 된 것은 5년 전의 일이다.

"확실히 불공평하기는 하군요."

타이레논이 수긍하자 그녀는 별수없다는 듯 드레스 차림으로 다리를 쭈욱 펴고 소파에 느긋하게 기대앉았다. 타이레논과 나를 번갈아 보면서 그녀는 무표정한 얼굴로 물었다.

"여자 소드 마스터에 대해 어떻게 생각해요?"

"멋지죠."

타이레논은 두 번 생각할 것도 없이 대답했다.

그리고 그 말이 진짜라는 것을 납득이라도 시키려는 듯 그 반짝이는 푸른 눈을 부담될 정도로 가까이 들이밀면서 열에 들뜬 듯이 말했다.

"여자가 남자보다도 더 열악한 상황에서 소드 마스터가 되었다는 것은 정말로 엄청난 일이라는 거 아니겠습니까? 만약 다른 소드 마스터와 같은 환경이었다면 차이나 양이나 조애너 양은 더 빨리 소드 마스터가 되었을지도 모릅니다!"

"그럴 수도 있네요."

그녀는 멀뚱 고개를 끄덕였다. 그다지 타이레논의 말에 감명을 받은 것 같지도 않다.

"전하는 정말로 저랑 결혼하실 마음이 있나요?"

그녀의 질문에 나는 그녀를 빤히 바라보았다.

"그럼, 차이나 양은 나와 결혼하려고 이 무도회에 나왔습니까? 로뎀을 버리고 이 나라를 모국으로 삼을 자신이 있습니까?"

"아뇨."

"그렇다면 하는 수 없지요. 나는 당신을 유혹해서 이 나라에 남게 만들고 싶지만 그렇게까지 하고 싶은 마음은 없습니다."

"어째서요? 다른 왕자들은 그렇게 했는데?"

차이나의 말은 어린애 같은 얼굴에도 불구하고 냉철했다. 나는 그 무감각할 정도로 담담한 두 눈을 바라보며 살짝 웃었다.

"이미 내가 소드 마스터인데 굳이 소드 마스터를 영입하려고 내 자신을 바칠 이유는 없으니까."

"그렇겠죠. 이미 제국은 다섯 명의 소드 마스터를 보유하고 있으니까."

차이나는 담담하게 말했다.

"어차피 잠시 즐기고 싶었을 뿐이었어요. 슬그머니 숨어 들어와 소문자자한 미남 황태자와 춤추는 것은 꽤나 흥미진진한 일이잖아요?"

"즐거웠다니 기쁘군요. 나도 당신을 만나 대단히 기쁘니까."

"그래요. 자, 그럼 이 다음에는 뭘 할 건가요? 이 자리에서 설마 하니 대련이라도 하자고 덤벼들 것은 아닐 테고."

차이나의 말에 나는 타이레논을 보았다. 그는 차이나를 보며 조금은 씁쓸한 얼굴로 말했다.

"내일 아침, 우리는 대련을 할 겁니다. 차이나 양은 참석할 건가요?"

"대륙 사상 최초의 소드 마스터 대련을 놓칠 수야 없죠."

그녀의 눈이 냉랭하게 빛났다.

소녀처럼 앳된 얼굴에 드러나는 차가운 승부사의 가면에 순간 소름이 끼쳤다. 하기야 얼굴이야 소녀라지만 그녀는 소녀가 결코 아니다. 승부에 목숨을 걸지 않고 검술에 미치지 않으면 될 수 없는 게 소드 마스터다. 수백, 수천, 수십 만이 검술을 익히지만 극한까지 익혀 마침내 오러 블레이드를 뿜어내고 상대를 기세만으로 제압하는 것은 극소수.

심하게 말해 제정신인 사람이 할 수 있는 경지가 아니란 말이다.

"그런데 어떻게 여기까지 숨어들어 왔지요? 무도회에 정식으로 참여하려면 초대장이 필요했을 것이고, 당신이 가명으로 들어오려면 당신을 데리고 들어올 귀족이 있었을 터인데."

내 질문에 차이나는 눈썹을 치켜 올리며 희미한 미소를 지었다.

"그런 걸 내가 말할 것 같나요?"

어차피 조사해 보면 알 일이다. 나는 희미한 웃음을 띤 이 차가운 소녀 아닌 소녀를 보면서 난처한 듯 턱을 어루만졌다. 어쨌거나 이 황태자비 간택 무도회의 해프닝은 소드 마스터 대결로 이어질 모양이다.

나는 완전히 냉랭해진 그녀의 눈을 들여다보다가 천천히 일어섰다.

"자아, 천천히 두 분 쉬시도록. 나는 무도회의 마무리를 하지 않으면 안 되니까."

"구경 가면 안 되나요?"

갑자기 다시 소녀의 얼굴이 된 차이나가 물었다. 나는 별수없이 웃으며 그녀에게 손을 내밀었다. 그녀는 내 손을 답삭 잡고 일어나더니 자신의 옆에 들러붙은 타이레논을 향해 묘한 시선을 던졌다.

"차이나 양이 원한다면야 실컷 춤을 추고 얼마든지 당당하게 웃어드리지요. 비록 황태자는 아닐지라도 후작은 되니까."

그는 차이나의 묘하게 뾰로통해진 얼굴을 무시하고 큰 소리로 웃었다.

Chapter 13

 다가오고 있다.
 조용히 소리를 죽이고 다가오고 있다. 차갑고 날카롭고 위험한 것이.
 피곤에 지친 봄을 사정없이 후려살기고 짓이기며 다가온다. 몸 안에 남은 희미한 온기가 등줄기로부터 덮쳐 오는 한기에 천천히 사라져 갔다. 평온한 어둠, 무거운 어둠을 밀어버리고 차갑고도 냉혹한 새벽이 찾아온다.
 조금만 더… 조금만 더…….
 나는 눈을 감은 채 나도 모르게 애원했다. 이대로 편안히 있고 싶어. 이대로 쉬고 싶다. 나를 건드리지 말아. 이 잠에서 나를 깨우지 말아줘.
 등줄기를 할퀴는 햇빛을 느낀다. 어둠에 가려 보이지 않았던 방 안의 한기가 보인다. 어둠의 무게에 눌려 있던 먼지들이 춤추기 시작한다. 모든 것이, 모든 것이 깨어나 꿈을 밀어내고 차가운 현실로 돌아오는 시간… 새벽이다.

눈을 뜨자 내 손이 보였다. 향초 베개에 푹 파묻힌 하얀 손이 보였다.

내 손은 희다. 하지만 상처투성이. 온통 굳은살투성인 데다가 손톱은 엉망진창으로 갈라져 있어 꽤나 험악하다. 이 손이 소드 마스터라는 것을 나는 믿을 수 있었다. 내가 마법사라는 것도 믿을 수 있다. 하지만…….

나는 천천히 몸을 일으켜 앉았다. 흐트러진 머리칼을 쓸어 올리고 밤새 고개를 내민 수염들을 손바닥으로 쓸어 내렸다. 단단한 팔다리가 강인한 근육으로 물결친다. 훨씬 거친 옷이 오히려 익숙할 것 같은 기묘한 기시감을 느끼면서도 나는 멍하니, 침대 옆에 세워진 등신대의 거울을 바라보았다. 흰 실크의 잠옷이 어깨선을 타고 흘러내렸다. 공단으로 만들어진 이불이 주르륵 푸른 양탄자 아래로 떨어져 내린다. 황금빛과 자줏빛으로 장식된 침대와 금빛 그리핀이 새겨진 태피스트리 아래 멍하니 입을 벌린 남자가 보인다.

이십 대 초반으로 보이는 남자는 화려한 옷이 어울리지 않는다는 듯 기묘하게 일그러진 눈으로 앉아 있다. 새털처럼 가벼운 실크 잠옷이 무거워서 견딜 수 없다는 듯 기울어진 어깨.

희미한 새벽을 등 뒤에 지고서 남자는 멍하니 나를 바라보고 있었다.

이상해서 견딜 수가 없다.

나는 손을 들어 이마를 쓸어 올렸다. 거울 속의 내가 똑같은 동작을 하며 한숨을 내쉬는 게 보였다. 너무나 어울리지 않아서 한숨이 나온다. 나는 대체 여기서 뭘 하고 있는 거지? 나는 정말 누구지?

 기억이 조금씩 날 거라는 예상과 달리 기억은 돌아오지 않았다.

 명령조의 말이라든지 행동이나 성격은 예전과 다를 바 없다고 데비드도 도노반도 말했다. 황후도 나를 인정해 주었다. 그런데도 불구하고 나는 내가 이상하다는 것을 알고 있었다. 내 모든 것들이 다 이 상황은 정상이 아니라고 외치고 있었다.

 "대체 무슨 일이 벌어지고 있는 거지?"

 나는 소리 내어 중얼거렸다.

 나는 대체 누구야? 대체 뭐지? 난 무엇이기에 이 자리에 있는 거지?

 모두 다 록그레이드라고 믿고 있는 나는, 대체 누구이기에 이 자리에서 어울리지도 않는 껍질을 쓰고 앉아 있는 걸까.

 새 울음소리가 들려왔다. 밖은 천천히 아침을 맞이하고 있었다. 옅은 젖빛 유리창으로 스며드는 햇빛을 바라보면서 나는 멍하니 심호흡했다.

 이제 잠을 잘 수는 없다. 눈앞에 아침이 와 있다. 이유는 모르지만 나는 이 자리에 서 있고 그것을 즐기지 않으면 안 된다. 무슨 일이든 웃으면서 넘기지 않으면 안 된다.

 "연극 같군."

 나는 단념하고 일어섰다. 이제부터 다시 새 막이 시작된다. 즐기고 또 즐기고 황태자다운 태도로 미소 짓는다. 그것이 내가 해야 할 일이다. 내가 하지 않으면 안 될 일. 게다가 곧 소드 마스터끼리의 시합이 시작되지 않는가. 그냥 내뺄 수도 없는 것이다. 내가 신청했으니까. 일을 벌인 것은 전의 '나'지만 실제로 하기로 한 것은 나다.

이곳에서 눈을 뜬 이래 최초로 내가 원했던 것이 타이레논과의 대결이었다. 정말로 '나' 자신이 원했던 것이 바로 그것.

나는 타이레논의 눈 안에 있던 그 불꽃을 훔치고 싶었다. 그리고 실제로 그렇게 할 참이었다. 난 가지지 못한 것을 내 눈앞에서 그렇게 흔들어 보이다니 그 남자도 어쩌면 그렇게도 순진할까. 아니, 그 역시 자신의 욕심으로 움직이는 것일 테니 무슨 일이 벌어지더라도 상관은 없을 것이 분명하다.

불편한 잠옷을 벗어 내던진 채 나는 알몸으로 서서 창문을 열었다. 차가운 한기가 기다렸다는 듯 밀려 들어왔다. 아름답기도 하지, 사납기도 하지. 어둠은 미처 사라지기도 전에 희미한 여명에 난도질당하고 있다. 회색과 갈색이 뒤섞인 대지, 희미한 녹색과 갈색이 뒤섞인 대지가 천천히 움직이기 시작했다. 나는 팔짱을 낀 채 그 낯설면서도 낯설지 않는 풍경을 바라보았다. 새벽이 세상을 여는 풍경은 낯설지 않다. 하지만 이십여 년간 내 방이었다는 내 방 아래의 풍경은 왜 이리도 낯선가. 나를 둘러싼 이 모든 것이 왜 이리도 낯선가.

옷장 옆에 마련된 장식장 안에서 나는 쓸 만한 검을 몇 개 꺼내 들었다. 화려한 보석으로 장식된 검들, 여전히 낯선 물건들. 몇 번 흔들어 보고 만져 보았다. 모두 쓸 만한 검들이었다. 손에 익지는 않지만 말이다. 그래, 그래서 의심하지 않을 수 없다. 모두들 내가 록그레이드라고 하지만 록의 방에 놓여진 그의 애검들을 보라구. 이 많은 검들 중에 내 손에 익은 검은 단 한 자루도 없다. 그저 좋은 검인 것은 분명하지만 내 검은 이 중에 없어. 이러니 내가 의심하지 않을 수 있겠어?

나는 혼자 코웃음을 쳤다. 아무리 멋진 연극이라고는 해도 이건 좀 지나치잖아?

한참 동안 방 안을 살폈지만 장식장 이외의 검들은 보이지 않았다. 아니지, 혹시 몰라. 내가 자주 쓰는 검은 장식장 안에 있지 않을지도 모르지.

나는 종을 흔들었다. 해도 뜨기 전의 새벽이라 깨우기 민망하지만 몇 교대로 움직이는 시종들은 자고 있지 않을 것이다. 그 생각이 맞았는지 벨을 더 흔들기도 전에 재빨리 문을 노크하며 한 명의 시종이 고개를 내밀었다.

"전하, 부르셨습니까?"

평소와 달리 낯선 시종이었지만 나는 무심히 물었다.

"내가 항상 쓰던 검은 어디 있지?"

시종은 별로 당황하지도 않고 척척 걸어오더니 검을 주욱 나열한 장식장의 맨 밑에 위치한 서랍을 열었다. 그리고는 서랍에 둘둘 감겨 있는 뭉텅이 하나를 조심스레 내밀었다. 그 뭉텅이를 받아 들고 펼치자 방금 전에 보았던 호사스런 보검 대신, 아무런 장식이 없는 둔탁한 빛깔의 검 하나가 등장했다.

"대련 때나 훈련하실 때 쓰던 검은 서랍에 넣으라고 힁힁 명령하셨습니다만."

시종이 조금 미심쩍다는 얼굴로 나를 바라본다. 나는 그를 본 체도 않고 계속해서 그 검을 내려다보았다. 생채기가 잔뜩 난 뿔로 만든 검 자루와 희미한 물결 무늬가 도드라진 은색의 검. 장식은 하나도 없지만 들어보니 무게 중심은 아주 잘 잡혀 있다. 그리고 내 손 안에 잡히자 마치 기다렸다는 듯 찰싹 붙어왔다. 나도 모르게 희미한 웃음이 떠올랐다. 안정감.

"오랜만이군."

내 말을 들었는지 시종이 미심쩍다는 표정을 지운 채 싱긋 웃으며 말했다.

"정말 오랜만입니다, 전하. 새벽의 훈련을 중단하신 지 벌써 석 달째였지요. 그럼 훈련장을 준비해 놓으라 말해 놓을까요?"

"그래."

내 말에 시종은 너무나 기쁜 표정을 지었다. 나는 그제야 그를 돌아보았다. 그는 처음 보는 얼굴의 남자로 갈색 머리에 갈색 눈, 거기에 너무나 평범한 인상을 한 남자였다. 그는 평소 내 시중을 드는 소년들과 달리 나이가 들었다. 노인에 가까운 얼굴이다. 어쩌면 나와 검술 대련을 같이 한 남자라는 생각이 들자 조금은 친밀감이 들었다.

"내가 훈련을 중단한 지 석 달이 되었다고?"

"그렇습니다. 거의 십여 년 이상 해오신 훈련을 중단하셔서 저는 서운했습니다."

이렇게나 친밀하게 말을 걸어오는 걸 보면 이 시종은 나와 친밀했던 모양이다. 나는 그를 다시 한 번 관찰했다. 아무리 생각해도 난 의심이 많아.

"왜 서운한가?"

그는 잠시 눈을 크게 뜨고 날 바라보다가 황급히 시선을 내렸다. 예의 바른 시선이 된 그가 낮은 소리로 고했다.

"죄송합니다, 함부로 입을 놀렸습니다."

"대답이나 해."

"그야 새벽 훈련의 시중을 들지 않으면 저는 전하를 뵈올 길이 없으니까요."

그의 얼굴에 도노반의 얼굴에서 항상 봐왔던 희미한 감정이 드러났다. 마치 내가 그의 무엇이라도 되는 양 퍼져 나가던 자랑스러움과 간지러울 정도로 따스한 친밀감 같은 것.

"날 보고 싶었나?"

내 말에 그의 얼굴이 다소 붉어졌다. 그는 조금 난처한 표정을 짓더니 내가 알몸이라는 것을 깨닫고 급히 가운을 펼쳐 내 어깨에 휘감아 주었다.

"전하, 아직 공기가 찹니다."

"그대는 나이가 몇이지?"

"쉰하나가 됩니다. 전하를 뫼신 지 벌써 17년째가 됩니다."

그가 내 가운 자락을 여며주며 말했다.

"도노반과 비슷하군."

내 말에 그의 얼굴에 다시 미소가 떠올랐다. 하지만 그것은 곧 사라지고 그는 부산하게 움직이기 시작했다. 옷장에서 내 속옷과 옷가지들을 꺼내고 양말을 준비해 내 침대 위에 늘어놓는다. 그리고는 금빛 대야에 물을 담고 그 온도를 재었다. 세수 물을 준비해 내놓는 그를 물끄러미 바라보다가 내가 문득 물었다.

"이름이 뭔가?"

그의 얼굴에 비로소 놀라움이 떠올랐다. 내가 그의 이름을 모른다는 것이 놀라운 건지 이름을 묻는다는 게 놀라운 건지 알 수 없었다. 하지만 그는 놀란 표정을 애써 지우고는 다소 떨리는 음성으로 말했다.

"벤 가울링입니다, 전하."

"벤."

내가 멍하니 천장을 바라보고 있자 그는 조금 걱정스러운 듯 나에게로 다가왔다.

"전하? 어디가 불편하십니까?"

"아니, 세숫물이나 내줘."

나는 짧게 말하고 세수를 마쳤다. 그가 챙겨놓은 옷을 보아하니 연습복은 청색이었나 보다. 청색 셔츠와 하얀 바지를 걸치고 나자 그는 그 낡아빠진 검을 나에게 공손히 내밀었다. 그것을 쥐고 밖으로 나가자 종종걸음을 치며 내 뒤를 따라왔다. 아직 완전히 밝아지려면 시간이 필요하다. 복도 안은 온통 얼룩덜룩 햇빛이 침입한 흔적을 고스란히 드러내고 있었다.

밖으로 나가자 내가 한 번도 보지 못한 정원 쪽으로 그가 안내했다. 모른 척 그를 따라가며 딴청을 피우니 그는 내가 오랜만에 나오자 감상에 젖었다고 생각했는지 걸음을 늦추고 지나가는 시종에게 이런저런 명령을 했다. 아마도 나이 든 만큼 어린 시종보다는 지위가 높은지도 모른다. 그러고 보니 시종들의 신분 체계가 어떻게 되는지 아직 모르고 있었다.

꽃 향기가 가득한 꽃밭을 지나고 황궁 정원 특유의 미로를 뚫고 지나자 텅 빈 공간이 떠올랐다. 다른 곳들과 달리 벌건 흙이 그대로 드러난 공간. 헐어 빠진 말뚝이 여기저기 좀 박혀 있는 것 이외엔 아무것도 없이 텅 비어 있었다. 이런 곳이 내 궁에 있다는 것도 나는 처음 알았다. 정원은 그냥 나무와 꽃이나 있을 줄 알았지 이렇게 텅 빈 공터가 있을 줄이야.

익숙한 태도로 벤은 나에게서 재킷을 받아 들고 옆으로 비켜섰다. 항상 내가 그렇듯 상의를 벗은 채 훈련을 했던 모양이다. 나는 그 생소한 감각에 어쩔 줄을 모르고 잠시 멍하니 그 공터를 바라보았다. 기사들 훈련장을 보긴 했지만 그것보다 훨씬 넓고 황폐한 공간이다. 왜 이렇게 황폐할까, 여기저기 패어지고 갈라진 땅에는 불룩불룩 돌멩이가 그대로 드러나 있다. 보통 훈련장이 땅을 고른 것과는 천지 차이다.

어쨌든 타이레논이 오기 전에 감각을 되살려야 할 필요성이 있었다. 나는 감상을 접고 천천히 검을 뽑아 허공에 드러냈다.

손 안은 묵직했다. 뻐근한 근육이 깨어나기 시작하는 것을 느끼며 나는 천천히 검을 가로로 세로로 흔들어보았다. 공기를 찢는 소리가 제법 상쾌하다.

천천히 한 걸음 앞으로, 한 걸음 뒤로 슬금슬금 걸으며 검을 휘둘러 보았다. 오른손으로 한 번, 왼손으로 한 번. 어허라? 나는 양손잡이였 구나. 점점 속도가 붙기 시작했다. 앞으로 뒤로 옆으로 움직이며 검을 이리저리 휘두르자 검이 손 안에 꽈악 안겨오는 것 같은 기분이 들기 시작했다. 검이 내 손을 받아들이고 내 팔을 받아들이자 점점 휘두르 는 게 편안해졌다. 내 머리통은 모든 것을 잊고 있지만 내 손은, 팔은, 그리고 몸은 분명히 기억하고 있었다. 하지만 어쩌면 오러 블레이드까 지 끄집어내기에는 무리가 있을지도 모른다.

"하지만 인간이란 숙기 식선까시 몰리넌 뭐든 하게 되겠지."

나는 히죽 웃으며 아무렇게나 검을 휘두르기 시작했다. 몸에 검이 익을 때까지, 검이 몸에 익을 때까지.

타이레논은 용케도 나를 찾아왔다.

내가 땅바닥에 앉아 흠집이 잔뜩 난 검을 물끄러미 내려다보고 있는 동안 그는 평소와 다를 바 없는 천연덕스러운 태도로 크게 당황하고 있는 벤에게 망토를 건넸다. 벤은 나와 타이레논을 번갈아 보면서 당 황해했지만 내가 무심히 앉아 있는 모습을 보고는 한 걸음 뒤로 물러 났다.

"저, 시종도 만만치 않은 실력을 가지고 있는 것 같습니다만."
"그런가."

나는 타이레논을 보고 극히 동요하고 있는 얼굴의 벤을 흘긋 보았다. 어쩌면 시종인 벤은, 내 대련 상대 중 하나였을지도 모른다. 시종이니 기사 출신은 아닐 테고 어쩌면 평민 태생의 이름난 검사일지도 모른다.

"그럼 시작할까요?"

타이레논이 팔꿈치에 대고 있던 캐노피처럼 흩날리는 레이스 조각을 동여 묶으며 말했다. 나는 그 조각을 보며 눈으로 물었다. 대체 그게 뭐냐고.

"그야 당연히 아리따운 레이디가 보내주는 기원 아니겠습니까?"
"여자랑 놀다 왔나?"

내가 미간을 찌푸리자 타이레논이 하하 웃었다.

"설마 하니 이 신성한 대결에 아리따운 레이디의 손길이 없어서야 되겠습니까? 원래 신성한 대결에는 레이디의 사랑 한 조각이 꼬옥 필요한 법입니다."

웃고는 있지만 눈은 냉철하게 빛나고 있었다. 내가 보았던 그 불꽃이 푸른 눈동자 안에서 이글거린다. 햇볕에 그을린 뺨과 목덜미가 희미한 아침 햇살을 받고 타오르듯 붉게 변하고 있었다. 이 남자는 정말로 나와는 전혀 달리 타오르는 듯 햇빛을 안고 서 있었다.

질투나는군. 질투가 나.

나는 음험하게 웃었다. 정말로 음험하고 치졸하게 웃으면서 나는 그를 질투했다. 갈가리 찢어버리고 싶을 정도로 그를 질투했다. 어째서 그 만이 이렇게나 명랑하게, 빛 속에서 태연히 웃고 있을 수 있는 것이냐? 나는 항상 어둠 속에서 으르렁거리고 모든 것을 체념하고 사는데 어째서 네 놈은 그렇게도 밝을 수 있는 거냐! 대체 너와 내가 뭐가 다르단 말이지?

눈이 마주치자 그가 의외로 조금 움찔했다.

내 눈 속에 있던 것을 그도 보았을 것이다. 굳어가는 그의 얼굴을 마주 보며 나는 다시 한 번 웃었다. 내가 얼마나 굶주려 있는지 너는 알고 있을까? 햇빛이 어울리는 작자, 그대는 알고 있는가?

"시작하지."

검을 그에게로 향하자, 그 역시 주저하지 않고 검을 빼 들었다. 그의 검은 흘러드는 햇빛을 반사하며 하얗게 빛을 뿜었다. 곧게 세워진 검이 아주 천천히 각도를 바꾸며 움직이는 순간, 나는 폭발하는 듯 붉게 흔들리는 검광에 감탄했다. 시작부터 오러 블레이드로 시작하는 건가. 하지만 나는 달랐다. 오러 블레이드가 아니라, 블랭크가 와도 내 방식은 달라지지 않는다. 내가 바라는 것은 오러 블레이드와의 대결 따위가 아니었다. 나는 타이레논 레즐러라는 남자를 씹어 삼키고 싶을 정도로 증오했다. 아니, 증오할 것만 같았다.

터어엉 하는 소리와 함께 그의 검과 내 검이 맞부딪쳤다. 그 순간, 나는 큰 충격으로 뒤로 나자빠질 뻔했지만 밀려나지는 않았다. 타이레논은 내 검과 맞부딪친 순간 경악으로 커다래진 눈으로 날 바라보고 있었다.

"오러 블레이드를 맨검으로 맞부딪치다니!"

그의 검은 붉은 오러 블레이드로 휘감겨 있었지만 내 쪽은 아니었다. 내 검은 평소와 다를 바 없었다. 그저 아주 평범한 형태의 검이었다. 오러 블레이드 따윈 드러내지도 않고 있었다.

"어, 어떻게 한 겁니까, 전하?!"

그가 피를 토하듯 외쳤지만 나는 대답해 줄 생각이 없었다. 그저 나는 히죽 웃었다.

"실전 경험이지."

"전하!"

그래, 실전 경험이다. 나는 수백 번, 수천 번 사람을 베고 사람을 죽이며 서로를 죽이는 경험이 아주 많이 있었다. 아주 지나칠 정도로 많이. 오러 블레이드를 제어하는 것 따위 어려운 게 아니야. 상대가 소드 마스터라면 나도 소드 마스터로서 대접해 주는 것뿐이라고.

다시 한 번 째앵 하고 검과 검이 마주쳤다. 나는 신경 쓰지 않았다. 점점 감각이 되돌아오고 있었다. 그의 검에 휘감겨 있는 오러 블레이드에 가까이 갈 때마다 머리카락이 한 올 한 올 위로 솟구쳤다. 오러 블레이드를 상대가 휘두르고 있는 이상 가까이 가면 좋을 것이 없다. 하지만 나는 일부러 접근전을 펼치고 있는 중이었다. 타이레논은 크게 당황해 제대로 검을 휘두르지 못하고 있었다. 게다가 오러 블레이드란 그렇게 오랫동안 펼칠 수 있는 게 아니다.

"읏!"

타이레논의 오러 블레이드 때문에 직접 닿지도 않았는데 옷자락이 휘릭 베어져 휘날렸다. 머리칼도 몇 가닥 끊겨 공중으로 날아올랐다. 살아 있는 듯 윙윙대는 그의 검을 바로 코앞에서 보며 다시 한 걸음 다가섰다. 이번에는 핏 하고 핏방울이 튀어 올랐다. 바로 상대의 코앞까지 다가온 그 상황. 타이레논의 얼굴이 굳어 있다는 것이 분명히 보였다. 내가 아무렇게나 휘두르는 것처럼 보이지만 꾸준히 한 걸음씩 다가와 내 팔 안에 그를 가두고 있다는 것이 곧 드러났다.

접근전.

오러 블레이드를 사용할 수 있는 소드 마스터에게 있어선 있을 수 없는 싸움 방식이었다. 소드 마스터는 오러 블레이드를 휘둘러 원거리의 적도 베어버릴 수 있다. 하지만 이렇게나 가까운 접근전일 때 함부로 오러 블레이드를 사용할 수 있을까?

"저도 참지 않습니다!"

"뜻대로."

타이레논의 오러 블레이드가 순식간에 다가왔다. 뭐든지 베어버리는 그것이 내 숨통을 날리려는 듯 너무나 자연스럽게 공간을 찢으며 나타났다. 나는 뒤로 몸을 피하려 했지만 피할 사이도 없었다. 지직하고 앞섶이 그대로 잘려 나가며 화끈한 감각이 가슴에서부터 일어났다. 핏방울이 흘러내릴 사이도 없이 나는 검을 돌려 이 무시무시한 오러 블레이드를 막아냈다. 바람개비 돌리듯 돌리는 내 검에 그는 눈살을 찌푸렸다. 하지만 텅텅 소리를 내며 오러 블레이드가 튕겨 나가 버리자 그는 대단히 당혹했다.

'죽을 뻔했다.'

그는 당혹했지만 나는 당황했다. 아니, 심장이 바닥에 데굴 굴렀다.

죽을 뻔하는 그 순간, 나는 그의 머리통을 걷어차고 싶은 충동을 느꼈다. 아니, 실제로도 그렇게 했다. 타이레논은 갑자기 내가 자신을 걷어차려는 동작을 하자 뒤로 훌쩍 물러섰다. 역시나 몸놀림도 다르다. 그는 순식간에 4페키가량(약 4.5미터)이나 물러섰던 것이다. 하지만 그가 내 곁에서 떨어지게 할 수는 없다. 나는 그대로 앞으로 뛰어나가 그의 품 안으로 뛰어들었다. 순간의 공포로 머리털이 온통 곤두섰지만 이대로 그냥 물러설 수는 없었다. 지금 그 빌어먹을 감각이 그대로 고스란히 몸 안으로 스며들고 있는 중이었다.

죽을 정도로 놀라야 한다. 죽일 정도로 놀라야 한다. 그래서 이 몸 안에 새겨진 기억들을 꺼내들어야 했다. 조금도 물러서선 안 된다! 그러기 위해선 내가 죽든 이 눈앞의 잘난 놈이 죽든 둘 중 하나여야 했다.

타이레논도 내 생각을 알았는지 갑자기 한 걸음 뒤로 물러서려 했다. 하지만 나는 그 순간 오히려 두 걸음 앞으로 다가들었다. 그의 팔 안쪽까지 파고들 수는 없지만 그의 옆구리를 공략할 수는 있었다. 그는 그것을 막아내려다가 결국은 오러 블레이드를 거두고 말았다. 그리고는 나를 향해 이해할 수 없다는 빛을 애써 지우고 적극적으로 달려들기 시작했다.

그 역시 손바닥이 몇 번이나 터질 정도로 수십 년간 검을 다루어온 검사였다. 접근전 따위에 당황했을 정도면 소드 마스터 자리 따위는 반납했어야 했다. 하지만 이미 어느 정도의 승세는 내가 쥐고 있었다. 이미 오러 블레이드가 사라진 지금 나는 그에게 공세를 돌려줄 마음은 조금도 없었다.

땀.

서로의 땀방울이 흘러 떨어지는 것까지 보일 정도로 가까이 다가들자 타이레논도 검끝을 들어 내 검을 막아섰다. 거칠어진 호흡을 보니 그도 대단히 당황하고 있음을 깨달았다. 어쩐지 그 모습이 기분 좋아져서 나는 히죽 웃었다. 그는 내 웃음을 보고 얼굴을 찡그렸다. 거칠어진 숨결 때문에 기분이 나쁜 모양이었다. 하지만 이 다음은 더 기분이 나쁠 것이다.

"헉!"

그의 눈이 커졌다. 그의 눈앞에서 그의 애검이 소리도 없이 사악 잘려져 나갔다.

반 토막이 된 검날이 우아하게 반원을 그리며 땅바닥으로 굴렀다. 그와는 반대로 내 검은 검푸른 오러를 뿜어대며 건재를 과시했다. 한 뼘 정도 불룩하게 나온 나의 오러 블레이드는 검푸른 색으로 유선형을 그리며 나처럼 음험하게 포효했다.

그는 믿을 수 없다는 듯 커다랗게 눈을 뜨고 굳어 있었지만 그도 잠시 내 발길질에 콰당 뒤로 넘어졌다. 그 쓰러지는 소리를 들으며 나는 상쾌하게 웃었다. 그래, 상쾌하군.

"믿을 수 없어."

뒤에서 누군가가 중얼거렸다. 나는 뒤돌아보지 않아도 그것이 차이나라는 것을 알고 있었다. 우아하게 검을 휘두르며 검집에 도로 넣자 바닥에 쓰러져 있던 타이레논이 헐떡이며 천천히 일어나 앉았다. 그는 불신의 눈으로 나와 바닥에 떨어진 자신의 검을 번갈아 보았다. 아니, 정확히 말하면 반 토막이 난 자신의 검을.

"별로 놀랄 것은 없어."

나는 친절하게 말해 주었다.

"어떻게 하신 겁니까?"

혼란에 빠진 눈으로 그는 나와 자신의 검을 번갈아 보았다. 그 혼란에 빠진 눈이 너무나 기분이 좋아서 나는 다시 음험하게 웃었다. 그래, 그렇다고 알려줄 순 없지.

"비밀이야."

차이나와 타이레논이 황당하다는 듯이 날 동시에 바라보았다. 그들은 파랗게 질린 채 땀을 흘리고 있었다. 그들과는 달리 나는 아주 기분이 좋아지고 있었다. 마구마구 웃을 정도로 기분이 좋았다. 오러 블레이드를 쓸 수 있었다. 분명히 나는 소드 마스터였다. 그것도 타이레논을 간단히 꺾을 정도로 솜씨가 좋은. 아니, 솜씨가 좋다기보다는 잔재주가 있다고 해야 할까.

"어떻게 오러 블레이드를 감출 수 있는 겁니까? 전하는 분명 오러 블레이드를 감춘 채 저와 접근전을 펼쳤지 않습니까?"

타이레논이 따지듯 물었다. 그의 가슴팍에는 내 발자국이 그대로 찍혀 있었다. 그 발자국을 보며 내가 얼마나 흐뭇해하고 있는지 그에게 굳이 알려주고 싶진 않았지만 나는 모른 척 우아하게 벤에게서 내 재킷을 받아 들었다. 벤은 이 모든 모습을 입이 귀에 걸린 채 바라보고 있었다. 그의 눈에서 보이는 존경과 감탄과 경악과 기타 등등한 그 표정에 난 조금 죄책감을 느꼈다. 얼마나 내가 음험한지 모르는 자의 표정이었다.

"전하! 알려, 알려주십시오!"

타이레논의 말에 나는 어깨를 으쓱했다.

"정말 알고 싶은가?"

"알고 싶습니다! 전하는 분명 오러 블레이드를 검 안에 감추고 있었습니다. 만약 그렇게 할 수 있다면 평범한 검도 다시 보검으로 사용할 수 있을 겁니다!"

"당연하지. 소드 마스터가 검을 가린다는 말은 난 못 들어봤어."

"하지만 보통 검으로는 오러 블레이드를 견딜 수 없어요. 최소한 미스릴 합금이 아니고선 버텨낼 수 없단 말입니다!"

내 말에 차나가 참을 수 없다는 듯 끼어들었다. 항상 무표정하게만 보이던 그녀의 얼굴에도 흥분이 감돌고 있었다. 아니, 아예 부들부들 떨고 있었다. 너무나 흥분해서 오한이 나는 모양이었다.

"오러를 제어할 수 있다면 그것도 가능하지."

내 말에 두 사람은 입을 쩌억 벌렸다. 분명히 내가 쓰고 있는 검은 평범한 철검이었다. 타이레논이 들고 있는 미스릴제의 보검과는 차이가 있었다. 그들로서도 직접 눈으로 보았으니 내 말이 거짓이라고는 하지 못할 것이다.

"어, 어떻게 그럴 수 있죠? 오러를 제어해서 오러 블레이드를 평범한 검 안에 구현시킨다니. 만약 그렇게 할 수 있다면 오러 블레이드의 크기도 자유자재로 바꿀 수 있다는 이야기 아닌가요?"

차이나가 진지하게 물었다.

"바꿀 수 있지."

나도 진지하게 대답했다.

"그 방법은 어떤 겁니까? 오러 블레이드를 발현하는 것 자체가 어려운 것입니다. 그 오러 블레이드를 평범한 검 안에 구겨 집어넣는다니, 저로서는 믿기지 않아요. 오러 블레이드를 이길 수 있는 검을 찾기 위해 그동안 얼마나 애썼는지 보듭니다."

타이레논은 잘려진 자신의 검을 멍하니 들여다보며 말했다.

아깝긴 할 것이다. 미스릴제의 검이라는 것은 보통 성 하나의 가격이다. 그런 걸 싹둑 잘렸으니 얼마나 억울할까. 실제로 오러 블레이드라는 것은 평범한 검으로 펼치면, 아니, 불순물이 조금이라도 섞인 검으로는 당해내기 어려운 거대한 힘이다. 말 그대로 검 자체가 오러 블레이드를 이기지 못하고 박살이 난다. 그 때문에 소드 마스터를 꼬시는 물건 1호가 미스릴제의 보검이기도 했다.

"전하."

"어떤 비법입니까?"

두 사람이 동시에 부르는 순간, 나는 멍청히 서 있다가 음험하게 대답했다.

"미안한 일이지만 기억이 안 나."

사실 진짜로 기억이 안 났다.

『2권으로 이어집니다』